普通高等教育"十一五"规划教材

大学数学教学丛书

概率论与数理统计

主　编　肖玉山

副主编　马秋红　温启军

韩兆红　董小刚

科　学　出　版　社

北　京

内 容 简 介

本书介绍了概率论与数理统计的基本概念、基本理论与方法. 内容包括: 概率的基本概念; 随机变量与随机向量及其概率分布; 随机变量的数字特征、大数定律与中心极限定理; 数理统计的基本概念; 参数估计; 假设检验; 回归分析. 本书强调直观性, 注重可读性, 突出基本思想, 深入浅出. 每章均配有习题, 并在书末附有习题答案.

本书可用作普通高等院校工科、经济管理类本科专业的概率论与数理统计课程的教材, 也可供相关技术人员参考.

图书在版编目(CIP)数据

概率论与数理统计/肖玉山主编. —北京: 科学出版社, 2011
普通高等教育"十一五"规划教材 / 大学数学教学丛书
ISBN　978-7-03-032793-2

Ⅰ. 概… Ⅱ. 肖… Ⅲ. ①概率论-高等学校-教材 ②数理统计-高等学校
-教材　Ⅳ. O21

中国版本图书馆 CIP 数据核字(2011) 第 233789 号

责任编辑: 张中兴　于俊杰 / 责任校对: 朱光兰
责任印制: 张克忠 / 封面设计: 迷底书装

科学出版社 出版
北京东黄城根北街 16 号
邮政编码: 100717
http://www.sciencep.com

北京中新伟业印刷有限公司印刷
科学出版社发行　各地新华书店经销

*

2011 年 12 月第 一 版　开本: 720 × 1000 1/16
2011 年 12 月第一次印刷　印张: 12 1/4
字数: 240 000
定价: **24.00 元**
(如有印装质量问题, 我社负责调换)

丛 书 序

　　《大学数学教学丛书》是为普通高等院校本科学生所编写的一套数学教材，是由长春地区五所普通高校具有丰富教学和科研经验的教师联合编写的，是集体智慧的结晶．本套教材从酝酿到出版经历了近十年的时间，几经修改终于成稿．在教材内容的编排上，我们一方面借鉴了国内一些品牌教材的先进模式，另一方面结合新形势下的新要求，并根据五所普通高校本科学生的特点，先后编写了逾百万字的教材和讲义，在多年使用过程中不断提炼修订，逐步趋于完善．应该说，本套教材凝聚了五所高校几代数学教师的心血和汗水，希望能培养出更多的创新型人才．

　　本套教材包括《微积分(经管类)》、《概率论与数理统计》(两本)、《线性代数》、《计算方法简明教程》、《数学建模》、《复变函数与积分变换》．编者在取材上着眼于本科生未来的发展和当今世界科学技术的发展，充分反映国内外教学前沿信息和最新学术动态，本着"夯实基础、适当延伸，注重应用、强化实践"的原则，大胆地摆脱了普通高等院校教材编写的传统思路，使这套教材具有很强的实用性、一定的可读性、较高的艺术性和丰富的实践性；同时还保持了数学知识的系统性、严密性、连贯性等特点，内容翔实、清晰易读，便于教学与自学．另外，本套教材充分考虑了学生课程学习和报考研究生复习的需要，每一本教材都配备了丰富的梯度配置的例题与习题，既具有明显的启发性，又具有典型的应用意义，可供普通高校理工科各专业使用．

　　本套教材从选题、大纲、组织编写到编辑出版，自始至终得到了科学出版社的支持，同时也得到了长春工业大学、吉林建筑工程学院、长春大学、吉林工程技术师范学院、长春工程学院教务处及数学系各位领导的支持和帮助，在此，我们一并表示衷心的感谢．

《大学数学教学丛书》编委会

2010 年 3 月

前　　言

　　"概率论与数理统计"主要研究和探讨客观世界中随机现象的规律. 它已在包括控制、通信、生物、金融、社会科学及其他工程技术等诸多领域中获得了广泛的应用. 基于该学科应用如此广泛, 它已成为高等院校理工类及经济管理类学生的一门必修基础课程.

　　本书是面向普通高等院校本科学生编写的教材. 其内容包括随机事件及其概率, 随机变量、随机向量及其概率分布、数字特征, 大数定律及中心极限定理, 数理统计的基本概念, 参数估计, 假设检验, 回归分析. 作为一本入门教材, 本书在编写时, 尽量以实际例子引入概率统计的基本概念、基本方法, 理论推导力求简明, 注重直观性, 紧密联系实际, 突出基本思想, 尽力做到打好基础、够用为度、服务专业、学以致用. 期望本书能使学生增强随机思维能力, 并对培养学生的统计素质有所裨益.

　　本书共 8 章, 由肖玉山、马秋红、温启军、韩兆红、董小刚参与编写. 全书由肖玉山修改定稿. 本书的编写工作得到了科学出版社和长春大学的大力支持, 在此表示衷心的感谢.

　　由于编者水平有限, 书中难免有不妥之处, 敬请同行及读者批评指正.

编　者

2011 年 11 月

目　　录

第1章　随机事件和概率

1.1　随 机 事 件

1.1.1　随机现象和随机事件

在自然界与人类社会中普遍存在着两类现象: 一类为确定性现象, 即在一定条件下必然会发生的现象. 例如, 在标准大气压下, $100°C$ 的纯净水必然沸腾; 带异性电荷的两个小球一定相互吸引. 微积分、线性代数等学科就是研究确定性现象的有力的数学工具. 另一类现象为随机现象, 即在一定的条件下, 具有多种可能的结果, 但事先无法预知发生哪一种结果的现象. 例如, 在相同条件下抛掷同一枚硬币, 其结果可能是国徽朝上, 也有可能是国徽朝下, 并且在抛掷之前, 无法预知抛掷结果, 这是随机现象表面上的偶然性, 即随机现象的随机性, 但经过多次抛掷时, 就会发现国徽面朝上的次数几乎总是占抛掷次数的 $\frac{1}{2}$ 左右, 这是随机现象内部蕴含着的必然规律, 这种随机现象的必然性, 即为随机现象的统计规律性. 概率论与数理统计就是研究和揭示随机现象统计规律性的一门数学学科.

为了研究随机现象的统计规律性, 需对客观事物进行多次观察或科学试验 (观察或科学试验统称为试验). 如果这种试验满足以下三个条件:

(1) 在相同条件下可重复进行;

(2) 试验的可能结果不唯一, 但其全部结果事先是已知的;

(3) 试验前不能确定哪一个结果发生.

则称其为**随机试验**, 简称**试验**, 记作 E. 随机试验的结果称为**随机事件**, 简称**事件**, 记作 $A, B, C, \cdots$.

下面是随机试验和随机事件的几个例子:

E_1: 掷一颗骰子, 观察出现的点数;

E_2: 记录电话交换台在单位时间内收到的呼唤次数;

E_3: 测试某种型号电子元件的寿命.

在上述试验中, 用 A_1, A_2, A_3, A_4 表示下列事件:

A_1: 出现点数为 1;

A_2：出现奇数点;

A_3：单位时间内收到的呼唤次数为 100 次;

A_4：元件的寿命大于 1000 小时.

有些事件可以看成是一些事件组合而成的, 如 A_2, A_4, 而有些事件则不能分解成其他事件的组合, 如 A_1, A_3. 我们将不能被分解成其他事件组合的简单事件称为**基本事件**.

在一定条件下一定会发生的事件称为**必然事件**, 记作 Ω; 在一定条件下一定不会发生的事件称为**不可能事件**, 记作 Φ. 例如, 在试验 E_1 中, "点数小于 7" 为必然事件; "点数大于 7" 为不可能事件.

在一次试验中, 所有基本事件的集合称为**基本事件空间**或**样本空间**, 记作 Ω, 其中的元素, 即基本事件称为**样本点**, 记作 ω. 例如, 在试验 E_1 中, 如用 $\omega_i (i = 1, 2, \cdots, 6)$ 表示出现 i 点, 则样本空间 $\Omega = \{\omega_1, \omega_2, \omega_3, \omega_4, \omega_5, \omega_6\}$, 事件 $A_2 = \{\omega_1, \omega_3, \omega_5\}$. 显然, A_2 是 Ω 的一个子集. 实际上, 任何一个事件都是其样本空间的一个子集, 因此某个事件发生当且仅当这个子集中的一个样本点出现.

例 1.1　写出试验 E_1, E_2, E_3 所对应的样本空间, 并用集合表示事件 A_1, A_2, A_3, A_4.

解　$E_1 : \Omega = \{(1 \text{ 点}), (2 \text{ 点}), \cdots, (6 \text{ 点})\}$,

$E_2 : \Omega = \{(0 \text{ 次}), (1 \text{ 次}), \cdots\}$,

$E_3 : \Omega = \{t \text{小时} \,|\, t \geqslant 0\}$,

$A_1 = \{(1 \text{ 点})\}$,

$A_2 = \{(1 \text{ 点}), (3 \text{ 点}), (5 \text{ 点})\}$,

$A_3 = \{(100 \text{ 小时})\}$,

$A_4 = \{t \text{小时} \,|\, t > 1000\}$.

1.1.2　随机事件间的关系及运算

概率论的重要研究内容之一是希望从简单事件的概率推算出复杂事件的概率, 因此详细地分析事件之间的关系, 不仅帮助人们更深刻地认识事件的本质, 而且可以大大简化一些复杂事件的概率计算. 由于事件是一个集合, 所以事件之间的关系和运算可以用集合的关系和运算来处理, 但要注意事件关系和运算的特有含义.

设 Ω 为某试验 E 的样本空间, $A, B, A_k (k = 1, 2, \cdots)$ 为随机事件.

1. 事件的包含与相等

若事件 A 发生必然导致事件 B 的发生, 则称**事件B包含事件A** 或称 A 是 B 的**子事件**, 记作 $A \subset B$(图 1.1.1). 事件 A 包含于 B, 是指 A 中的元素含在 B 中, 若 A 发生, 当且仅当事件 A 中有元素出现, 该元素一定属于 B, 因此事件 B 也一定发生.

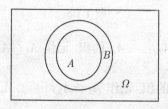

图 1.1.1

若 $A \subset B$ 且 $B \subset A$, 则称**事件A与事件B相等**, 记作 $A = B$, 其直观意义是事件 A 与事件 B 包含的样本点完全相同, 即在一次试验中, 两个事件同时发生或同时不发生.

2. 事件的并与交

事件 A 与事件 B 至少有一个发生, 称为事件 A 与事件 B 的**并**或**和**, 记作 $A \cup B$(图 1.1.2).

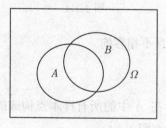

图 1.1.2

类似地, 事件 $A_1, A_2, \cdots, A_n$ 中至少有一个发生, 称为 n**个事件的并**, 记作 $A_1 \cup A_2 \cup \cdots \cup A_n$ 或 $\bigcup\limits_{i=1}^{n} A_i$; 可列个事件 $A_1, A_2, \cdots, A_n, \cdots$ 中至少有一个发生, 称为**可列个事件的并**, 记作 $A_1 \cup A_2 \cup \cdots \cup A_n \cdots \cup \cdots$ 或 $\bigcup\limits_{i=1}^{\infty} A_i$.

事件 A 与事件 B 同时发生, 称为事件 A 与事件 B 的**交**或**积**, 记作 $A \cap B$ 或 AB(图 1.1.3).

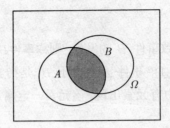

图 1.1.3

类似地, n 个事件 $A_1, A_2, \cdots, A_n$ 的积, 记作 $A_1 \cap A_2 \cap \cdots \cap A_n$ 或 $\bigcap\limits_{i=1}^{n} A_i$; 可列

个事件 $A_1, A_2, \cdots, A_n, \cdots$ 的积, 记作 $A_1 \cap A_2 \cap \cdots \cap A_n \cdots \cap \cdots$ 或 $\bigcap\limits_{i=1}^{\infty} A_i$.

3. 事件的互不相容

若事件 A 与事件 B 不能同时发生, 即 $AB = \varnothing$, 则称事件 A 与事件 B 是**互不相容的(或互斥的)**(图 1.1.4).

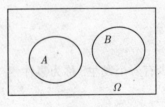

图 1.1.4

例如, 基本事件是两两互不相容的.

4. 事件的逆

对于事件 A, 由不包含在 A 中的所有样本点构成的集合称为事件 A 的**逆**(或称为 A 的**对立事件**), 记作 $\bar{A}$(图 1.1.5).

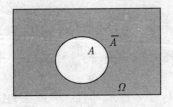

图 1.1.5

如果事件 A 与事件 B 是对立事件, 那么 A 与 B 必然满足 $AB = \varnothing$ 且 $A \cup B = \Omega$.

5. 事件的差

事件 A 发生而事件 B 不发生, 称为事件 A 与事件 B 的**差**, 记作 $A - B$(图 1.1.6), 事件 $A - B$ 是由属于事件 A 但不属于事件 B 的样本点构成.

注意: $A - B = A\bar{B} = A - AB$.

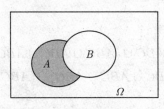

图 1.1.6

6. 样本空间的划分

为了研究某些较为复杂的事件, 常常需要把样本空间 Ω 按样本点的属性, 划分成若干个事件 $A_1, A_2, \cdots, A_n$, 当它们满足:

(1) $A_i A_j = \varnothing (i \neq j, i, j = 1, 2, \cdots, n)$;

(2) $A_1 \cup A_2 \cup \cdots \cup A_n = \Omega$,

则称这 n 个事件 $A_1, A_2, \cdots, A_n$ 构成样本空间 Ω 的一个**划分**.

显然, 对于 $A \subset \Omega$, 则 A 与 $\bar{A}$ 构成 Ω 的一个划分.

7. 事件的运算律

与集合的运算一样, 事件间的基本运算 (并、交、逆) 满足下述运算律.

(1) 交换律: $A \cup B = B \cup A, AB = BA$;

(2) 结合律: $(A \cup B) \cup C = A \cup (B \cup C), (AB)C = A(BC)$;

(3) 分配律: $A \cup (BC) = (A \cup B) \cap (A \cup C), A(B \cup C) = AB \cup AC$;

(4) 对偶律: $\overline{A \cup B} = \bar{A}\bar{B}, \overline{AB} = \bar{A} \cup \bar{B}$.

例 1.2 设 A, B, C 为三个事件, 试用 A, B, C 的运算关系表示下列各个事件.

(1) A, B, C 都发生;

(2) A 与 B 都发生而 C 不发生;

(3) A, B, C 至少有一个发生;

(4) A, B, C 恰好有一个发生;

(5) A, B, C 恰好有两个发生;

(6) A, B, C 至少有两个发生;

(7) A, B, C 中不多于两个发生.

解　(1) ABC;

(2) $AB\bar{C}$ 或 $AB - C$;

(3) $A \cup B \cup C$;

(4) $A\bar{B}\bar{C} \cup \bar{A}\bar{B}C \cup \bar{A}B\bar{C}$;

(5) $AB\bar{C} \cup A\bar{B}C \cup \bar{A}BC$;

(6) $AB \cup AC \cup BC$ 或 $ABC \cup (AB\bar{C} \cup A\bar{B}C \cup \bar{A}BC)$;

(7) $\overline{ABC}$ 或 $\bar{A}\bar{B}\bar{C} \cup (AB\bar{C} \cup A\bar{B}C \cup \bar{A}BC) \cup (A\bar{B}\bar{C} \cup \bar{A}\bar{B}C \cup \bar{A}B\bar{C})$.

例 1.3　化简下列各式:

(1) $(A \cup B) - (A - B)$;

(2) $(A - \bar{B})(\overline{A \cup B})$.

解　(1) $(A \cup B) - (A - B) = (A \cup B)(\overline{A - B}) = (A \cup B)\overline{A\bar{B}}$

$$= (A \cup B)(\bar{A} \cup B) = A\bar{A} \cup AB \cup B\bar{A} \cup B = B;$$

(2) $(A - \bar{B})(\overline{A \cup B}) = (AB)(\bar{A}\bar{B}) = (A\bar{A})(B\bar{B}) = \varnothing$.

1.2　概率的定义及计算

在对随机现象进行研究时, 我们不仅关心随机试验可能出现哪些结果, 更关心各种结果发生的可能性大小. 概率就是对事件发生可能性大小的一种数值度量. 本节在给出概率定义的基础上, 讨论一些简单的概率计算问题.

1.2.1　概率的统计定义

在长期的生产实践中, 人们发现虽然个别随机事件在一次试验中可能出现也可能不出现, 但在大量重复试验中它的发生呈现出明显的规律性——频率稳定性.

定义 1.1　在相同条件下, 进行 n 次试验. 若在 n 次重复试验中, 事件 A 发生 m 次, 则称

$$f_n(A) = \frac{m}{n}$$

为事件 A 在 n 次试验中发生的**频率**.

由定义 1.1 容易证明事件 A 的频率具有如下性质:

(1) $0 \leqslant f_n(A) \leqslant 1$;

(2) $f_n(\Omega) = 1$;

(3) 若事件 A, B 两两互斥, 则 $f_n(A \cup B) = f_n(A) + f_n(B)$.

例 1.4 历史上许多统计学家都做过 "抛硬币" 试验, 若规定均匀硬币某一面为正面, 正面朝上为事件 A 发生. 下面的试验记录反映了抛硬币试验中事件 A 发生的规律性.

试验者	试验次数 n	A 发生的次数 m	频率 $\dfrac{m}{n}$
摩尔根	2048	1061	0.5181
蒲丰	4040	2048	0.5069
皮尔逊	24000	12012	0.5005
维尼	30000	14994	0.4998

从上表不难看出, 事件 A 的频率具有随机性, 所以用频率来刻画事件发生可能性大小是不合适的, 但是随着试验次数的增加, 事件 A 出现的频率逐渐稳定于 0.5 附近. 这里的 0.5 是大量试验中频率的稳定值, 与频率不同, 它所反映的是事件 A 固有的性质. 这种频率的稳定性就是所谓的统计规律性, 它揭示了隐藏在随机现象中的内在规律, 因此用频率的稳定值来度量事件发生可能性的大小是合适的.

定义 1.2 在 n 次独立重复试验中, 如果事件 A 发生的频率在区间 $[0,1]$ 上的一个确定常数 p 附近摆动. 而且一般情况下, 随着 n 的增加这种摆动的幅度越来越小, 则称常数 p 为事件 A 发生的**概率**, 记作 $P(A) = p$.

依据该定义及频率的性质, 概率也应该具备如下性质:

(1) 对于任意事件 A, $0 \leqslant P(A) \leqslant 1$;

(2) $P(\Omega) = 1$;

(3) 若事件 A, B 互斥, 则 $P(A \cup B) = P(A) + P(B)$.

1.2.2 概率的公理化定义

概率的统计定义使我们对概率有了一个直观认识, 也提供了近似计算概率的方法, 即通过计算大量重复试验中的某一事件出现的频率来近似代替该事件出现的概率, 但是在实际问题中, 不可能也没有必要对每个事件都作大量的重复试验, 从中得到频率的稳定值, 另外, 概率的统计定义在数学上也是不严密的. 因此有必要给出概率的一个严格的数学定义. 利用概率的统计定义, 我们得到了概率的三个基本性质, 这三个性质在一定程度上反映了概率的固有属性. 由此, 1933 年, 苏联数学家柯尔莫戈罗夫 (Kolmogrov) 在综合前人成果的基础上, 提出了概率的公理化定义, 明确了概率的严格定义, 使概率论成为严谨的数学分支, 对概率论的发展起到了积极推动作用.

定义 1.3　设随机试验 E 的样本空间为 Ω, 以 E 中所有的随机事件组成的集合为定义域, 定义一个函数 $P(A)$(其中 A 为任意随机事件), 若满足以下公理

(1) 非负性: 对每一个事件 A, 都有 $P(A) \geqslant 0$;

(2) 规范性: $P(\Omega) = 1$;

(3) 可列可加性: 对于可列多个两两互不相容的事件 $A_1, A_2, \cdots, A_n, \cdots$, 有

$$P(A_1 \cup A_2 \cup \cdots \cup A_n \cup \cdots) = P(A_1) + P(A_2) + \cdots + P(A_n) + \cdots,$$

则称函数值 $P(A)$ 为事件 A 的**概率**.

由概率的定义可以推得概率的如下一些性质:

(1) $P(\varnothing) = 0$, 即不可能事件的概率为零;

(2) 若事件 $A_1, A_2, \cdots, A_n$ 两两互斥, 则

$$P(A_1 \cup A_2 \cup \cdots \cup A_n) = P(A_1) + P(A_2) + \cdots + P(A_n)$$

(3) 对任何事件 A, 有 $P(\bar{A}) = 1 - P(A)$;

(4) 对事件 A, B, 若 $A \subset B$, 则有 $P(B - A) = P(B) - P(A)$ 且 $P(B) \geqslant P(A)$;

(5) 对任意事件 A, B, 有 $P(A \cup B) = P(A) + P(B) - P(AB)$.

证明　(1) 令 $A_n = \varnothing, n = 1, 2, \cdots$, 且 $A_i A_j = \varnothing, i \neq j$, 于是

$$P(\varnothing) = P\left(\bigcup_{n=1}^{\infty} A_n\right) = \sum_{n=1}^{\infty} P(\varnothing) = P(\varnothing) + P(\varnothing) + \cdots + P(\varnothing) + \cdots,$$

再由 $P(\varnothing) \geqslant 0$, 得 $P(\varnothing) = 0$.

(2) 令 $A_{n+1} = A_{n+2} = \cdots = \varnothing$, 则 $A_1, A_2, \cdots, A_n, \cdots$ 两两互斥, 由性质 (1) 和概率的可列可加性, 得

$$P(A_1 \cup A_2 \cup \cdots \cup A_n) = P(A_1 \cup A_2 \cup \cdots \cup A_n \cup \varnothing \cup \varnothing \cup \cdots)$$

$$= P(A_1) + P(A_2) + \cdots + P(A_n) + 0 + 0 + 0 + \cdots = P(A_1) + P(A_2) + \cdots + P(A_n).$$

(3) 由 $A \cup \bar{A} = \Omega, A \cap \bar{A} = \varnothing$, 所以 $1 = P(\Omega) = P(A \cup \bar{A}) = P(A) + P(\bar{A})$, 即 $P(\bar{A}) = 1 - P(A)$;

(4) 由 $A \subset B$ 知, $B = A \cup (B - A)$, 且 $A \cap (B - A) = \varnothing$, 因此 $P(B) = P(A) + P(B - A)$, 即 $P(B - A) = P(B) - P(A)$, 再由 $P(B - A) \geqslant 0$, 得 $P(B) \geqslant P(A)$;

(5) 因 $A \cup B = A \cup (B - AB)$ 且 $A \cap (B - AB) = \varnothing$ 及 $AB \subset B$, 由概率性质 (2) 和 (4), 得 $P(A \cup B) = P(A) + P(B - AB) = P(A) + P(B) - P(AB)$.

另外, 性质 (5) 还可以推广到 n 个事件的情形, 当 $n = 3$ 时, 有

$$
\begin{aligned}
P(A_1 \cup A_2 \cup A_3) = & P(A_1) + P(A_2) + P(A_3) - P(A_1 A_2) - P(A_2 A_3) \\
& - P(A_1 A_2) + P(A_1 A_2 A_3).
\end{aligned}
$$

一般地, 设 $A_1, A_2, \cdots, A_n$ 为 n 个事件, 则有

$$
\begin{aligned}
P(A_1 \cup A_2 \cup \cdots \cup A_n) = & \sum_{i=1}^{n} P(A_i) - \sum_{1 \leqslant i < j \leqslant n} P(A_i A_j) + \sum_{1 \leqslant i < j < k \leqslant n} P(A_i A_j A_k) \\
& - \cdots + (-1)^{n-1} P(A_1 A_2 \cdots A_n).
\end{aligned}
$$

例 1.5 已知 $P(A) = \dfrac{1}{4}, P(B) = \dfrac{1}{2}, P(AB) = \dfrac{1}{6}$, 求 A, B 都不发生的概率.

解 $P(\bar{A}\bar{B}) = P(\overline{A \cup B}) = 1 - P(A \cup B) = 1 - P(A) - P(B) + P(AB)$

$$
= 1 - \frac{1}{4} - \frac{1}{2} + \frac{1}{6} = \frac{5}{12}.
$$

例 1.6 设 $P(A) = 0.7, P(A - B) = 0.3$, 求 $P(\overline{AB})$.

解 由 $P(A - B) = P(A) - P(AB) = 0.3$ 及 $P(A) = 0.7$ 得 $P(AB) = 0.4$, 故 $P(\overline{AB}) = 1 - P(AB) = 1 - 0.4 = 0.6$.

1.2.3 古典概型

概率的统计定义揭示了随机现象的统计规律及概率的客观性, 概率的公理化定义规定了概率应满足的性质, 两者都没有给出概率的计算方法. 关于概率的计算问题在概率论发展初期人们讨论了最简单的一类随机试验——古典概型试验, 该试验具有如下两个特征:

(1) 试验的样本空间包含的基本事件的个数是有限的;

(2) 每个基本事件发生的可能性相同.

将刻画上述随机试验的数学模型称为**古典概型**, 也称为**等可能概型**. 在古典概型中, 事件 A 发生的概率定义为

$$
P(A) = \frac{A \text{包含的基本事件个数}}{\text{基本事件总数}}. \tag{1.2.1}
$$

由式 (1.2.1) 可以看出, 在古典概型中, 事件 A 的概率等于 A 中包含的样本点的个数占样本空间的全部样本点的比例.

例 1.7　袋中有大小和质地均相同的 9 个球, 其中 4 个白球, 5 个黑球, 现从中任取 2 个, 求:

(1) 2 个球均为白球的概率;

(2) 2 个球中一个是白球另一个是黑球的概率;

(3) 至少有一个黑球的概率.

解　设 A 表示 "2 个均为白球", B 表示 "2 个球一白一黑", C 表示 "至少有一个黑球".

方法一　若对于取出的两个球考虑先后次序, 则基本事件总数为 P_9^2, 且每个基本事件发生是等可能的, 于是有:

(1) $P(A) = \dfrac{P_4^2}{P_9^2} = \dfrac{1}{6}$;

(2) $P(B) = \dfrac{2P_4^1 P_5^1}{P_9^2} = \dfrac{5}{9}$;

(3) $P(C) = 1 - P(\bar{C}) = 1 - P(A) = 1 - \dfrac{1}{6} = \dfrac{5}{6}$.

方法二　若对于取出的两个球不考虑其先后次序, 则基本事件总数为 C_9^2, 且每个基本事件发生都是等可能的, 于是有:

(1) $P(A) = \dfrac{C_4^2}{C_9^2} = \dfrac{1}{6}$;

(2) $P(B) = \dfrac{C_4^1 C_5^1}{C_9^2} = \dfrac{5}{9}$;

(3) $P(C) = 1 - P(\bar{C}) = 1 - P(A) = 1 - \dfrac{1}{6} = \dfrac{5}{6}$.

例 1.8　从 $0, 1, \cdots, 9$ 十个数字中有放回地任取两个, 求它们的和等于 5 的概率.

解　设 A 表示 "两数之和等于 5", 从 10 个数字有放回地取两个的基本事件总数为 10×10, 两数之和等于 5 的情形只有 6 种, 即 $(0,5), (5,0), (1,4), (4,1), (2,3), (3,2)$, 故 $P(A) = \dfrac{6}{10 \times 10} = \dfrac{3}{50}$.

应特别注意的是, 本题样本空间 $\Omega = \{(0,0), (0,1), (0,2), \cdots, (9,8), (9,9)\}$, 若把数字之和作为基本事件, 那么样本空间则变为 $\Omega = \{0, 1, 2, \cdots, 18\}$, 此时各样本点发生不具有等可能性, 因此不能按古典概型计算. 正确分析试验的样本空间是古典概型计算的前提.

1.2.4 几何概型

在古典概型中, 要求试验的样本空间包含有限个等可能的样本点. 在实际问题中, 若试验的样本空间有无限多个样本点时, 就不能按古典概型来计算概率, 但在有些场合可用几何方法来求解.

以样本空间为平面上的区域为例介绍几何概型的定义和概率的计算方法.

设有平面区域 Ω, 面积为 S. 随机试验为向区域 Ω 投点, 记事件 A 为该点落入子区域 D 内. 如果落入区域 D 的概率与区域 D 的面积成正比, 并且与 D 的位置及形状无关, 则称在该条件下所建立的数学模型为**几何概型**. 在几何概型下, 由概率的公理化定义可得

$$P(A) = \frac{S(D)}{S(\Omega)}, \tag{1.2.2}$$

即事件 "点落入区域 D" 的概率为区域 D 的面积与 Ω 的面积之比.

例 1.9 设某厂家向甲乙两地供应某商品, 假设每个地区每个季度需要商品的数量在 0 到 50 个单位之间是随机的, 且需求相互独立. 若某季度厂家库存商品只剩 80 单位, 求该季度库存能够满足两地区的需求的概率是多少?

解 以 x 和 y 分别表示甲乙两地某季度的实际需求, 将 (x,y) 对应到平面上的一个点, 根据假设 (x,y) 随机地落入图 1.2.1 中的边长为 50 个单位的正方形中, 而库存能够满足两地区需求的概率为 (x,y) 落入图中阴影部分的概率, 即

$$p = \frac{\text{阴影面积}}{\text{正方形面积}} = \frac{50^2 - \frac{1}{2} \times 20^2}{50^2} = 0.92.$$

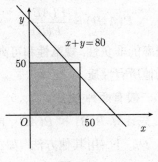

图 1.2.1

注 1.1 (1) 几何概型中的等可能性并不是指每个样本点出现的概率相同, 而是指点落入等度量的子区域的概率是相同的.

(2) 平面区域几何概型的定义与概率的计算方法很容易推广到一维几何空间 (线) 和三维几何空间 (空间区域), 如果 Ω 是线段, 概率为长度比; Ω 是空间区域, 概率为体积比.

1.3　条 件 概 率

1.3.1　条件概率与乘法公式

在实际问题中, 经常需要计算在某个事件 B 已经发生的条件下, 另一个事件 A 发生的概率. 在概率论中, 称此概率为事件 B 已发生的情况下事件 A 发生的**条件概率**, 简称 A 对 B 的条件概率, 记作 $P(A|B)$, 相应地将 $P(A)$ 称为**无条件概率**.

引例 1.1　现有一批产品 150 个, 甲厂生产 100 个, 其中次品 10 个, 乙厂生产 50 个, 其中次品 5 个, 随机抽取一个产品检测. 以 A 表示 "抽到次品", B 表示 "抽到甲厂生产的产品", 假设每一个产品被抽到的可能性是相同的, 如果将甲乙厂的产品由 1~150 依次编号, 则样本空间 $\Omega = \{1, 2, \cdots, 150\}$, 显然

$$P(B) = \frac{100}{150}, \quad P(AB) = \frac{10}{150}.$$

考虑 B 已经发生的情况, 则样本空间改变为 $\Omega_B = \{1, 2, \cdots, 100\}$, 那么

$$P(A|B) = \frac{10}{100} = \frac{\frac{10}{150}}{\frac{100}{150}} \doteq \frac{P(AB)}{P(B)}.$$

一般来讲, 对于任意两个事件 A, B, 且 $P(B) > 0$, 在 B 发生的情况下, 事件 A 发生的概率

$$P(A|B) = \frac{P(AB)}{P(B)}. \tag{1.3.1}$$

可以验证: 条件概率满足概率的非负性, 规范性和可列可加性. 因此, 条件概率具有概率的三条公理导出的其他所有性质.

计算条件概率 $P(A|B)$ 一般有两种方法.

(1) 在原样本空间 Ω 下, 先计算 $P(B)$ 和 $P(AB)$, 再由式 (1.3.1) 计算 $P(A|B)$;

(2) 在改变的样本空间 Ω_B 下, 用其他方法 (如古典概型等方法) 直接计算 $P(A|B)$.

由式 (1.3.1), 可推得

$$P(AB) = P(A|B)P(B) \quad (P(B) > 0), \tag{1.3.2}$$

称式 (1.3.2) 为概率的乘法公式. 显然, 由 $P(B\,|A) = \dfrac{P(AB)}{P(A)}(P(A) > 0)$ 也可推得

$$P(AB) = P(B\,|A)P(A) \quad (P(A) > 0).\tag{1.3.3}$$

一般地, 乘法公式可以推广到有限多个事件的情形:

$$P(A_1 A_2 \cdots A_n) = P(A_1)P(A_2\,|A_1) \cdots P(A_n\,|A_1 A_2 \cdots A_{n-1})$$
$$(P(A_1 A_2 \cdots A_{n-1}) > 0).\tag{1.3.4}$$

注 1.2 $P(AB)$ 考虑的是在样本空间 Ω 中 A, B 事件同时发生的概率, $P(A\,|B)$ 是在缩小的样本空间 Ω_B 中考虑 A 发生的概率, A, B 在时间上有一定的 "先后" 关系或逻辑上有 "主从" 关系.

例 1.10 某动物由出生活到 10 岁的概率为 0.6, 活到 20 岁的概率为 0.3, 求现年 10 岁的这种动物活到 20 岁的概率.

解 设 A 表示 "活到 20 岁", B 表示 "活到 10 岁", 由已知得 $P(B) = 0.6, P(AB) = P(A) = 0.3$, 从而 $P(A\,|B) = \dfrac{P(AB)}{P(B)} = \dfrac{0.3}{0.6} = 0.5$.

例 1.11 盒中有同一种球 12 个, 其中有 9 个新球, 第一次比赛时从中取出 3 个, 用后放回盒中, 第二次比赛时再从盒中取出 3 个, 求两次取出的都是新球的概率.

解 设 A_i 表示 "第 i 次取出的都是新球"$(i = 1, 2)$, 由已知所求概率

$$P(A_1 A_2) = P(A_1)P(A_2\,|A_1) = \frac{\mathrm{C}_9^3}{\mathrm{C}_{12}^3} \cdot \frac{\mathrm{C}_6^3}{\mathrm{C}_{12}^3} = \frac{21}{605}.$$

1.3.2 全概率公式与贝叶斯公式

在概率论中, 经常要利用已知的简单事件的概率推算出未知的复杂事件的概率. 为此, 常把一个复杂事件分解为若干互斥的简单事件的和, 再由简单事件的概率求出最后结果.

引例 1.2 甲乙两工厂生产同种型号的产品一起投放市场, 两厂产品的产量比为 1:2, 它们产品的不合格率依次为 1% 和 5%, 现从市场任买一件该产品, 试求该产品为不合格品的概率.

解 设 B 表示 "买到不合格品", A 表示 "买到甲厂生产的产品", 则 $\bar{A}$ 为 "买到乙厂生产的产品", 由已知, 得

$$P(A) = \frac{1}{3}, \quad P(\bar{A}) = \frac{2}{3}, \quad P(B\,|A) = 0.01, \quad P(B\,|\bar{A}) = 0.05,$$

显然, 任买一件产品是不合格品既可能出自甲厂也可能出自乙厂, 因此事件 B 被分解为 BA 与 $B\bar{A}$ 的和, 而 BA 与 $B\bar{A}$ 互斥, 故

$$P(B) = P(BA \cup B\bar{A}) = P(BA) + P(B\bar{A}) = P(A)P(B\,|\,A) + P(\bar{A})P(B\,|\,\bar{A})$$

$$= \frac{1}{3} \times 0.01 + \frac{2}{3} \times 0.05 = 0.037.$$

把上述求 $P(B)$ 的方法一般化, 便可得到如下全概率公式.

定理 1.1 设随机试验 E 的样本空间为 Ω, B 为 E 的一随机事件, $A_1, A_2, \cdots, A_n$ 是 Ω 的一个划分, 且 $P(A_i) > 0 (i = 1, 2, \cdots, n)$, 则

$$P(B) = \sum_{i=1}^{n} P(A_i)P(B\,|\,A_i), \tag{1.3.5}$$

称式 (1.3.5) 为**全概率公式**.

例 1.12 三个口袋中分别装有形状质地均相同的黑球和白球, 其中第一袋装有 2 个白球和 4 个黑球, 第二袋装有 4 个白球和 1 个黑球, 第三袋装有 1 个白球和 4 个黑球. 今任取一个口袋且从中任取一球, 求这球是白球的概率.

解 设 B 表示 "取出白球", A_i 表示 "取得的球来自第 i 袋"$(i = 1, 2, 3)$. 显然, A_1, A_2, A_3 互斥, 且 $\bigcup_{i=1}^{3} A_i = \Omega$, 由题意知

$$P(A_i) = \frac{1}{3} \ (i = 1, 2, 3), \quad P(B\,|\,A_1) = \frac{2}{6}, \quad P(B\,|\,A_2) = \frac{4}{5}, \quad P(B\,|\,A_3) = \frac{1}{5},$$

于是由全概率公式得所求概率为

$$P(B) = \sum_{i=1}^{3} P(A_i)P(B\,|\,A_i) = \frac{1}{3}\left(\frac{2}{6} + \frac{4}{5} + \frac{1}{5}\right) = \frac{4}{9}.$$

在全概率公式中, $A_1, A_2, \cdots, A_n$ 可看成是引起事件 B 发生的原因, B 是上述原因所导致的结果, 要求结果发生的概率, 可用全概率公式来计算. 如果已知结果 B 已经发生, 求由某一原因 $A_i(i = 1, 2, \cdots, n)$ 引起的概率 $P(A_i|B)$, 正是上述问题的相反问题, 该条件概率的计算公式称为**贝叶斯 (Bayes) 公式**.

定理 1.2 设随机试验 E 的样本空间为 Ω, B 为一随机事件, $P(B) > 0$, $A_1, A_2, \cdots, A_n$ 是 Ω 的一个划分, $P(A_i) > 0$ 则有

$$P(A_i\,|\,B) = \frac{P(A_i)P(B\,|\,A_i)}{\sum\limits_{i=1}^{n} P(A_i)P(B\,|\,A_i)} \quad (i = 1, 2, 3, \cdots, n), \tag{1.3.6}$$

式 (1.3.6) 也称为**逆概率公式**.

事件 $A_1, A_2, \cdots, A_n$ 的概率 $P(A_i)(i = 1, 2, \cdots, n)$ 被称为先验概率, 它反映了各种 "原因" 发生的可能性大小, 一般是以往经验的总结, 在试验前已经知道. 若试验后产生了事件 B, 所探讨的条件概率 $P(A_i|B)(i = 1, 2, \cdots, n)$ 称为后验概率, 它反映了试验之后对各种 "原因" 引起 "结果" 的可能性大小的新认识, 是对先验概率的一种校正.

例 1.13   在例 1.12 所描述的试验中, 已知取出的是白球, 求它是由第一个口袋中取出的概率.

解   仍沿用例 1.12 的记号, 则所求概率为 $P(A_1|B)$, 由全概率公式得

$$P(A_1|B) = \frac{P(A_1)P(B|A_1)}{\sum\limits_{i=1}^{3} P(A_i)P(B|A_i)} = \frac{\dfrac{1}{3} \times \dfrac{2}{6}}{\dfrac{4}{9}} = \frac{1}{4}.$$

注 1.3   在定理 1.1 和定理 1.2 中如果条件 $A_1, A_2, \cdots, A_n$ 是 Ω 的一个划分改为 $B \subset \bigcup\limits_{i=1}^{n} A_i$ 且 $BA_1, BA_2, \cdots, BA_n$ 两两互斥, 全概率公式和贝叶斯公式仍然成立.

例 1.14   在森林中青年猎人与老年猎人同时向一只狐狸开枪, 假设只要射中子弹均留在狐狸体内, 事后被打死的狐狸身上只发现了一个弹孔, 假设在同样条件下, 老年猎人 10 次有 8 次能击中, 而青年猎人在 10 次中只能击中 4 次, 求狐狸被老年猎人击中的概率.

解   设 B 表示 "击中一枪", A_1 表示 "老年猎人击中", A_2 表示 "青年猎人击中", 此处 A_1 与 A_2 并非互斥, 但是 BA_1 与 BA_2 却是互斥的, 依据已知

$$P(A_1) = \frac{8}{10}, \quad P(A_2) = \frac{4}{10}, \quad P(B|A_1) = \frac{6}{10}, \quad P(B|A_2) = \frac{2}{10},$$

由贝叶斯公式得

$$P(A_1|B) = \frac{P(A_1)P(B|A_1)}{P(A_1)P(B|A_1) + P(A_2)P(B|A_2)} = \frac{\dfrac{6}{10} \times \dfrac{8}{10}}{\dfrac{6}{10} \times \dfrac{8}{10} + \dfrac{2}{10} \times \dfrac{4}{10}} = \frac{6}{7}.$$

1.4   事件的独立性

独立性是概率论最基本的概念之一, 客观上许多现象之间是相互独立或近似独立的, 概率论和数理统计所研究的许多问题是以独立性为前提的, 在此前提下许多

问题变得容易处理.

1.4.1　事件独立性的概念和性质

设 A 和 B 是两个事件, 若 $P(B) > 0$, 我们定义了条件概率 $P(A|B)$, 它表示在事件 B 发生的条件下, 事件 A 发生的概率. 若事件 A 发生的概率与事件 B 发生与否无关, 即 $P(A|B) = P(A)$, 则称事件 A 与 B 相互独立. 此时, 乘法公式变为

$$P(AB) = P(B)P(A|B) = P(A)P(B) \quad (\text{当} P(B) = 0 \text{时, 等式也成立}).$$

综上所述, 给出刻画事件独立性的定义.

定义 1.4　设 A 和 B 是两个事件, 如果等式

$$P(AB) = P(A)P(B) \tag{1.4.1}$$

成立, 则称事件 A 与 B **相互独立**, 否则称事件 A 与 B **不独立或相依**.

两个事件独立性是指两个事件的发生与否互不影响. 在实际问题中常由此来判断两个事件是否独立. 要强调的是 "两事件相互独立" 与 "两事件互不相容" 是两个不同的概念. 第一, 两事件不相容的概念与概率无关, 而两个事件的独立性却与其概率密切相关; 第二, 对概率既非 0 又非 1 的两个事件而言, 若互斥则一定不独立, 若相互独立, 则一定不互斥.

相互独立的事件具有如下性质:

定理 1.3　若事件 A 与 B 相互独立, 则 A 与 $\bar{B}$, $\bar{A}$ 与 B, $\bar{A}$ 与 $\bar{B}$ 也相互独立.

证明　这里仅证明由 A 与 B 相互独立推出 A 与 $\bar{B}$ 相互独立, 其他可类似给出证明.

$$
\begin{aligned}
P(A\bar{B}) &= P(A - AB) = P(A) - P(AB) = P(A) - P(A)P(B) \\
&= P(A)(1 - P(B)) = P(A)P(\bar{B}),
\end{aligned}
$$

从而 A 与 $\bar{B}$ 相互独立.

例 1.15　甲乙两射手独立地向同一个目标射击, 他们击中目标的概率分别为 0.8 和 0.9, 求每人射击一次后目标被击中的概率.

解　设 A 表示 "甲击中目标", B 表示 "乙击中目标", 则 $P(A) = 0.8$, $P(B) = 0.9$, 因此

$$P(A \cup B) = 1 - P(\overline{A \cup B}) = 1 - P(\bar{A}\bar{B}) = 1 - P(\bar{A})P(\bar{B}) = 1 - 0.2 \times 0.1 = 0.98$$

或

$$P(A \cup B) = P(A) + P(B) - P(AB) = P(A) + P(B) - P(A)P(B)$$

$$=0.8 + 0.9 - 0.8 \times 0.9 = 0.98.$$

在实际应用中, 经常会用到多个事件的独立性. 因此, 我们将事件的独立性的定义推广到任意 n 个事件 $A_1, A_2, \cdots, A_n$.

定义 1.5 对 n 个事件 $A_1, A_2, \cdots, A_n$, 若下面 $2^n - n - 1$ 个等式同时成立:

$$P(A_{k_1} A_{k_2} \cdots A_{k_s}) = P(A_{k_1}) P(A_{k_2}) \cdots P(A_{k_s})$$

$$(1 \leqslant k_1 < k_2 < \cdots < k_s \leqslant n, \, 2 \leqslant s \leqslant n), \qquad (1.4.2)$$

则称**事件**$A_1, A_2, \cdots, A_n$**相互独立**.

特别地, 当 $n = 3$ 时, A_1, A_2, A_3 相互独立当且仅当以下四个等式同时成立:

$$P(A_1 A_2) = P(A_1) P(A_2), \quad P(A_1 A_3) = P(A_1) P(A_3),$$

$$P(A_2 A_3) = P(A_2) P(A_3), \quad P(A_1 A_2 A_3) = P(A_1) P(A_2) P(A_3).$$

如果上式中只有前三个等式成立, 则称之为事件 A_1, A_2, A_3 两两独立. 多于两个事件相互独立包含了两两独立, 反之不然.

例 1.16 设有 4 张卡片, 分别标有 1, 2, 3, 4, 任取一张; 设 A 表示 "取到的卡片标有 1 或 2", B 表示 "取到的卡片标有 1 或 3", C 表示 "取到的卡片标有 1 或 4", 考察 A, B, C 的独立性.

解 由已知得 $P(A) = P(B) = P(C) = \dfrac{1}{2}$, $P(AB) = P(AC) = P(BC) = \dfrac{1}{4}$, $P(ABC) = \dfrac{1}{4}$, 因此

$$P(AB) = P(A) P(B), \quad P(AC) = P(A) P(C),$$

$$P(BC) = P(B) P(C), \quad P(ABC) \neq P(A) P(B) P(C),$$

所以, A, B, C 两两独立, 但不相互独立.

若 $A_1, A_2, \cdots, A_n$ 相互独立, 那么求它们和的概率时可用下式计算:

$$P(A_1 \cup A_2 \cup \cdots \cup A_n) = 1 - P(\bar{A}_1) P(\bar{A}_2) \cdots P(\bar{A}_n). \qquad (1.4.3)$$

例 1.17 设每人血清中含有肝炎病毒的概率为 0.4%, 混合 100 个人的血清, 求此血清中含有肝炎病毒的概率.

解 设 A_i 表示 "第 i 个人血清含有肝炎病毒"($i = 1, 2, \cdots, 100$), 由 A_1, $A_2, \cdots, A_{100}$ 相互独立, 则所求概率为

$$P(A_1 \cup A_2 \cup \cdots \cup A_{100}) = 1 - P(\bar{A}_1) P(\bar{A}_2) \cdots P(\bar{A}_{100}) = 1 - (0.996)^{100} \approx 0.33.$$

1.4.2 伯努利试验概型

在实际问题中, 常常需要在相同条件下, 重复进行多次试验, 且各试验的结果之间是相互独立的, 这种类型的试验, 被称为独立重复试验. 例如, 在相同条件下多次独立射击, 有放回地抽取产品等均为独立重复试验. 若一次试验仅有两个可能结果 A 和 $\bar{A}$, 则称此试验为**伯努利试验**. 例如, 在投币试验中, 只考虑 "国徽朝上"(A) 和 "国徽朝下"($\bar{A}$) 两个可能结果, 这是伯努利试验. 有些试验尽管有多个可能结果, 但根据需要我们也将其看成是伯努利试验. 例如, 投掷一枚均匀的骰子试验中, 有 6 个可能结果, 但如果只考虑 "点数小于或等于 3"(A) 和 "点数大于 3"($\bar{A}$), 此试验亦可看作仅有两个结果的伯努利试验. 如果将伯努利试验重复独立进行 n 次, 则称这种试验为 n 重伯努利试验. 这里的 "重复" 是指在每次试验中, 事件 A 的概率不变. 在 n 重伯努利试验下建立的数学模型称为 n 重伯努利概型.

设在 n 重伯努利试验中, 每次试验事件 A 发生的概率为 $p(0 < p < 1)$. 下面讨论在 n 次试验中事件 A 恰好发生 k 次的概率 $P_n(k)$.

在 n 重伯努利试验中, 由于每次试验的结果相互独立, 所以事件 A 在指定的 k 次试验中发生且在其余 $n-k$ 次试验中不发生的概率为 $p^k(1-p)^{n-k}$, 而 A 恰好发生 k 次可以是 n 次当中任意的 k 次, 故这种指定方式共有 C_n^k 种, 且它们两两互斥, 根据概率的有限可加性得

$$P_n(k) = C_n^k p^k (1-p)^{n-k} \quad (k = 0, 1, 2, \cdots, n). \tag{1.4.4}$$

例 1.18 电灯泡使用寿命在 1000h 以上的概率为 0.2, 求 3 只电灯泡在使用 1000h 后, 最多只有一只损坏的概率.

解 这是一个 $p = 0.2$ 的 3 重伯努利试验, 故所求概率

$$p = P_3(0) + P_3(1) = (0.2)^3 + C_3^1(0.2)^2(0.8) = 0.104.$$

例 1.19 在 3 次重复独立试验中事件 A 至少出现一次的概率为 $\dfrac{19}{27}$, 求在一次试验中 A 出现的概率.

解 令 $P(A) = p$, 则 $1 - (1-p)^3 = \dfrac{19}{27}$, 即 $(1-p)^3 = \dfrac{8}{27}$, 故 $p = \dfrac{1}{3}$.

习　题　1

1. 写出下列随机试验的样本空间:

(1) 抛掷两枚均匀硬币, 观察正反面出现的情况;

(2) 在某交通路口, 60min 内通过的机动车数量;

(3) 观测某小区一天内的用水量.

2. 试问下列命题是否成立:

(1) $A \cup B = A\bar{B} + B$;

(2) $A - (B - C) = (A - B) \cup C$;

(3) $(A \cup B) - B = A$;

(4) $(A - B) \cup B = A$;

(5) 若 $A \cup C = B \cup C$, 则 $A = B$.

3. 设某工人生产了三个零件, A_i 表示第 i 个零件是正品 ($i = 1, 2, 3$), 试用 A_1, A_2, A_3 的运算关系表示下列事件:

(1) 没有一个是次品;

(2) 至少有一个是正品;

(3) 至少有一个是次品;

(4) 恰有一个是次品;

(5) 至多有一个是次品.

4. 设 $P(A) = P(B) = \dfrac{1}{2}$, 求证: $P(AB) = P(\bar{A}\bar{B})$.

5. 设 $P(A) = \dfrac{1}{3}, P(B) = \dfrac{1}{4}, P(A \cup B) = \dfrac{1}{2}$, 求 $P(A\bar{B})$.

6. 把一枚均匀硬币掷三次, 求出现三次正面的概率.

7. 口袋里有 7 个球, 其中红球 5 个, 白球 2 个, 从袋中无放回地取两次, 每次一个, 求:

(1) 第一次取到白球, 第二次取到红球的概率;

(2) 两次取到的球是一红一白的概率;

(3) 取到的两个球颜色相同的概率.

8. 从 1 到 100 中任取一数, 求:

(1) 它既能被 4 整除又能被 6 整除的概率;

(2) 它能被 4 整除或能被 6 整除的概率;

(3) 它不能被 4 和 6 整除的概率.

9. 把一副扑克牌 (52 张) 平分给 4 人, 求有人得到 13 张红桃的概率.

10. 甲乙两人相约在下午 2: 00 到 3: 00 在某地会合, 求一人要等另一人半小时的概率.

11. 从区间 $(0, 1)$ 中随机取出两个数, 求两数之和小于 $\dfrac{5}{4}$ 的概率.

12. 从 52 张扑克牌中无放回地连续抽取两张, 求:

(1) 在第一次没抽到黑桃时, 第二次抽到黑桃的概率;

(2) 第二次才抽到黑桃的概率.

13. 已知 $P(B) = 0.4, P(A \cup B) = 0.5$, 求 $P(A \,|\, \bar{B})$.

14. 某银行内同时设有两种报警系统 A 与 B, 且系统 A 与系统 B 有效的概率分别为 0.92 和 0.93, 在 A 失灵时, B 有效的概率为 0.85, 求在 B 失灵时 A 有效的概率.

15. 两台机床加工同样的零件, 第一台的废品率是0.03, 第二台的废品率是0.02, 加工出来的零件放在一起, 已知第一台加工的零件比第二台加工的零件多一倍, 求任取一个零件是合格品的概率.

16. 设有来自三个地区的各 10 名、15 名、25 名考生的报名表, 其中女生的报名表分别为 3 份、7 份、5 份, 随机地取一个地区的一份报名表, 求取到的是女生的报名表的概率.

17. 设某电源电压不超过 220V, 在 220~240V 之间和超过 240V 的概率分别为 0.212, 0.576 和 0.212, 在这三种电压下, 某电子元件损坏的概率分别为 0.1, 0.001 和 0.2, 求:

(1) 该电子元件损坏的概率;

(2) 该电子元件损坏时, 电源电压在 220~240V 之间的概率.

18. 玻璃杯成箱销售, 每箱 20 只, 假设各箱含 0, 1, 2 只次品的概率分别为 0.8, 0.1, 0.1, 某顾客在购买时, 售货员随意取出一箱, 并开箱随机查看 4 只, 若无次品, 则买下该箱玻璃杯, 否则退回, 求:

(1) 顾客买下该箱的概率;

(2) 在顾客买下的一箱中, 确实没有次品的概率.

19. 设在 100 只灯泡中次品不超过 3 只, 并且从 0 到 3 是等可能的, 现任取 10 只灯泡, 试求至多有 1 只是次品的概率.

20. 把一颗均匀的骰子掷两次, 事件 A 表示第一次掷出 4 点, B 表示两次点数之和是 6, C 表示两次点数之和是 7, 试问事件 A 与事件 B, 事件 A 与事件 C 是否相互独立?

21. 三台机床独立运转, 设它们不发生故障的概率分别为 0.9, 0.8, 0.7, 求这三台机床中至少有一台发生故障的概率.

22. 已知事件 A 与 B 相互独立, 且 $P(\bar{A}\bar{B}) = \dfrac{1}{9}, P(A\bar{B}) = P(\bar{A}B)$, 求 $P(A)$ 和 $P(B)$.

23. 某射手射击命中率为 0.2, 求该射手射击多少次才能至少击中一次的概率不小于 0.9?

24. 设在 N 件产品中有 M 件次品, 现进行 $n(n \leqslant N)$ 次有放回地抽样检查, 求共抽得 $k(k \leqslant M)$ 件次品的概率.

25. 某评审团由 9 人组成, 每个成员作出正确判断的概率为 0.7, 最终决策按少数服从多数的原则, 求最终作出正确决策的概率.

26. 甲乙两人进行羽毛球单打比赛, 已知一局中甲获胜的概率为 0.6, 乙获胜的概率为 0.4, 比赛可以采用三局两胜制或五局三胜制, 问在哪一种赛制下甲获胜的可能性大?

第2章 随机变量及其分布

为了深入研究和全面掌握随机现象的统计规律, 需要把随机试验的结果数量化, 即把样本空间中的样本点与实数联系起来, 建立起某种对应关系. 为此引入随机变量的概念. 随机变量是概率论中最基本的概念之一, 用它描述随机现象是近代概率论中最重要方法, 它使概率论从事件及其概率的研究扩展到随机变量及其概率分布的研究, 从而利用微积分等近代数学工具, 使概率论成为一门真正的数学学科.

2.1 随机变量的概念

许多随机试验, 其基本结果都可以直接用数值表示. 例如前文提到的掷一颗骰子出现的点数, 电话交换台在单位时间内收到的呼唤次数, 某种型号灯泡的寿命等. 有些随机试验, 其基本结果看起来与数值无关, 但可以赋予其数值. 例如, 掷硬币的试验, 每次出现的结果为正面或反面, 与数值没有关系, 但是我们能用下面方法使其与数值联系起来: 当出现正面时对应数 "1", 而出现反面时对应数 "0", 这样就把随机试验的样本点 ω 与实数 X 之间联系了起来, 建立起了样本空间与实数子集之间的对应关系 $X = X(\omega)$.

定义 2.1 设 Ω 为随机试验 E 的样本空间, 若对 Ω 中的每个基本事件 ω, 都有唯一的实数 $X(\omega)$ 与之对应, 则称 $X(\omega)$ 为定义在 Ω 上的**随机变量**. 通常用大写字母 X, Y, Z, $\cdots$ 或希腊字母 ξ, η, ζ, $\cdots$ 等表示.

由定义可知, 随机变量是定义在样本空间上的实值函数, 随机变量的取值随试验的结果而定, 而试验的结果具有随机性, 因此随机变量的取值在通常意义下也是随机的. 再者, 由于试验的各个结果的出现有一定的概率, 所以随机变量取某个值或某个范围内的值也有一定的概率.

随机变量依其取值的特点可以分为两大类: 一类是随机变量的所有可能取值为有限个或无穷可列个, 这种类型的随机变量称为**离散型随机变量**; 另一类是非离散型随机变量, 它又可分为连续型和既非离散又非连续的混合型. 由于非离散型情况比较复杂, 所以我们只关注可以取一个或多个区间中任意值的随机变量, 也即连续型随机变量.

引入随机变量后, 随机事件就可以用随机变量来描述了. 例如, 前面提到的掷一颗骰子试验中, 如果用 X 表示掷出的点数, 则事件 "出现一点" 可表示为 $\{X = 1\}$; "出现点数小于 5" 可表示为 $\{X < 5\}$; "出现奇数点" 可表示为 $\{X = 2n + 1,\ n = 0,\ 1,\ 2\}$. 这样就可以把对事件的研究转化为对随机变量的研究.

2.2 离散型随机变量及其分布

对于仅取有限个或无限可列多个值的随机变量, 我们感兴趣的不只是其可能取哪些值, 更重要的是要知道其取这些值的概率. 如果其取值及其取值的概率清楚了, 那么对这个随机变量的情况就有了全面的了解.

2.2.1 离散型随机变量及其分布律

设离散型随机变量 X 的所有可能取值为 $x_i(i = 1,\ 2, \cdots)$, p_i 是 X 取 x_i 的概率, 即

$$P(X = x_i) = p_i \quad (i = 1,\ 2, \cdots) \tag{2.2.1}$$

式 (2.2.1) 称为随机变量 X 的概率分布律或概率函数, 也用下面方法表示离散型随机变量 X 的概率分布律

X	x_1	x_2	$\cdots$	x_k	$\cdots$
P	p_1	p_2	$\cdots$	p_k	$\cdots$

根据概率的性质, 易知离散型随机变量的概率分布有如下的性质:

(1) $p_k \geqslant 0$, $k = 1, 2, \cdots$;

(2) $\sum\limits_{k=1}^{\infty} p_k = 1$.

反之任给有限个或可列个满足条件 (1) 和 (2) 的实数列 $p_k(\ k = 1, 2, \cdots)$, 它必是某个离散型随机变量的分布律.

例 2.1 一个箱子中有 2 个白球, 3 个黑球, 从箱子中任取 3 个球, 求其中白球个数 X 的分布律.

解 X 的可能取值为 $0, 1, 2$. 它们的概率分别为

$$P(X = 0) = \frac{C_3^3}{C_5^3} = \frac{1}{10}, \quad P(X = 1) = \frac{C_2^1 C_3^2}{C_5^3} = \frac{3}{5}, \quad P(X = 2) = \frac{C_2^2 C_3^1}{C_5^3} = \frac{3}{10},$$

则 X 的分布律为

$$P(X = k) = \frac{C_2^k C_3^{3-k}}{C_5^3} \quad (k = 0,\ 1,\ 2)$$

或

X	0	1	2
P	$\frac{1}{10}$	$\frac{3}{5}$	$\frac{3}{10}$

2.2.2　常见离散型随机变量的概率分布

1. 两点分布

设随机变量 X 的分布为

$$P(X = 1) = p, \quad P(X = 0) = 1 - p \quad (0 < p < 1), \tag{2.2.2}$$

则称 X 服从参数为 p 的**两点分布**, 两点分布又称为**0-1 分布**或**伯努利分布**, 记作 $B(1,\ p)$.

两点分布的分布律为

$$P(X = k) = p^k (1-p)^{1-k} \quad (k = 0, 1,\ 0 < p < 1)$$

或

X	0	1
P	$1-p$	p

对于任何一个只有两种可能结果的随机试验, 若用 $\Omega = \{\omega_1,\ \omega_2\}$ 表示其样本空间, 可以在 Ω 上定义一个服从两点分布的随机变量

$$X = \begin{cases} 1, & \text{若 } \omega = \omega_1, \\ 0, & \text{若 } \omega = \omega_2 \end{cases}$$

来描述试验结果. 例如, 检查一件产品是否合格, 射手射击是否中靶, 掷硬币是否国徽面朝上等.

2. 二项分布

设随机变量 X 的分布律为

$$P(X = k) = C_n^k p^k (1-p)^{n-k} \quad (k = 0,\ 1,\ 2, \cdots, n,\ 0 < p < 1), \tag{2.2.3}$$

则称 X 服从参数为 n 和 p 的二项分布, 记作 $X \sim B(n,\ p)$.

二项分布产生于一系列独立试验, 若一次伯努利试验中某事件 A 发生的概率为 $p(0 < p < 1)$, 则 n 重伯努利试验中事件 A 发生的次数服从参数为 n 和 p 的二项分布. 在二项分布中, 当 $n = 1$ 时, 有

$$P(X = k) = p^k (1-p)^{1-k} \quad (k = 0,\ 1,\ 0 < p < 1), \tag{2.2.4}$$

这就是两点分布, 故两点分布是二项分布在 $n = 1$ 时的特例.

例 2.2 已知一批产品的次品率为 4%, 从中有放回地抽取 5 个, 求 5 个产品中:

(1) 恰好有一个次品的概率;

(2) 有 3 个以下次品的概率.

解 (1) 抽取一个产品相当于一次试验, 因此 $n = 5$. 由于是有放回地抽取, 所以每次试验是独立的, 每次抽取的次品率均为 4%. 设 X 为抽取的次品数, 显然, $X \sim B(5, 0.04)$, 故恰好有一个次品的概率为

$$P(X = 1) = \mathrm{C}_5^1 0.04^1 (1 - 0.04)^4 \approx 0.1699,$$

(2) 有 3 个以下次品的概率为

$$
\begin{aligned}
P(X < 3) =& P(X = 0) + P(X = 1) + P(X = 2) \\
=& (1 - 0.04)^5 + \mathrm{C}_5^1 0.04^1 (1 - 0.04)^4 + \mathrm{C}_5^2 0.04^2 (1 - 0.04)^3 \\
\approx& 0.9994.
\end{aligned}
$$

为了对二项分布的变化有个直观了解, 可以给出 $n = 20, p = 0.1, 0.3, 0.5$ 时的二项分布的分布图 (图 2.2.1).

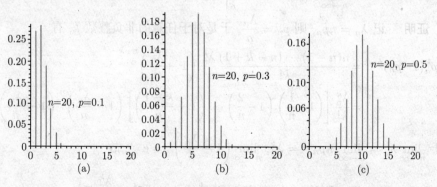

图 2.2.1

从图 2.2.1 中可以看出, 对于固定的 n 和 p, 当发生次数 k 增加时, $B(n, p)$ 先随之增加并达到极大值, 然后又下降, 那么对一般的二项分布而言, 当 n 和 p 给定时, k 为何值时, 二项分布的概率达到最大? 由于对 $0 < p < 1$,

$$\frac{p(X = k)}{P(X = k - 1)} = \frac{(n - k + 1)p}{k(1 - p)} = 1 + \frac{(n + 1)p - k}{k(1 - p)},$$

因此, 当 $k < (n + 1)p$ 时, $P(X = k) > P(X = k - 1)$; 当 $k = (n + 1)p$ 时, $P(X = k) = P(X = k - 1)$; 当 $k > (n + 1)p$ 时, $P(X = k) < P(X = k - 1)$. 因为 $(n + 1)p$ 不一定是正整数, 而二项分布中的 k 只能取正整数, 所以存在正整数 k_0, 而且当 k 从 0 变到 n 时, $P(X = k)$ 先单调上升, 当 $k = k_0$ 时达到最大值, 但若 $(n + 1)p = k_0$ 是整数时, $P(X = k_0) = P(X = k_0 - 1)$ 同时达到最大值. 因此, 当 $(n + 1)p$ 不是整数时, $k_0 = [(n + 1)p]$ 使 $P(X = k)$ 达到最大; 当 $(n + 1)p$ 是整数时, $k_0 = (n + 1)p$ 和 $k_0 = (n + 1)p - 1$ 使 $P(X = k)$ 达到最大.

例 2.3　设某人投篮命中率为 0.65 , 在 10 次投篮中, 最可能投中几次?

解　这是伯努利概型, 投中次数服从二项分布 $B(10, 0.65)$, 因此最可能投中次数为 $k_0 = [(n + 1)p] = 6$.

我们知道, 伯努利试验序列中成功次数服从二项分布, 然而当试验次数很大时, 二项概率的计算特别复杂, 所以在概率论产生的初期, 人们就注意寻找近似计算方法, 1837 年法国数学家泊松给出了有关二项分布极限分布的定理——泊松定理, 该定理提供了二项分布的近似计算方法.

定理 2.1(泊松定理)　设随机变量序列 $X_n(n = 1, 2, \cdots)$ 服从二项分布, 即 $P(X_n = k) = C_n^k p_n^k (1 - p_n)^{n-k} (k = 0, 1, 2, \cdots, n, 0 < p_n < 1)$, 且设 $\lim\limits_{n \to \infty} np_n = \lambda$, $\lambda > 0$ 是常数, 则有

$$\lim_{n \to \infty} P(X_n = k) = \frac{\lambda^k}{k!} \mathrm{e}^{-\lambda} \quad (k = 0, 1, 2, \cdots). \tag{2.2.5}$$

证明　记 $\lambda_n = np_n$, 则 $p_n = \dfrac{\lambda_n}{n}$, 于是对于任意的非负整数 k, 有

$$C_n^k p_n^k (1 - p_n)^{n-k} = \frac{n(n-1)\cdots(n-k+1)}{k!} \frac{\lambda_n^k}{n^k} \left(1 - \frac{\lambda_n}{n}\right)^{n-k}$$

$$= \frac{\lambda_n^k}{k!} \left[\left(1 - \frac{1}{n}\right)\left(1 - \frac{2}{n}\right)\cdots\left(1 - \frac{k-1}{n}\right)\right]\left(1 - \frac{\lambda_n}{n}\right)^n \left(1 - \frac{\lambda_n}{n}\right)^{-k}$$

由于 $\lim\limits_{n \to \infty} \lambda_n^k = \lim\limits_{n \to \infty} (np_n)^k = \lambda^k$, $\lim\limits_{n \to \infty} \left(1 - \dfrac{\lambda_n}{n}\right)^n = \mathrm{e}^{-\lambda}$, 故

$$\lim_{n \to \infty} P(X_n = k) = \lim_{n \to \infty} C_n^k p_n^k (1 - p_n)^{n-k} = \frac{\lambda^k}{k!} \mathrm{e}^{-\lambda}.$$

因此, 当 n 很大, p 很小时, 有近似计算公式

$$C_n^k p_n^k (1-p_n)^{n-k} \approx \frac{\lambda^k}{k!} e^{-\lambda}. \tag{2.2.6}$$

一般来讲, 在实际计算中, 当 $n \geqslant 20$, $p \leqslant 0.05$, 且 np 大小适中时, 用 $\frac{\lambda^k}{k!} e^{-\lambda}$ 作为 $C_n^k p_n^k (1-p_n)^{n-k}$ 的近似值的效果很好.

3. 泊松分布

如果随机变量 X 的概率分布为

$$P(X=k) = \frac{\lambda^k}{k!} e^{-\lambda}, \quad (k=0,\ 1,\ 2,\cdots). \tag{2.2.7}$$

其中 $\lambda > 0$ 为常数, 则称随机变量 X 服从参数为 λ 的**泊松分布**, 记作 $X \sim P(\lambda)$.

显然, $P(X=k) > 0$ 且 $\sum\limits_{n=1}^{\infty} \frac{\lambda^k}{k!} e^{-\lambda} = 1$.

1837 年, 法国数学家泊松 (Poisson) 首次提出了 "泊松分布", 它最初是作为二项分布的一个近似而被发现的, 但随着概率论的发展和实践的检验, 证实泊松分布对某一类随机现象有很贴切的描述, 这类现象具有两个重要特征:

(1) 所考察的事件在任意两个长度相等的区间里发生一次的机会均等;

(2) 所考察的事件在任何一个区间里发生与否和与其不交的其他区间里发生与否没有相互影响, 即是独立的.

在满足以上条件的试验中, 表示 "一定时间段或一定空间区域或其他特定单位内某一事件出现的次数" 的随机变量所服从的概率分布均为泊松分布. 例如, 某航空公司在一段时间内接到的订票电话数; 一定时间内, 到车站等候公共汽车的人数; 一匹布上发现的瑕疵点数; 某段时间内, 放射性物质放射的粒子数等都服从泊松分布. 泊松分布的概率值可查附表 1.

例 2.4 某一城市每天发生火灾的次数 X 服从参数 $\lambda = 0.8$ 的泊松分布, 求该城市一天内发生 3 次或 3 次以上火灾的概率.

解 由已知所求概率为

$$P(X \geqslant 3) = 1 - P(X < 3) = 1 - P(X=0) - P(X=1) - P(X=2)$$
$$= 1 - e^{-0.8} \left(\frac{0.8^0}{0!} + \frac{0.8^1}{1!} + \frac{0.8^2}{2!} \right) \approx 0.0474.$$

例 2.5 在一地区随机抽取 200 人体检, 如果每个人患某种疾病的概率为 0.01, 且个人患病与否相互独立, 求其中至少 4 人患这种病的概率.

解 设 X 表示 "200 人中患此病的人数", 则 $X \sim B(200, 0.01)$, 于是

$$P(X \geqslant 4) = 1 - \sum_{k=0}^{3} C_{200}^{k}(0.01)^k(0.99)^{200-k},$$

显然, 这样的概率计算比较复杂, 现在利用泊松定理来计算, 由于 $\lambda = np = 2$, 故

$$P(X \geqslant 4) \approx 1 - \sum_{k=0}^{3} \frac{2^k \mathrm{e}^{-2}}{k!} = 1 - 0.857 = 0.1429.$$

4. 超几何分布

若有 N 个元素分成两大类, 第一类有 N_1 个元素, 第二类有 N_2 个元素, 无放回地从 N 个元素中抽取 n 个, 那么所取到的第一类元素的个数 X 的概率分布为

$$P(X = k) = \frac{C_{N_1}^{k} C_{N_2}^{n-k}}{C_N^n}, \quad (k = 0, 1, 2, \cdots, \min\{n, N_1\}), \tag{2.2.8}$$

其中 n, N_1, N_2 为正整数, $N = N_1 + N_2$, $n \leqslant N_1 + N_2$, 则称随机变量 X 服从**超几何分布**, 记作 $X \sim H(N, N_1, n)$.

例 2.6 从某厂生产的 2000 件产品中 (其中有 200 件次品), 随机抽查 20 件, 若 X 表示这 20 件产品中次品的件数, 求 X 的分布.

解 由于是不放回抽样, 因此 X 服从超几何分布, 所以 X 的分布为

$$P(X = k) = \frac{C_{200}^{k} C_{1800}^{20-k}}{C_{2000}^{20}} \quad (k = 0, 1, 2, \cdots, 20).$$

若本例中把不放回抽样变为有放回地抽取, 则 20 件产品中恰有 k 件次品的概率为

$$P(X = k) = C_{20}^{k} \left(\frac{200}{2000}\right)^k \left(1 - \frac{200}{2000}\right)^{20-k} \quad (k = 0, 1, 2, \cdots, 20).$$

注意到本例中产品的总数很大, 而抽查产品数相对很小. 因而, 不妨把不放回抽样近似地当作放回抽样来处理, 不会产生很大误差, 即

$$\frac{C_M^k C_{N-M}^{n-k}}{C_N^n} \approx C_n^k p^k (1-p)^{n-k} \quad \left(k = 0, 1, 2, \cdots, n, \quad p = \frac{M}{N}\right). \tag{2.2.9}$$

定理 2.2(二项定理) 若当 $N \to \infty$, $\dfrac{M}{N} \to p$, 则

$$\frac{C_M^k C_{N-M}^{n-k}}{C_N^n} \to C_n^k p^k (1-p)^{n-k} \quad (N \to \infty).$$

因此, 超几何分布的极限分布为二项分布.

2.3 随机变量的分布函数

设 X 是一随机变量, 则对任意实数 a, b $(a < b)$, $\{a < X \leqslant b\}$ 为一随机事件, 其发生的概率

$$P(a < X \leqslant b) = P(X \leqslant b) - P(X \leqslant a).$$

因此, 只要对一切实数 x, 给出概率 $P(X \leqslant x)$, 就能计算 X 落在区间 $[a, b]$ 上的概率及 X 属于某些相当复杂点集的概率.

定义 2.2 设 X 是一个随机变量, 对任意的实数 x, 称

$$F(x) = P(X \leqslant x) \tag{2.3.1}$$

为随机变量 X 的**分布函数**.

分布函数是一个普通的函数, 如果将 x 看成是数轴上的随机点的坐标, 那么 $F(x)$ 在 x 处的函数值就表示 x 落在区间 $(-\infty, x]$ 上的概率, 显然 $0 \leqslant F(x) \leqslant 1$.

由分布函数的定义, 可以证明分布函数具有如下性质:

(1) $F(x)$ 是单调不减函数, 即若 $x_1 < x_2$, 则 $F(x_1) \leqslant F(x_2)$;

(2) $F(-\infty) = \lim\limits_{x \to -\infty} F(x) = 0$, $F(+\infty) = \lim\limits_{x \to +\infty} F(x) = 1$;

(3) $F(x)$ 是右连续函数, 即 $F(x + 0) = F(x)$.

上述三条性质是判别函数 $F(x)$ 是否为某一随机变量的分布函数的充分必要条件, 由分布函数的性质可得

$$P(a < X \leqslant b) = F(b) - F(a);$$

$$P(X = a) = F(a) - F(a - 0);$$

$$P(X < a) = F(a - 0), \quad P(X > a) = 1 - F(a);$$

$$P(a \leqslant X \leqslant b) = F(b) - F(a) + P(X = a) = F(b) - F(a - 0).$$

综上所述, 给定了分布函数就能计算各种事件的概率, 因而引入分布函数使许多概率问题得以简化而归结为函数的运算, 这样就能利用微积分的许多结果, 这也是引入随机变量的好处.

例 2.7 设随机变量 X 的分布律为

X	-1	0	1
P	0.1	0.3	0.6

求 X 的分布函数.

解　当 $x < -1$ 时, $F(x) = P(X \leqslant x) = 0$;

当 $-1 \leqslant x < 0$ 时, $F(x) = P(X = -1) = 0.1$;

当 $0 \leqslant x < 1$ 时, $F(x) = P(X = -1) + P(X = 0) = 0.4$;

当 $x \geqslant 1$ 时, $F(x) = P(X = -1) + P(X = 0) + P(X = 1) = 1$,

整理得

$$
F(x) = \begin{cases}
0, & x < -1, \\
0.1, & -1 \leqslant x < 0, \\
0.4, & 0 \leqslant x < 1, \\
1, & x \geqslant 1.
\end{cases}
$$

一般地, 若 X 为离散型随机变量, 其概率分布为 $P(X = x_k) = p_k, k = 1, 2, \cdots$, 那么可以通过下式求得分布函数

$$
F(x) = P(X \leqslant x) = \sum_{x_k \leqslant x} P(X = x_k) = \sum_{x_k \leqslant x} p_k.
$$

显然, $F(x)$ 是一个跳跃函数, 它在每个 x_k 处有跳跃度 p_k. 反之, 由 $F(x)$ 也可唯一决定 x_k 及 p_k, 即 $P(X = x_k) = F(x_k) - F(x_k - 0)$ 或 $P(X = x_k) = F(x_k) - F(x_{k-1})$, $k = 1, 2, \cdots$ (其中 $x_0 = -\infty$).

例 2.8　设某离散型随机变量 X 的分布函数为

$$
F(x) = \begin{cases}
0, & x < -1, \\
\dfrac{1}{2}, & -1 \leqslant x < 1, \\
\dfrac{5}{6}, & 1 \leqslant x < 3, \\
1, & x \geqslant 3.
\end{cases}
$$

求 X 的分布律及 $P(|X| \leqslant 1)$.

解　由分布函数的性质, 可以求得

$$
P(X = -1) = F(-1) = \frac{1}{2}, \quad P(X = 1) = F(1) - F(-1) = \frac{1}{3},
$$

$$
P(X = 3) = F(3) - F(1) = \frac{1}{6}.
$$

所以 X 的分布律为

X	-1	1	3
P	$\dfrac{1}{2}$	$\dfrac{1}{3}$	$\dfrac{1}{6}$

于是

$$P(|X| \leqslant 1) = P(-1 \leqslant X \leqslant 1) = F(1) - F(-1) + P(X = -1) = \frac{5}{6}.$$

2.4 连续型随机变量及其分布

2.4.1 连续型随机变量及其概率密度

前面讨论了取值是有限或可列多个的离散型随机变量. 在许多实际问题中, 常常遇到取值为某一个或若干个区间内任意数值的随机变量, 它的取值是不可数的, 这是连续型随机变量与离散型随机变量的本质区别, 这也决定了两类随机变量在概率计算上的不同. 对一个离散型随机变量, 可以计算其某一特定取值的概率; 而对一个连续型随机变量, 讨论其在某一点取值的概率是没有意义的, 而考虑其于某一区间取值的概率. 与离散型随机变量的概率分布律相对应, 连续型随机变量主要是通过概率密度来描述.

定义 2.3 对于随机变量 X, 如果存在非负可积函数 $f(x)$ $(-\infty < x < +\infty)$, 使得 X 取值于任一区间 $(a, b]$ 内的概率为

$$P(a < X \leqslant b) = \int_a^b f(x)\mathrm{d}x, \tag{2.4.1}$$

则称 X 为**连续型随机变量**, $f(x)$ 为 X 的**概率密度函数**或**分布密度函数**, 简称**概率密度或分布密度**.

利用分布函数, 可以给出连续型随机变量的等价定义.

定义 2.4 设 $F(x)$ 是随机变量 X 的分布函数, 若存在一个非负可积函数 $f(x)$, 对于任意实数 x, 有

$$F(x) = \int_{-\infty}^x f(t)\mathrm{d}t, \tag{2.4.2}$$

则称 X 为**连续型随机变量**, $f(x)$ 为 X 的**概率密度函数**或**分布密度函数**, 简称**概率密度或分布密度**.

由概率密度函数定义, 可知 $F(x)$ 是连续函数, 且 $f(x)$ 具有如下性质:

(1) $f(x) \geqslant 0$;

(2) $\displaystyle\int_{-\infty}^{+\infty} f(x)\mathrm{d}x = 1$.

以上两条也是 $f(x)$ 为某一随机变量的概率密度函数的充要条件.

据上面定义还可得到:

(1) 对于任意实数 a, 有 $P(X=a)=0$;

(2) 若 $f(x)$ 在点 x 处连续, 则 $F'(x)=f(x)$.

由定义 2.4 可知, 随机变量 X 落在区间 (a,b) 的概率等于由曲线 $y=f(x)$, x 轴及直线 $x=a, x=b$ 所围成的曲边梯形的面积, 因此对任意区间 $D\subset\mathbf{R}$, $P(X\in D)=\displaystyle\int_D f(x)\mathrm{d}x$.

对任意常数 $a\in\mathbf{R}$, $\Delta x>0$ 利用不等式 $0\leqslant P(X=a)\leqslant P(a\leqslant X\leqslant a+\Delta x)=\displaystyle\int_a^{a+\Delta x} f(x)\mathrm{d}x$, 令 $\Delta x\to 0$, 得 $P(X=a)=0$.

因此在计算连续型随机变量落在某一区间概率时, 可以不区分区间是开区间或是闭区间, 即

$$P(a\leqslant X\leqslant b)=P(a<X<b)=P(a\leqslant X<b)=P(a<X\leqslant b)=\int_a^b f(x)\mathrm{d}x.$$

由此可见, 对于概率密度 $f(x)$ 而言, 改变它在有限个点上的值是被允许的. 另外, $P(X=a)=0$ 也表明概率为零的事件并不一定是不可能事件, 同样概率为 1 的事件并不一定是必然事件.

设 $f(x)$ 在点 x 处连续, 则有

$$f(x)=\lim_{\Delta x\to 0^+}\frac{F(x+\Delta x)-F(x)}{\Delta x}=\lim_{\Delta x\to 0^+}\frac{P(x<X\leqslant x+\Delta x)}{\Delta x}$$

$$=\lim_{\Delta x\to 0^+}\frac{\displaystyle\int_x^{x+\Delta x} f(t)\mathrm{d}t}{\Delta x}.$$

由上述看到, 概率密度函数的定义与物理学中的线密度定义相似, 这就是将 $f(x)$ 称为概率密度函数的原因.

例 2.9　设连续型随机变量 X 的概率密度为

$$f(x)=\begin{cases} Ax, & 0\leqslant x\leqslant 1, \\ 0, & \text{其他}. \end{cases}$$

求常数 A 及分布函数 $F(x)$, 并计算 $P\left(-1\leqslant X<\dfrac{1}{2}\right)$.

解 由 $\int_{-\infty}^{+\infty} f(x)\mathrm{d}x = 1$, 即 $\int_0^1 Ax\mathrm{d}x = \dfrac{A}{2} = 1$, 解得 $A = 2$.

当 $x < 0$ 时, $F(x) = P(X \leqslant x) = 0$;

当 $0 \leqslant x < 1$ 时, $F(x) = \int_{-\infty}^x f(t)\mathrm{d}t = \int_0^x 2t\mathrm{d}t = x^2$;

当 $x \geqslant 1$ 时, $F(x) = 1$.

所以分布函数

$$F(x) = \begin{cases} 0, & x < 0, \\ x^2, & 0 \leqslant x < 1, \\ 1, & x \geqslant 1. \end{cases}$$

$$P\left(-1 \leqslant X < \frac{1}{2}\right) = F\left(\frac{1}{2}\right) - F(-1) = \frac{1}{4}$$

$$\text{或 } P\left(-1 \leqslant X < \frac{1}{2}\right) = \int_0^{\frac{1}{2}} 2x\mathrm{d}x = \frac{1}{4}.$$

例 2.10 设随机变量 X 的分布函数为

$$F(x) = \begin{cases} a + b\mathrm{e}^{-x}, & x > 0, \\ 0, & x \leqslant 0. \end{cases}$$

求常数 a, b 及概率密度 $f(x)$.

解 由 $F(+\infty) = 1$, 有 $\lim\limits_{x \to +\infty}(a + b\mathrm{e}^{-x}) = a = 1$. 又由 $F(x)$ 在 $x = 0$ 处右连续, 则 $\lim\limits_{x \to 0^+}(a + b\mathrm{e}^{-x}) = a + b = F(0) = 0$, 故 $b = -1$, 所以

$$F(x) = \begin{cases} 1 - \mathrm{e}^{-x}, & x > 0, \\ 0, & x \leqslant 0. \end{cases}$$

当 $x > 0$ 时, $F'(x) = \mathrm{e}^{-x}$, 在 $x = 0$ 点 $F(x)$ 不可导, 但可补充 $f(0) = 0$, 于是 X 的概率密度为

$$f(x) = \begin{cases} \mathrm{e}^{-x}, & x > 0, \\ 0, & x \leqslant 0. \end{cases}$$

2.4.2 常见的连续型随机变量的概率分布

1. 均匀分布

设随机变量 X 的概率密度函数为

$$f(x) = \begin{cases} \dfrac{1}{b-a}, & a < x < b, \\ 0, & \text{其他}. \end{cases} \tag{2.4.3}$$

则称 X 服从参数为 a, b 的均匀分布, 记作 $X \sim U(a, b)$.

容易求得均匀分布的分布函数为

$$F(x) = \begin{cases} 0, & x < a, \\ \dfrac{x-a}{b-a}, & a \leqslant x < b, \\ 1, & x \geqslant b. \end{cases} \tag{2.4.4}$$

均匀分布的直观概率意义是: X 落入 (a, b) 内任意小区间的概率与该小区间的长度成正比, 而与该小区间的位置无关. 因此, X 落入 (a, b) 内任意等长小区间内的概率是相等的, 即

$$P(c \leqslant X \leqslant d) = \int_c^d \frac{1}{b-a} \mathrm{d}x = \frac{d-c}{b-a}.$$

从上式可以看出, 计算均匀分布的概率可以利用几何概型的长度之比.

例 2.11   某公共汽车站从早上 6 时起每隔 15min 开出一趟班车, 假定某乘客在 6 时以后到达车站的时刻是随机的, 所以有理由认为他等候乘车的时间长度 X 服从参数为 $a = 0, b = 15$ 的均匀分布, 试求该乘客等候乘车的时间少于 5min 的概率.

解   由题意可知, 随机变量 X 的概率密度为 $f(x) = \begin{cases} \dfrac{1}{15}, & 0 < x < 15, \\ 0, & \text{其他}, \end{cases}$

那么乘客等候时间少于 5min 的概率为

$$P(0 < X < 5) = \frac{5}{15} = \frac{1}{3}.$$

均匀分布无论在理论上还是实际应用上都是常用的一种分布, 例如, 当我们对取值某一区间 $[a, b]$ 上的随机变量 X 的分布一无所知时, 假定它服从 $[a, b]$ 上的均匀分布是合理的. 又如计算机在进行计算时, 对末尾数要进行 "四舍五入", 在对小数点后面第一位进行 "四舍五入" 时, 那么一般认为舍入误差服从 $(-0.5, 0.5)$ 上的均匀分布.

2. 指数分布

若随机变量 X 有概率密度函数

$$f(x) = \begin{cases} \lambda \mathrm{e}^{-\lambda x}, & x > 0, \\ 0, & x \leqslant 0. \end{cases} \tag{2.4.5}$$

其中 $\lambda > 0$ 为常数, 则称 X 服从参数为 λ 的指数分布, 记作 $X \sim E(\lambda)$, 其分布函数为

$$F(x) = \begin{cases} 1 - \mathrm{e}^{-\lambda x}, & x > 0, \\ 0, & x \leqslant 0. \end{cases}$$

指数分布是用来描述等待某一特定事件发生所需时间的一种连续型概率分布, 例如, 某些产品的寿命, 两辆汽车先后到达某加油站的间隔时间, 某人接到一次拨错号码的电话所需等待的时间等. 这些随机变量常近似服从指数分布. 考虑与时间间隔有关的概率分布, 我们自然会联想到泊松分布, 那么连续型的指数分布与离散型的泊松分布之间是否存在某种联系呢? 研究发现, 二者的确有着十分紧密且重要的关联. 实际上, 如果某一事件在特定时间间隔内发生的次数服从泊松分布, 则该事件先后两次发生之间的时间间隔就服从指数分布.

例 2.12 某设备的使用寿命 (单位: h)$X \sim E\left(\dfrac{1}{1000}\right)$.

(1) 求该设备寿命超过 1000h 的概率;

(2) 该设备已正常使用 2000h, 求它至少还能正常使用 1000h 的概率.

解 因为 $X \sim E\left(\dfrac{1}{1000}\right)$, 所以其概率密度为 $f(x) = \begin{cases} \dfrac{1}{1000}\mathrm{e}^{-\frac{1}{1000}x}, & x > 0, \\ 0, & x \leqslant 0. \end{cases}$

(1) 寿命超过 1000h 的概率为 $P(X > 1000) = \displaystyle\int_{1000}^{+\infty} \dfrac{1}{1000}\mathrm{e}^{-\frac{1}{1000}x}\mathrm{d}x = \mathrm{e}^{-1}$.

(2) $P(X > 3000 \,|\, X > 2000) = \dfrac{P(\{X > 3000\} \cap \{X > 2000\})}{P(X > 2000)}$

$$= \dfrac{P(X > 3000)}{P(X > 2000)} = \dfrac{\mathrm{e}^{-3}}{\mathrm{e}^{-2}} = \mathrm{e}^{-1}.$$

从例 2.12 可见, 该设备寿命超过 1000h 的概率等于已使用 2000h 的条件下至少还能使用 1000h 的概率, 这种性质称为指数分布的 "无记忆性".

一般地, 若 $X \sim E(\lambda)$, 则对任意的 $s > 0, t > 0$, 都有

$$P(X > s + t \,|\, X > s) = P(X > t).$$

指数分布是唯一具有 "无记忆性" 的连续型分布, 这种性质使得指数分布在排队论和可靠性理论中占有重要地位.

例 2.13 某电子元件寿命 (单位: h)$X \sim E\left(\dfrac{1}{100}\right)$, 将工作相互独立的 3 只这种元件连接称为一个系统, 若至少 2 只元件失效时系统才失效, 求系统的寿命至少为 200h 的概率.

解　设 Y 表示 3 只元件中寿命小于 200h 的元件只数, 一只元件寿命小于 200h 的概率记作 p. 由寿命 $X \sim E\left(\dfrac{1}{100}\right)$, 得 $p = \displaystyle\int_0^{200} \dfrac{1}{100} \mathrm{e}^{-\frac{1}{100}x} \mathrm{d}x = 1 - \mathrm{e}^{-2}$, 由于各元件相互独立工作, 则有 $Y \sim B(3, p)$. 那么系统使用 200h 失效的概率为

$$P(Y \geqslant 2) = \mathrm{C}_3^2 (1 - \mathrm{e}^{-2})^2 \mathrm{e}^{-2} + \mathrm{C}_3^3 (1 - \mathrm{e}^{-2})^3 \approx 0.95$$

则系统寿命至少为 200h 的概率为

$$1 - P(Y \geqslant 2) \approx 0.05.$$

3. 正态分布

若随机变量 X 的概率密度函数为

$$f(x) = \frac{1}{\sqrt{2\pi}\, \sigma} \mathrm{e}^{-\frac{(x-\mu)^2}{2\sigma^2}} \quad (-\infty < x < +\infty), \tag{2.4.6}$$

其中 μ 和 σ 为常数, 且 $\sigma > 0$, 则称 X 服从参数为 μ 和 σ^2 的正态分布或高斯 (Gauss) 分布, 记作 $X \sim N(\mu, \sigma^2)$, 相应的分布函数为

$$F(x) = \int_{-\infty}^{x} \frac{1}{\sqrt{2\pi}\, \sigma} \mathrm{e}^{-\frac{(t-\mu)^2}{2\sigma^2}} \mathrm{d}t \quad (-\infty < x < +\infty), \tag{2.4.7}$$

正态分布是概率论中最重要的一种分布, 也是自然界最常见的一种分布, 如测量的误差、农作物的收获量、工厂产品的尺寸等都近似服从正态分布. 通常若影响某一数量指标的随机因素很多, 而每个因素所起的作用不太大, 则这个指标服从正态分布, 这点可以利用概率论的极限定理加以证明.

随后我们将学到, 许多分布可以用正态分布来近似, 而有一些分布又可以通过正态分布来导出, 因此正态分布无论在理论研究还是实际应用中都十分重要.

由正态分布密度的定义可以看出, 不同的 μ 值和不同的 σ 值对应于不同的正态分布, 从正态分布概率密度函数的图形 (图 2.4.1(a), (b)) 上可以看出正态曲线具有如下性质:

(1) 正态曲线的图形是关于 $x = \mu$ 对称的钟形曲线, 且峰值在 $x = \mu$ 处.

(2) 正态分布的均值 μ 可以是实数轴上的任意数值, 它决定正态曲线的具体位置, 标准差 σ 相同而均值不同的正态曲线在坐标平面上体现为左右平移.

(3) 正态分布的标准差 σ 决定正态曲线的 "陡峭" 或 "扁平" 程度. σ 越大, 正态曲线越扁平; σ 越小, 正态曲线越陡峭.

(4) 当 X 的取值向横轴左右两个方向无限延伸时, 正态曲线的左右两个尾端也无限渐近横轴, 但理论上永远也不会与之相交.

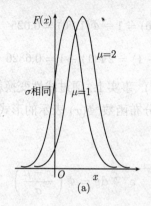 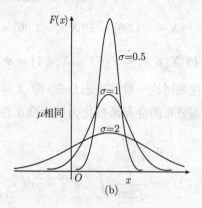

图 2.4.1

特别地, 称参数 $\mu = 0, \sigma = 1$ 的正态分布 $N(0,1)$ 为标准正态分布, 对于标准正态分布 $N(0,1)$, 其概率密度函数通常用 $\varphi(x)$ 表示, 即

$$\varphi(x) = \frac{1}{\sqrt{2\pi}} \mathrm{e}^{-\frac{x^2}{2}} \quad (-\infty < x < +\infty), \tag{2.4.8}$$

其分布函数为

$$\Phi(x) = \frac{1}{\sqrt{2\pi}} \int_{-\infty}^{x} \mathrm{e}^{-\frac{t^2}{2}} \mathrm{d}t \quad (-\infty < x < +\infty). \tag{2.4.9}$$

当 $x \geqslant 0$ 时, $\Phi(x)$ 的函数值已编制成表 (见附表 2), 当 $x < 0$ 时, 由 $\varphi(x)$ 的对称性, 可以得到 $\Phi(x) = 1 - \Phi(-x)$.

X 取值落在区间 $[a,b]$ 上的概率 $P(a \leqslant X \leqslant b) = \Phi(b) - \Phi(a)$.

对于标准正态分布, 给定 $\alpha(0 < \alpha < 1)$, 称满足 $P(X > z_\alpha) = \alpha$ 的点 z_α 为标准正态分布的上 α 分位点 (图 2.4.2). 常用的几个 z_α 的值如下:

α	0.001	0.005	0.010	0.025	0.050	0.100
z_α	3.090	2.576	2.327	1.960	1.645	1.282

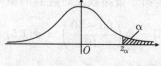

图 2.4.2

由密度函数 $\varphi(x)$ 的对称性知, $z_{1-\alpha} = -z_\alpha$.

例 2.14　设 $X \sim N(0,1)$, 求 $P(X \leqslant 1.96)$, $P(X < -1.96)$, $P(|X| \leqslant 1)$.

解　$P(X \leqslant 1.96) = \Phi(1.96)$, 查表得 $\Phi(1.96) = 0.975$, 于是

$$P(X < -1.96) = P(X \leqslant -1.96) = \Phi(-1.96) = 1 - \Phi(1.96) = 0.025$$

$$P(|X| \leqslant 1) = P(-1 \leqslant X \leqslant 1) = \Phi(1) - \Phi(-1) = 2\Phi(1) - 1 = 0.6826$$

现在来讨论一般的正态分布, 即 $X \sim N(\mu, \sigma^2)$. 事实上, 通过线性变换就可把一般正态分布的分布函数化为用标准正态分布的分布函数 $\Phi(x)$ 表示的形式.

令 $y = \dfrac{t - \mu}{\sigma}$, 则

$$F(x) = \frac{1}{\sqrt{2\pi}\,\sigma} \int_{-\infty}^{x} \mathrm{e}^{-\frac{(t-\mu)^2}{\sigma^2}} \mathrm{d}t = \frac{1}{\sqrt{2\pi}} \int_{-\infty}^{\frac{x-\mu}{\sigma}} \mathrm{e}^{-\frac{y^2}{2}} \mathrm{d}y = \Phi\left(\frac{x-\mu}{\sigma}\right)$$

那么

$$P(a < X \leqslant b) = \Phi\left(\frac{b-\mu}{\sigma}\right) - \Phi\left(\frac{a-\mu}{\sigma}\right).$$

例 2.15　从郊外某地乘车前往火车站有两条路线, 第一条路线穿过市区, 路程短, 但交通拥挤所需时间 (单位: min) 服从 $N(50,100)$, 第二条路线沿环城公路走, 路程较长, 但意外阻塞较少, 所需时间服从 $N(60,16)$.

(1) 假如有 70min 可用, 应走哪条路线?

(2) 若有 65min 可用, 又应走哪条路线?

解　设从郊外到火车站的行车时间为 X, 则依题意有:

(1) 有 70min 可用时, 走第一条路线及时赶到的概率为

$$P(X \leqslant 70) = \Phi\left(\frac{70-50}{10}\right) = \Phi(2) = 0.9772,$$

走第二条路线及时赶到的概率为

$$P(X \leqslant 70) = \Phi\left(\frac{70-60}{4}\right) = \Phi(2.5) = 0.9938.$$

显然, 应该选择在允许时间内有较大概率及时赶到的路线, 即应走第二条路线.

(2) 有 65min 可用时, 走第一条路线及时赶到的概率为

$$P(X \leqslant 65) = \Phi\left(\frac{65-50}{10}\right) = \Phi(1.5) = 0.9332,$$

走第二条路线及时赶到的概率为

$$P(X \leqslant 65) = \Phi\left(\frac{65-60}{4}\right) = \Phi(1.25) = 0.8944.$$

因此在这种场合下应走第一条路线.

最后, 我们给出一个既非离散型又非连续型的例子.

例 2.16　设随机变量 X 的绝对值不大于 1, 即 $|X| \leqslant 1$, 且 $P(X = -1) = \dfrac{1}{8}$, $P(X = 1) = \dfrac{1}{4}$, 在事件 $\{-1 < X < 1\}$ 出现的条件下, X 在 $(-1, 1)$ 内任一子区间上取值的条件概率与该子区间长度成正比, 试求 X 的分布函数 $F(x)$.

解　当 $X < -1$ 时, $F(x) = 0$. 当 $-1 \leqslant X < 1$ 时, $F(x) = P(X \leqslant x) = P(X \leqslant -1) + P(-1 < X \leqslant x)$.

因为 $P(|X| \leqslant 1) = P(X = -1) + P(-1 < X < 1) + P(X = 1) = 1$, 所以 $P(-1 < X < 1) = \dfrac{5}{8}$.

又由已知, $P(-1 < X \leqslant x \mid -1 < X < 1) = \dfrac{1}{2}(x+1)$. 于是, $P(-1 < X \leqslant x) = P(-1 < X < 1) \cdot P(-1 < X \leqslant x \mid -1 < X < 1) = \dfrac{5}{8} \cdot \dfrac{1}{2}(x+1) = \dfrac{5}{16}(x+1)$. 而 $P(X \leqslant -1) = P(X = -1) = \dfrac{1}{8}$, 故当 $-1 \leqslant X < 1$ 时, $F(x) = \dfrac{5x+7}{16}$, 当 $X \geqslant 1$ 时, $F(x) = 1$.

综上所述, 分布函数为 $F(x) = \begin{cases} 0, & x < -1, \\ \dfrac{5x+7}{16}, & -1 \leqslant x < 1, \\ 1, & x \geqslant 1. \end{cases}$

2.5　随机变量的函数的分布

在实际问题中, 经常需要讨论随机变量函数的分布. 例如, 在测量圆轴的截面面积时, 往往只能测量出圆轴的直径 D, 然后由函数 $S = \dfrac{\pi D^2}{4}$ 得到面积. 因此由已知的随机变量的分布, 求函数的分布就非常必要. 设 X 为随机变量, $y = g(x)$ 是连续函数或分段连续函数, 那么 $Y = g(X)$ 也是随机变量. 下面讨论如何从 X 的概率分布求出 Y 的概率分布.

2.5.1　离散型随机变量的函数的分布

设 X 是离散型随机变量, 其概率分布为

X	x_1	x_2	$\cdots$	x_k	$\cdots$
P	p_1	p_2	$\cdots$	p_k	$\cdots$

记 $y_i = g(x_i)(i = 1, 2, \cdots)$, 如果 $g(x_i)$ 的值全都不相等, 那么 $Y = g(X)$ 的概率分

布为

Y	y_1	y_2	$\cdots$	y_k	$\cdots$
$P(Y=y_i)$	p_1	p_2	$\cdots$	p_k	$\cdots$

如果 $g(x_i)$ 的值中有相等的, 那么就把那些相等的值分别合并, 并根据概率的性质把相应的概率相加, 便得到 Y 的分布.

例 2.17   设随机变量 X 的概率分布为

X	-2	-1	0	1	2
P	0.1	0.2	0.3	0.2	0.2

求: (1) $Y=2X+3$ 的分布;

(2) $Z=X^2$ 的分布.

解   (1) 当 X 取 $-2,-1,0,1,2$ 时, $Y=2X+3$ 分别取 $-1,1,3,5,7$, 没有相同的值, 故 $Y=2X+3$ 的概率分布为

Y	-1	1	3	5	7
P	0.1	0.2	0.3	0.2	0.2

(2) 当 X 取 $-2,-1,0,1,2$ 时, $Z=X^2$ 分别以概率 0.1, 0.2, 0.3, 0.2, 0.2 取 4, 1, 0, 1, 4, 把其中取值相同的合并, 同时将相应的概率加在一起, 得 $Z=X^2$ 的概率分布为

Z	0	1	4
P	0.3	0.4	0.3

2.5.2   连续型随机变量的函数的分布

设随机变量 X 的概率密度为 $f_X(x)$, 则随机变量 $Y=g(X)$ 的分布函数

$$F_Y(y)=P(Y\leqslant y)=P(g(x)\leqslant y)=\int_{g(x)\leqslant y}f_X(x)\mathrm{d}x,$$

随机变量 $Y=g(X)$ 的概率密度可由 $f_Y(y)=\dfrac{\mathrm{d}F_Y(y)}{\mathrm{d}y}$ 得到.

例 2.18   设随机变量 $X\sim N(\mu,\sigma^2)$, 证明:

(1) $Y=aX+b\sim N(a+b\mu,(a\sigma)^2)$, 其中 a,b 为常数且 $a\neq 0$;

(2) $Y=\dfrac{X-\mu}{\sigma}\sim N(0,1)$.

证明 (1) 分别记 X 和 Y 的分布函数为 $F_X(x)$, $F_Y(y)$, 概率密度为 $f_X(x)$, $f_Y(y)$. 先设 $a > 0$, 即有

$$F_Y(y) = P(Y \leqslant y) = P(ax + b \leqslant y) = P\left(X \leqslant \frac{y-b}{a}\right)$$

$$= F_X\left(\frac{y-b}{a}\right) = \int_{x \leqslant \frac{y-b}{a}} f_X(x)\mathrm{d}x.$$

若 $a < 0$, 则有

$$F_Y(y) = P(Y \leqslant y) = P(ax + b \leqslant y) = P\left(X \geqslant \frac{y-b}{a}\right)$$

$$= 1 - F_X\left(\frac{y-b}{a}\right) = 1 - \int_{x \leqslant \frac{y-b}{a}} f_X(x)\mathrm{d}x.$$

将上边两式分别关于 y 求导得

$$f_Y(y) = \frac{1}{|a|} f_X\left(\frac{y-b}{a}\right) = \frac{1}{|a|\sqrt{2\pi}\sigma} \mathrm{e}^{-\frac{\left(\frac{y-b}{a}-\mu\right)^2}{2\sigma^2}} = \frac{1}{|a|\sqrt{2\pi}\sigma} \mathrm{e}^{-\frac{[y-(a\mu+b)]^2}{2(a\sigma)^2}},$$

即 $Y \sim N(a + b\mu, (a\sigma)^2)$.

(2) 在 (1) 中取 $a = \dfrac{1}{\sigma}$, $b = -\dfrac{\mu}{\sigma}$, 即得 $Y \sim N(0, 1)$.

例 2.19 设 $X \sim N(0, 1)$, 求 $Y = X^2$ 的概率密度.

解 由于 $Y = X^2$ 的可能取值范围是 $[0, +\infty)$, 所以当 $y \leqslant 0$ 时, 分布函数 $F_Y(y) = P(Y \leqslant y) = 0$;

当 $y > 0$ 时,

$$F_Y(y) = P(Y \leqslant y) = P(X^2 \leqslant y) = P(-\sqrt{y} \leqslant X \leqslant \sqrt{y})$$

$$= \Phi(\sqrt{y}) - \Phi(-\sqrt{y}) = \int_{-\sqrt{y}}^{\sqrt{y}} \varphi(x)\mathrm{d}x,$$

将上式两边同时对 y 求导得

$$f_Y(y) = \frac{1}{2\sqrt{y}} (\varphi(\sqrt{y}) + \varphi(-\sqrt{y})),$$

将 $\varphi(x) = \dfrac{1}{\sqrt{2\pi}} \mathrm{e}^{-\frac{x^2}{2}}$ 代入上式可得 Y 的概率密度为

$$f_Y(y) = \begin{cases} \dfrac{1}{\sqrt{2\pi}} y^{-\frac{1}{2}} \mathrm{e}^{-\frac{y}{2}}, & y > 0, \\ 0, & y \leqslant 0. \end{cases}$$

此时, 称 Y 服从自由度为 1 的 χ^2 分布, 记作 $Y \sim \chi^2(1)$, 它在数理统计中有重要作用.

当函数 $y = g(x)$ 为严格单调函数时, 可以通过下面的定理求出随机变量函数的分布.

定理 2.3　设连续型随机变量 X 取值于 (a, b), 其概率密度为 $f_X(x)$, 又设 $y = g(x)$ 是 x 的严格单调函数, 其反函数 $x = h(y)$ 具有连续导数, 则 $Y = g(X)$ 是连续型随机变量, 其概率密度为

$$f_Y(y) = \begin{cases} f_X[h(y)] \cdot |h'(y)|, & \alpha < y < \beta, \\ 0, & \text{其他.} \end{cases} \tag{2.5.1}$$

其中 $\alpha = \min\{g(a), g(b)\}, \beta = \max\{g(a), g(b)\}$.

证明　这里只证明 $y = g(x)$ 严格递增的情形, 而 $y = g(x)$ 严格递减的情形留给读者作练习. 当 $y = g(x)$ 严格递增时, $x = h(y)$ 也严格递增. 此时, $y = g(x)$ 的可能取值范围为 $(g(a), g(b))$, 因此,

当 $y \leqslant \alpha$ 时, $F_Y(y) = P(Y \leqslant y) = 0$.

当 $\alpha < y < \beta$ 时,

$$\begin{aligned} F_Y(y) &= P(Y \leqslant y) = P(g(X) \leqslant y) \\ &= P(X \leqslant h(y)) = F_X(h(y)) = \int_{-\infty}^{h(y)} f_X(x)\mathrm{d}x. \end{aligned}$$

当 $y \geqslant \beta$ 时, $F_Y(y) = P(Y \leqslant y) = 1$. 于是 $Y = g(X)$ 的概率密度为

$$f_Y(y) = \begin{cases} f_X[h(y)] \cdot |h'(y)|, & \alpha < y < \beta, \\ 0, & \text{其他.} \end{cases}$$

例 2.20　设 $x \sim f_X(x) = \begin{cases} \dfrac{x}{8}, & 0 < x < 4, \\ 0, & \text{其他,} \end{cases}$ 求 $Y = 2x + 8$ 的概率密度.

解　由 $y = g(x) = 2x + 8$ 单调, 其反函数 $h(y) = \dfrac{y-8}{2}$, 且 $|h'(y)| = \dfrac{1}{2}$, 根据定理 2.3, 得 Y 的概率密度为

$$f_Y(y) = \begin{cases} \dfrac{y-8}{32}, & 8 < y < 16, \\ 0, & \text{其他.} \end{cases}$$

例 2.21　设随机变量 X 的分布函数 $F(x)$ 连续, 求:

(1) $Y = F(X)$ 的概率密度;

(2) $Z = -2\ln Y$ 的概率密度.

解 (1) 先求 Y 的分布函数. 因 $0 \leqslant F(x) \leqslant 1$ 且单调非降、连续, 故 $y = F(x)$ 的反函数存在, 记作 $F^{-1}(y)$.

当 $y < 0$ 时, $F_Y(y) = P(F(X) \leqslant y) = P(\varnothing) = 0$;

当 $0 \leqslant y < 1$ 时, $F_Y(y) = P(F(X) \leqslant y) = P(X \leqslant F^{-1}(y)) = F[F^{-1}(y)] = y$;

当 $y \geqslant 1$ 时, $F_Y(y) = P(F(X) \leqslant y) = P(\Omega) = 1$, 从而 Y 的概率密度为

$$f_Y(y) = \begin{cases} 1, & 0 < y < 1, \\ 0, & \text{其他.} \end{cases}$$

即 $Y = F(X)$ 服从 $(0，1)$ 上的均匀分布.

(2) 由于 Y 服从 $(0，1)$ 上的均匀分布, 且 $z = -2\ln y$ 为 y 的严格递减函数, 反函数为 $y = \mathrm{e}^{-\frac{z}{2}}$, 故由定理 2.3 得

$$f_Z(z) = f_Y\left(\mathrm{e}^{-\frac{z}{2}}\right)\left|\left(\mathrm{e}^{-\frac{z}{2}}\right)'\right| = \begin{cases} \dfrac{1}{2}\mathrm{e}^{-\frac{z}{2}}, & z > 0, \\ 0, & z \leqslant 0. \end{cases}$$

即 z 服从参数为 $\dfrac{1}{2}$ 的指数分布.

习 题 2

1. 设离散型随机变量 X 的概率函数为 $P(X = k) = 2\lambda^k (k = 1, 2, \cdots)$, 求常数 λ.

2. 对某一目标进行射击, 直至击中为止, 如果每次射击命中率为 p, 求射击次数的概率函数.

3. 一汽车沿某街道行驶, 需过三个红绿信号灯, 每个信号灯独立工作, 且红绿信号显示时间相等, 以 X 表示汽车首次遇到红灯前已通过的路口个数, 求 X 的分布律和分布函数.

4. 设随机变量 $X \sim B(2, p)$, $Y \sim B(3, p)$, 若 $P(X \geqslant 1) = \dfrac{5}{9}$, 求 $P(Y \geqslant 1)$.

5. 某车间有 4 台机床, 机床之间相互独立工作, 若每个机床随时停车的概率为 $\dfrac{1}{3}$, 求停车台数的概率分布及至少 3 台机床停车的概率.

6. 一射手射击命中率为 0.8, 求他作 5 次独立射击时最大可能中靶数, 并求对应此数的概率.

7. 在一个繁忙的交通路口, 一辆机动车发生交通事故的概率为 $P = 0.0001$, 在某段时间内有 5000 辆机动车通过这个路口, 求有车发生交通事故的概率.

8. 每次从 0 到 9 这 10 个数字中有放回随机取一个, 作成的序列称为随机数字序列, 试问随机数字序列要多长才能使数 0 至少出现一次的概率不小于 0.9.

9. 某班有 20 名学生, 其中 15 名男生, 5 名女生, 先从中选拔 4 人组成一竞赛队, 求其中女生人数的概率分布.

10. 已知每天到某港口的油船数 X 服从参数为 2 的泊松分布, 而港口的设备一天只能为三只油船服务, 如果一天中到达的油船超过三只, 超过的油船必须转向另一港口, 求:

(1) 这一天中必须有油船转走的概率;

(2) 设备增加到多少才能使每天到达港口的油船有 90% 可以得到服务.

11. 已知随机变量 X 依次以概率 c, $2c$, $3c$ 取 1, 2, 3, 求:

(1) 常数 c;

(2) X 的分布函数.

12. 如果离散型随机变量 X 的分布函数 $F(x)$ 为

$$F(x) = \begin{cases} 0, & x < -1, \\ 0.3, & -1 \leqslant x < 0, \\ 0.6, & 0 \leqslant x < 1, \\ 0.8, & 1 \leqslant x < 3, \\ 1, & x \geqslant 3. \end{cases}$$

试求 X 的概率分布, 并计算 $P(X < 1 | X = 0)$.

13. 设随机变量 X 的概率密度为

$$f(x) = \begin{cases} \dfrac{A}{\sqrt{1 - x^2}}, & |x| < 1, \\ 0, & |x| \geqslant 1. \end{cases}$$

求: (1) 系数 A;

$(2) P\left(-\dfrac{1}{2} < X < \dfrac{1}{2}\right)$;

(3) X 的分布函数 $F(x)$.

14. 设随机变量 X 的概率密度为

$$f(x) = A e^{-|x|}, \quad -\infty < x < +\infty,$$

求：(1) 系数 A;

(2) $P(0 < x < 1)$;

(3) X 的分布函数 $F(x)$.

15. 设有函数

$$F_1(x) = \begin{cases} \sin x, & 0 \leqslant x \leqslant \pi, \\ 0, & 其他, \end{cases}$$

$$F_2(x) = \begin{cases} 0, & x \leqslant 0, \\ \sin x, & 0 < x \leqslant \dfrac{2\pi}{3}, \\ 1, & x > \dfrac{2\pi}{3}, \end{cases}$$

$$F_3(x) = \begin{cases} \dfrac{1}{1+x^2}, & x \leqslant 0, \\ 0, & 其他. \end{cases}$$

分别说明 $F_1(x), F_2(x), F_3(x)$ 能否成为某个随机变量的分布函数.

16. 设连续性随机变量 X 的分布函数为

$$F(x) = \begin{cases} 0, & x < -\dfrac{\pi}{2}, \\ A(\sin x + B), & -\dfrac{\pi}{2} \leqslant x \leqslant \dfrac{\pi}{2}, \\ 1, & x > \dfrac{\pi}{2}. \end{cases}$$

求：(1) 常数 A 和 B;

(2) X 的概率密度;

(3) $P\left(|\sin x| < \dfrac{1}{2}\right)$.

17. 设随机变量 X 服从 $(0,5)$ 上的均匀分布, 求关于 t 的方程 $4t^2 + 4Xt + X + 2 = 0$ 有实根的概率.

18. 某仪器装有三只独立工作的同型号的电子元件, 其寿命 (单位:h) 都服从参数 $\lambda = \dfrac{1}{600}$ 的指数分布, 试求在仪器使用的最初 200h 内至少有一只电子元件损坏的概率.

19. 设随机变量 $X \sim N(3, 2^2)$, 求：

(1) 使 $P(X > c) = P(X \leqslant c)$ 成立的 c;

(2) $P(2 < X \leqslant 5)$, $P(-4 < X \leqslant 10)$, $P(|X| > 2)$, $P(X > 2)$.

20. 炮击一目标的纵向偏差 X(单位:m) 服从 $N(0, 20^2)$, 求:

(1) 射击一发炮弹的纵向偏差绝对值不超过 30m 的概率;

(2) 射击三发炮弹至少有一发炮弹的纵向偏差绝对值不超过 30m 的概率.

21. 设随机变量 X 服从正态分布 $N(\mu, \sigma^2)$, 且 $P(X < 9) = 0.975, P(X < 2) = 0.062$, 求 $P(X > 6)$.

22. 已知 X 的分布律为

X	-1	0	1	2
p_k	0.1	0.2	0.3	0.4

求 $Y = 2X^2 + 1$ 的分布律.

23. 设随机变量 X 的概率密度为

$$f(x) = \begin{cases} 2x, & 0 < x < 1, \\ 0, & \text{其他,} \end{cases}$$

求 $Y = 3X + 1$ 的概率密度.

24. 设随机变量 X 服从参数为 2 的指数分布, 证明 $Y = 1 - e^{-2x}$ 服从 $(0,1)$ 上的均匀分布.

25. 设随机变量 X 的概率密度为

$$f(x) = \begin{cases} \dfrac{2x}{\pi^2}, & 0 < x < \pi, \\ 0, & \text{其他.} \end{cases}$$

求 $Y = \sin X$ 的概率密度.

26. 设随机变量 X 在区间 $(-1, 5)$ 上服从均匀分布, 随机变量

$$Y = \begin{cases} 1, & x \geqslant 0, \\ -1, & x < 0. \end{cases}$$

试求 Y 的分布.

第3章　二维随机变量及其分布

通过引入一元随机变量, 可以对某些随机现象有了刻画的工具, 但是在客观世界中还有许多随机试验的结果不能只用一个随机变量来描述, 而要同时用多个随机变量来描述. 例如, 对于钢的成分就需要同时指出它的含碳量、含磷量、含硫量等, 每一个指标都是一个随机变量. 又如, 对一只股票的投资价值而言, 需要考虑股票的市盈率、市净率、资本报酬率、净值周转率等指标, 这些指标也都是一些随机变量. 往往这些随机变量并非孤立地存在着, 它们之间可能存在着统计相依关系, 因此有必要把它们看成一个整体来研究, 这就引出了多维随机变量的概念, 本章主要介绍二维随机变量及其分布.

3.1　二维随机变量及其分布函数

3.1.1　二维随机变量的概念

定义 3.1　设 Ω 为随机试验 E 的样本空间, 若对 Ω 中的每一个基本事件 ω, 都有唯一的实数组 $(X(\omega), Y(\omega))$ 与之对应, 则称 $(X(\omega), Y(\omega))$ 为定义在 Ω 上的**二维随机变量**或**二维随机向量**, 记作 (X, Y).

二维随机变量 (X, Y) 的性质不仅与 X 及 Y 的性质有关, 而且还依赖于这两个随机变量的相互关系, 因此逐个讨论 X 和 Y 是不够的, 必须把 (X, Y) 作为一个整体来研究.

由二维随机变量的概念不难推广到 n 维随机变量.

定义 3.2　设随机试验 E 的样本空间为 Ω, 对于 Ω 中的每一个基本事件 ω, 都有唯一的 n 维实数组 $(X_1, X_2, \cdots, X_n)$ 与之对应, 则称 $(X_1, X_2, \cdots, X_n)$ 为定义在样本空间 Ω 上的 **n 维随机变量**或 **n 维随机向量**. 为方便起见, 以下只对二维随机变量进行讨论, 对于 n 维随机变量的情形这些讨论仍然成立.

3.1.2　二维随机变量的分布函数

定义 3.3　设 (X, Y) 是二维随机变量, 对于任意实数 x, y, 称二元函数

$$F(x, y) = P(X \leqslant x, Y \leqslant y) \tag{3.1.1}$$

为 (X, Y) 的**联合分布函数**, 简称**分布函数**.

　　二维随机变量 (X, Y) 的分布函数概率意义是: 对任意实数 $x, y, F(x, y)$ 是事件 $\{X \leqslant x\}$ 和 $\{Y \leqslant y\}$ 同时发生的概率. 几何意义是: 如果把 (X, Y) 看成平面上随机点的坐标, 则 $F(x, y)$ 是 (X, Y) 落入区域 $\{(t, s) | t \in x, s \in y\}$ (图 3.1.1) 的概率.

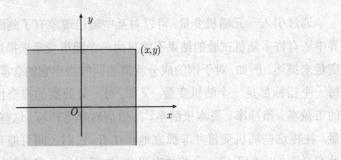

图 3.1.1

　　由分布函数的定义及概率的性质可以证明 $F(x, y)$ 具有以下性质:

　　(1) $F(x, y)$ 是 x 或 y 的不减函数, 即对任意固定的 y, 当 $x_1 < x_2$ 时, $F(x_1, y) \leqslant F(x_2, y)$; 对任意固定的 x, 当 $y_1 < y_2$ 时, $F(x, y_1) \leqslant F(x, y_2)$;

　　(2) $F(-\infty, y) = \lim\limits_{x \to -\infty} F(x, y) = 0$, $F(x, -\infty) = \lim\limits_{y \to -\infty} F(x, y) = 0$;

$$F(-\infty, -\infty) = \lim\limits_{\substack{x \to -\infty \\ y \to -\infty}} F(x, y) = 0, F(+\infty, +\infty) = \lim\limits_{\substack{x \to +\infty \\ y \to +\infty}} F(x, y) = 1;$$

　　(3) $F(x, y)$ 分别是 x 和 y 的右连续函数, 即有

$$F(x, y + 0) = F(x, y), \quad F(x + 0, y) = F(x, y).$$

　　(4) 对于任意 $x_1, x_2(x_1 < x_2)$ 及 $y_1, y_2(y_1 < y_2)$, 有

$$P(x_1 < x \leqslant x_2, y_1 < y \leqslant y_2) = F(x_2, y_2) - F(x_2, y_1) - F(x_1, y_2) + F(x_1, y_1) \geqslant 0,$$

即 (X, Y) 落在图 3.1.2 中矩形区域的概率非负.

　　若二元实值函数 $F(x, y)(x, y \in \mathbf{R})$, 满足上述性质 $(1) \sim (4)$(实际上, 由 (4) 可以推出 (1), 因此只满足 $(2) \sim (4)$ 即可), 则必存在随机变量 X, Y, 使 $F(x, y)$ 是 (X, Y) 的联合分布函数. 在这里值得注意的是与一维随机变量不同, 刻画一个联合分布函数需要有性质 (4), 即从性质 $(1) \sim (3)$ 推不出 (4).

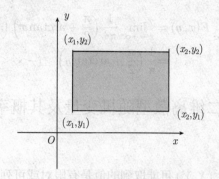

图 3.1.2

例 3.1 设 $F(x,y) = \begin{cases} 1, & x+y \geqslant -1, \\ 0, & x+y < -1, \end{cases}$ 容易验证 $F(x,y)$ 满足上述 (1)~(3) 性质, 但不满足 (4). 因为

$$F(1,1) - F(1,-1) - F(-1,1) + F(-1,-1) = 1 - 1 - 1 + 0 < 0.$$

3.1.3 二维随机变量的边缘分布函数

二维随机变量 (X,Y) 作为一个整体, 具有分布函数 $F(x,y)$, 而 X 和 Y 作为随机变量也有分布函数, 分别记作 $F_X(x)$, $F_Y(y)$, 依次称为 (X,Y) 关于 X 和 Y 的**边缘分布函数**. 由 (X,Y) 的联合分布函数可以求得 X 和 Y 的边缘分布函数.

$$
\begin{aligned}
F_X(x) &= P(X \leqslant x) = P(X \leqslant x, Y < +\infty) \\
&= \lim_{y \to +\infty} P(X \leqslant x, Y \leqslant y) \\
&= \lim_{y \to +\infty} F(x,y) \\
&= F(x, +\infty),
\end{aligned}
$$

同理可得 $F_Y(y) = \lim\limits_{x \to +\infty} F(x,y) = F(+\infty, y)$.

例 3.2 设二维随机变量 (X,Y) 的联合分布函数为

$$F(x,y) = \frac{1}{\pi^2}\left(\frac{\pi}{2} + \arctan x\right)\left(\frac{\pi}{2} + \arctan y\right).$$

求关于 X 和 Y 的边缘分布函数 $F_X(x)$, $F_Y(y)$.

解 由边缘分布函数的定义有

$$
\begin{aligned}
F_X(x) &= \lim_{y \to +\infty} F(x,y) = \lim_{y \to +\infty} \frac{1}{\pi^2}\left(\frac{\pi}{2} + \arctan x\right)\left(\frac{\pi}{2} + \arctan y\right) \\
&= \frac{1}{\pi}\left(\frac{\pi}{2} + \arctan x\right) \quad (-\infty < x < +\infty),
\end{aligned}
$$

$$F_Y(y) = \lim_{x \to +\infty} F(x,y) = \lim_{x \to +\infty} \frac{1}{\pi^2} \left(\frac{\pi}{2} + \arctan x \right) \left(\frac{\pi}{2} + \arctan y \right)$$
$$= \frac{1}{\pi} \left(\frac{\pi}{2} + \arctan y \right) \quad (-\infty < y < +\infty).$$

3.2　二维离散型随机变量及其概率分布

3.2.1　联合分布

如果二维随机变量 (X,Y) 可能取到的值是有限对或可列无限多对, 则称 (X,Y) 是二维离散型随机变量. 与一维离散型随机变量一样, (X,Y) 的分布也可由它的取值及其对应取值的概率来确定.

设二维离散型随机变量 (X,Y) 的所有可能取值为 $(x_i, y_j)(i, j = 1, 2, \cdots)$, 且事件 $\{X = x_i, Y = y_j\}$ 的概率为 $P_{ij}(i, j = 1, 2, \cdots)$, 我们称

$$P(X = x_i, Y = y_j) = P_{ij} \quad (i, j = 1, 2, \cdots)$$

为二维离散型随机变量 (X,Y) 的**联合分布律**, 简称 (X,Y) 的**分布律**.

通常用如下的表格表示 (X,Y) 的联合分布律.

X＼Y	y_1	y_2	$\cdots$	y_j	$\cdots$
x_1	p_{11}	p_{12}	$\cdots$	p_{1j}	$\cdots$
x_2	p_{21}	p_{22}	$\cdots$	p_{2j}	$\cdots$
$\vdots$	$\vdots$	$\vdots$		$\vdots$	
x_i	p_{i1}	p_{i2}	$\cdots$	p_{ij}	$\cdots$
$\vdots$	$\vdots$	$\vdots$		$\vdots$	

由概率的定义和性质可知

$$P_{ij} \geqslant 0, \quad \sum_{j=1}^{\infty} \sum_{i=1}^{\infty} P_{ij} = 1.$$

例 3.3　一口袋中有 2 只白球, 2 只黑球, 取到白球记作 "0", 取到黑球记作 "1", 且每次各个球从袋中被取到的可能性相同, 如果从袋中不放回地每次取一只球, 取两次, 以 X, Y 分别记第一次、第二次取到球的情况. 求:

(1) (X,Y) 的联合分布律;

(2) $P(X \leqslant Y)$.

解 (1) (X, Y) 可能取值为 $(0, 0), (0, 1), (1, 0), (1, 1)$.
由乘法公式可算出 (X, Y) 取各个可能值的概率为

$P(X = 0, Y = 0) = P(X = 0)P(Y = 0 \mid X = 0) = \dfrac{2}{4} \times \dfrac{1}{3} = \dfrac{1}{6}$. 同理

$$P(X = 0, Y = 1) == \frac{2}{4} \times \frac{2}{3} = \frac{1}{3},$$

$$P(X = 1, Y = 0) == \frac{2}{4} \times \frac{2}{3} = \frac{1}{3},$$

$$P(X = 1, Y = 1) == \frac{2}{4} \times \frac{1}{3} = \frac{1}{6}.$$

于是, 所求的联合分布律即为

X \ Y	0	1
0	$\frac{1}{6}$	$\frac{1}{3}$
1	$\frac{1}{3}$	$\frac{1}{6}$

(2) 事件 $(X \leqslant Y) = (X = 0, Y = 0) \cup (X = 0, Y = 1) \cup (X = 1, Y = 1)$ 且 $(X = 0, Y = 0), (X = 0, Y = 1)$ 与 $(X = 1, Y = 1)$ 互不相容, 因此

$$P(X \leqslant Y) = P(X = 0, Y = 0) + P(X = 0, Y = 1) + P(X = 1, Y = 1)$$
$$= \frac{1}{6} + \frac{1}{3} + \frac{1}{6} = \frac{2}{3}$$

或

$$P(X \leqslant Y) = 1 - P(X > Y) = 1 - P(X = 1, Y = 0) = 1 - \frac{1}{3} = \frac{2}{3}.$$

例 3.4 在例 3.3 中如果将不放回抽样改为有放回抽样, 试求 (X, Y) 的联合分布律.

解 在有放回抽样的情形下, (X, Y) 的取值仍为 $(0, 0), (0, 1), (1, 0), (1, 1)$. 但取值的概率变为

$$P(X = 0, Y = 0) = \frac{2}{4} \times \frac{2}{4} = \frac{1}{4},$$

$$P(X = 0, Y = 1) = \frac{2}{4} \times \frac{2}{4} = \frac{1}{4},$$

$$P(X = 1, Y = 0) = \frac{2}{4} \times \frac{2}{4} = \frac{1}{4},$$

$$P(X = 1, Y = 1) = \frac{2}{4} \times \frac{2}{4} = \frac{1}{4}.$$

于是 (X, Y) 的联合分布律为

X \ Y	0	1
0	$\frac{1}{4}$	$\frac{1}{4}$
1	$\frac{1}{4}$	$\frac{1}{4}$

例 3.5　设事件 A, B 满足 $P(A) = \frac{1}{4}, P(B|A) = P(A|B) = \frac{1}{2}$, 令

$$X = \begin{cases} 1, & \text{若 } A \text{ 发生}, \\ 0, & \text{若 } A \text{ 不发生}, \end{cases} \qquad Y = \begin{cases} 1, & \text{若 } B \text{ 发生}, \\ 0, & \text{若 } B \text{ 不发生}, \end{cases}$$

试求 (X, Y) 的联合分布律.

解　由 $P(A) = \frac{1}{4}, P(B|A) = \frac{P(AB)}{P(A)} = \frac{1}{2}$, 得 $P(AB) = \frac{1}{8}$.

由 $P(A|B) = \frac{P(AB)}{P(B)} = \frac{1}{2}$, 得 $P(B) = \frac{1}{4}$. 于是

$$P(X = 0, Y = 0) = P(\bar{A}\bar{B}) = 1 - P(A \cup B) = 1 - P(A) - P(B) + P(AB) = \frac{5}{8},$$

$$P(X = 0, Y = 1) = P(\bar{A}B) = P(B) - P(AB) = \frac{1}{8},$$

$$P(X = 1, Y = 0) = P(A\bar{B}) = P(A) - P(AB) = \frac{1}{8},$$

$$P(X = 1, Y = 1) = P(AB) = \frac{1}{8},$$

故 (X, Y) 的联合分布律为

X \ Y	0	1
0	$\frac{5}{8}$	$\frac{1}{8}$
1	$\frac{1}{8}$	$\frac{1}{8}$

3.2.2　边缘分布

设二维离散型随机变量 (X, Y) 的联合分布律为 $P(X = x_i, Y = y_j) = P_{ij}(i, j = 1, 2, \cdots)$, 那么随机变量 X 的分布律

$$P(X = x_i) = P(X = x_i, -\infty < Y < +\infty)$$

$$= P(X = x_i, Y = y_1) + P(X = x_i, Y = y_2) + \cdots + P(X = x_i, Y = y_j) + \cdots$$

$$= P_{i1} + P_{i2} + \cdots P_{ij} + \cdots = \sum_{j=1}^{\infty} P_{ij} \quad (i = 1, 2, \cdots),$$

记 $\sum\limits_{j=1}^{\infty} P_{ij}$ 为 $P_{i\cdot}$, 称 $P_{i\cdot}$ 为 (X, Y) 关于 X 的边缘分布律. 同理 (X, Y) 关于 Y 的边缘分布律记作 $P_{\cdot j}$, 即

$$P_{\cdot j} = P(Y = y_j) = \sum_{i=1}^{\infty} P_{ij} \quad (j = 1, 2, \cdots).$$

例 3.6 试求例 3.3 中关于 X 和 Y 的边缘分布律.

解 由例 3.3 中 (X, Y) 的联合分布可知

$$P(X = 0) = P(X = 0, Y = 0) + P(X = 0, Y = 1) = \frac{1}{6} + \frac{1}{3} = \frac{1}{2},$$

$$P(X = 1) = P(X = 1, Y = 0) + P(X = 1, Y = 1) = \frac{1}{3} + \frac{1}{6} = \frac{1}{2},$$

于是 X 的边缘分布律为

X	0	1
P	$\frac{1}{2}$	$\frac{1}{2}$

同理 Y 的边缘分布律为

Y	0	1
P	$\frac{1}{2}$	$\frac{1}{2}$

(X, Y) 的联合分布与边缘分布如下表所示:

X \ Y	0	1	$P_{i\cdot}$
0	$\frac{1}{6}$	$\frac{1}{3}$	$\frac{1}{2}$
1	$\frac{1}{3}$	$\frac{1}{6}$	$\frac{1}{2}$
$P_{\cdot j}$	$\frac{1}{2}$	$\frac{1}{2}$	1

在上表中, 中间部分是 (X, Y) 的联合分布, 而边缘部分是 X 与 Y 的概率分布,

它们由联合分布经同一行或同一列相加而得, 这种表称为列联表. X 与 Y 的概率分布处于表的边缘部位, 因此称为边缘分布.

例 3.7   试求例 3.4 中 X 与 Y 的边缘分布律.

解   由 (X, Y) 的联合分布可直接求得 X 和 Y 的边缘分布如下:

X ╲ Y	0	1	$P_{i\cdot}$
0	$\dfrac{1}{4}$	$\dfrac{1}{4}$	$\dfrac{1}{2}$
1	$\dfrac{1}{4}$	$\dfrac{1}{4}$	$\dfrac{1}{2}$
$P_{\cdot j}$	$\dfrac{1}{2}$	$\dfrac{1}{2}$	1

比较例 3.6 和例 3.7 的结果, X 和 Y 的边缘分布律是相同的, 但它们的联合分布却完全不同. 因此联合分布不能由边缘分布唯一确定, 也就是说二维随机变量的性质不一定能由它的两个分量的个别性质来确定, 有时还必须考虑它们之间的联系, 这也说明了研究多维随机变量的必要性.

3.2.3   条件分布

设二维离散型随机变量 (X, Y) 的联合分布为 $P_{ij}(i, j = 1, 2, \cdots)$, (X, Y) 关于 X 和 Y 的边缘分布律为 $P_{i\cdot}(i = 1, 2, \cdots)$ 和 $P_{\cdot j}(j = 1, 2, \cdots)$. 设 $P_{\cdot j} > 0$, 考虑在事件 $\{Y = y_j\}$ 已发生的条件下事件 $\{X = x_i\}$ 发生的概率

$$P(X = x_i | Y = y_j) = \frac{P(X = x_i, Y = y_j)}{P(Y = y_j)} = \frac{P_{ij}}{P_{\cdot j}} \quad (i = 1, 2, \cdots),$$

容易验证上述条件概率满足 $P(X = x_i | Y = y_j) \geqslant 0$ 和 $\displaystyle\sum_{i=1}^{\infty} P(X = x_i | Y = y_j) = 1$. 因此, 上式给出了在 $Y = y_j$ 条件下随机变量 X 的分布律. 我们称这个分布为在 $Y = y_j$ 条件下 X 的条件分布律, 即

$X	Y = y_j$	x_1	x_2	$\cdots$	x_i	$\cdots$
P	$\dfrac{P_{1j}}{P_{\cdot j}}$	$\dfrac{P_{2j}}{P_{\cdot j}}$	$\cdots$	$\dfrac{P_{ij}}{P_{\cdot j}}$	$\cdots$

类似地, 对于固定的 i, 若 $P(X = x_i) > 0$, 则称

$$P(Y = y_j | X = x_i) = \frac{P_{ij}}{P_{i\cdot}} \quad (j = 1, 2, \cdots),$$

为在 $(X = x_i)$ 条件下随机变量 Y 的条件分布律.

例 3.8 求在例 3.3 中, 在 $X = 0$ 条件下关于 Y 的条件分布.

解 由条件分布的概念

$$P(Y = 0|X = 0) = \frac{P_{11}}{P_{1.}} = \frac{\frac{1}{6}}{\frac{1}{2}} = \frac{1}{3},$$

$$P(Y = 1|X = 0) = \frac{P_{12}}{P_{1.}} = \frac{\frac{1}{3}}{\frac{1}{2}} = \frac{2}{3},$$

故在 $X = 0$ 条件下, Y 的条件分布律为

$Y|X = 0$	0	1
P	$\frac{1}{3}$	$\frac{2}{3}$

由 (X, Y) 的联合分布可得 (X, Y) 关于 X 和 Y 的边缘分布及条件分布律, 由概率的乘法公式

$$P(X = x_i, Y = y_j)$$

$$= P(X = x_i)P(Y = y_j|X = x_i) = P(Y = y_j)P(X = x_i|Y = y_j) \quad (i, j = 1, 2, \cdots),$$

可知, 由 X 的边缘分布律和给定 X 的条件下 Y 的条件分布律 (或由 Y 的边缘分布律和给定 Y 的条件下 X 的条件分布律) 也可唯一确定 (X, Y) 的联合分布律.

3.3 二维连续型随机变量及其分布

3.3.1 联合分布

与一维连续型随机变量类似, 对于二维随机变量 (X, Y) 的联合分布函数 $F(x, y)$, 如果存在非负可积函数 $f(x, y)$, 使对于任意 x, y, 有

$$F(x, y) = \int_{-\infty}^{y} \int_{-\infty}^{x} f(u, v) \mathrm{d}u \mathrm{d}v, \tag{3.3.1}$$

则称 (X, Y) 是**二维连续型随机变量**, $f(x, y)$ 称为 (X, Y) 的**联合概率密度**或**联合密度函数**.

联合概率密度 $f(x, y)$ 具有如下基本性质:

(1) $f(x, y) \geqslant 0$;

(2) $\displaystyle\int_{-\infty}^{+\infty}\int_{-\infty}^{+\infty} f(x,y)\mathrm{d}x\mathrm{d}y = F(+\infty, -\infty) = 1.$

这两条性质是实函数 $f(x,y)$ 成为某随机变量概率密度的充要条件.

设 D 为 xOy 平面上的区域, 则事件 $\{(X,Y) \in D\}$ 的概率为

$$P((X,Y) \in D) = \iint\limits_{D} f(x,y)\mathrm{d}x\mathrm{d}y, \tag{3.3.2}$$

即点 (X,Y) 落入 D 内的概率等于以 D 为底, 以曲面 $z = f(x,y)$ 为顶的柱体体积; 在使用该式时, 要注意积分区域是 $f(x,y)$ 的非零区域与 D 的交集部分. 按定义, $F(x,y)$ 为连续函数且在 $f(x,y)$ 的连续点处有 $\dfrac{\partial^2 F(x,y)}{\partial x \partial y} = f(x,y).$

例 3.9　设二维连续型随机变量 (X,Y) 的联合概率密度为

$$f(x,y) = \begin{cases} c(1+xy), & |x| < 1, |y| < 1, \\ 0, & \text{其他.} \end{cases}$$

求: (1) 常数 c;

(2) $P(X \geqslant Y)$.

解　(1) 由性质 $\displaystyle\int_{-\infty}^{+\infty}\int_{-\infty}^{+\infty} f(x,y)\mathrm{d}x\mathrm{d}y = 1$ 得

$$\int_{-1}^{1}\int_{-1}^{1} c(1+xy)\mathrm{d}x\mathrm{d}y = 1,$$

即

$$c\int_{-1}^{1} 2\mathrm{d}y = 1,$$

从而 $c = \dfrac{1}{4}.$

(2) 由 $P((X,Y) \in D) = \displaystyle\iint\limits_{D} f(x,y)\mathrm{d}x\mathrm{d}y$ 及 (X,Y) 的联合概率密度可得 (图 3.3.1)

$$\begin{aligned} P(X \geqslant Y) &= \iint\limits_{x \geqslant y} f(x,y)\mathrm{d}x\mathrm{d}y \\ &= \int_{-1}^{1} \mathrm{d}x \int_{-1}^{x} \frac{1}{4}(1+xy)\mathrm{d}y = \frac{1}{4}\int_{-1}^{1}\left(\frac{x^3}{2} + \frac{x}{2} + 1\right)\mathrm{d}x \\ &= \frac{1}{2}. \end{aligned}$$

下面给出两种常见的二维连续型随机变量的联合概率密度.

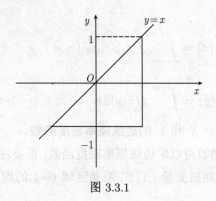

图 3.3.1

1. 二维均匀分布

设 G 为平面上的一个有界区域, 其面积为 S, 如果随机变量 (X, Y) 的联合概率密度为

$$f(x, y) = \begin{cases} \dfrac{1}{S}, & (x, y) \in G, \\ 0, & \text{其他,} \end{cases} \tag{3.3.3}$$

则称 (X, Y) 服从 G 上的**二维均匀分布**, 记作 $(X, Y) \sim U(G)$.

2. 二维正态分布

如果二维随机变量 (X, Y) 的联合概率密度为

$$f(x, y) = \frac{1}{2\pi\sigma_1\sigma_2\sqrt{1-\rho^2}} \mathrm{e}^{-\frac{1}{2(1-\rho^2)}\left[\frac{(x-\mu_1)^2}{\sigma_1^2} - 2\rho\frac{(x-\mu_1)(y-\mu_2)}{\sigma_1\sigma_2} + \frac{(y-\mu_2)^2}{\sigma_2^2}\right]}$$
$$(-\infty < x < +\infty, -\infty < y < +\infty), \tag{3.3.4}$$

其中 μ_1, μ_2, σ_1, σ_2, ρ 为常数且 $\sigma_1 > 0$, $\sigma_2 > 0$, $-1 < \rho < 1$, 则称 (X, Y) 服从**二维正态分布**, 记作 $(X, Y) \sim N(\mu_1, \mu_2, \sigma_1^2, \sigma_2^2, \rho)$.

3.3.2 边缘密度

设二维连续型随机变量 (X, Y) 的联合概率密度为 $f(x, y)$, 由 X 和 Y 的边缘分布函数的定义有

$$F_X(x) = F(x, +\infty) = \int_{-\infty}^{x} \left(\int_{-\infty}^{+\infty} f(u, v) \mathrm{d}v \right) \mathrm{d}u \quad (-\infty < x < +\infty),$$

$$F_Y(y) = F(+\infty, y) = \int_{-\infty}^{y} \left(\int_{-\infty}^{+\infty} f(u, v) \mathrm{d}u \right) \mathrm{d}v \quad (-\infty < y < +\infty),$$

因此称

$$f_X(x) = \int_{-\infty}^{+\infty} f(x,y)\mathrm{d}y \quad (-\infty < x < +\infty) \tag{3.3.5}$$

和

$$f_Y(y) = \int_{-\infty}^{+\infty} f(x,y)\mathrm{d}x \quad (-\infty < y < +\infty), \tag{3.3.6}$$

为随机变量 (X,Y) 关于 X 和 Y 的**边缘概率密度函数**.

由联合概率密度函数可以求边缘概率密度函数, 但要注意积分区域的确定.

例 3.10   设二维随机变量 (X,Y) 服从区域 G 上的均匀分布, 其中

$$G = \{(x,y)|0 < x < 1, |y| < x\},$$

求: (1) (X,Y) 的联合概率密度函数;

(2) 边缘概率密度函数 $f_X(x)$ 和 $f_Y(y)$.

解   (1) 如图 3.3.2 所示, 区域 G 的面积 $S = \dfrac{1}{2} \times 1 \times 2 = 1$, 所以 (X,Y) 的联合概率密度为

$$f(x,y) = \begin{cases} 1, & 0 < x < 1, |y| < x, \\ 0, & \text{其他}. \end{cases}$$

(2) 先求 $f_X(x)$, 当 $x \leqslant 0$ 或 $x \geqslant 1$ 时, $f_X(x) = 0$, 而当 $0 < x < 1$ 时, 有

$$f_X(x) = \int_{-\infty}^{+\infty} f(x,y)\mathrm{d}y = \int_{-x}^{x} \mathrm{d}y = 2x.$$

所以 X 的边缘概率密度函数为

$$f(x,y) = \begin{cases} 2x, & 0 < x < 1, \\ 0, & \text{其他}. \end{cases}$$

再求 $f_Y(y)$, 当 $y \leqslant -1$ 或 $y \geqslant 1$ 时, $f_Y(y) = 0$, 当 $-1 < y < 0$ 时,

$$f_Y(y) = \int_{-\infty}^{+\infty} f(x,y)\mathrm{d}x = \int_{-y}^{1} \mathrm{d}x = 1 + y,$$

当 $0 < y < 1$ 时,

$$f_Y(y) = \int_{-\infty}^{+\infty} f(x,y)\mathrm{d}x = \int_{y}^{1} \mathrm{d}x = 1 - y,$$

所以 Y 的边缘概率密度函数为

$$f_Y(y) = \begin{cases} 1 + y, & -1 < y < 0, \\ 1 - y, & 0 < y < 1, \\ 0, & \text{其他}. \end{cases}$$

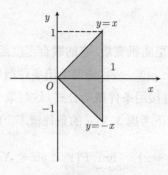

图 3.3.2

例 3.11 设 $(X, Y) \sim N(\mu_1, \mu_2, \sigma_1^2, \sigma_2^2, \rho)$, 求关于 X 和关于 Y 的边缘概率密度函数.

解 $f_X(x) = \displaystyle\int_{-\infty}^{+\infty} f(x, y)\mathrm{d}y$

$$= \frac{1}{2\pi\sigma_1\sigma_2\sqrt{1-\rho^2}}\mathrm{e}^{-\frac{(x-\mu_1)^2}{2\sigma_1^2}}\int_{-\infty}^{+\infty}\mathrm{e}^{-\frac{1}{2(1-\rho^2)}\left(\frac{y-\mu_2}{\sigma_2}-\rho\frac{x-\mu_1}{\sigma_1}\right)^2}\mathrm{d}y$$

令 $t = \dfrac{1}{\sqrt{1-\rho^2}}\left(\dfrac{y-\mu_2}{\sigma_2} - \rho\dfrac{x-\mu_1}{\sigma_1}\right)$, 则有

$$f_X(x) = \frac{1}{2\pi\sigma_1}\mathrm{e}^{-\frac{(x-\mu_1)^2}{2\sigma_1^2}}\int_{-\infty}^{+\infty}\mathrm{e}^{-\frac{t^2}{2}}\mathrm{d}t$$

$$= \frac{1}{\sqrt{2\pi}\sigma_1}\mathrm{e}^{-\frac{(x-\mu_1)^2}{2\sigma_1^2}} \quad (-\infty < x < +\infty),$$

即

$$X \sim N(\mu_1, \sigma_1^2)$$

同理

$$f_Y(y) = \frac{1}{\sqrt{2\pi}\sigma_2}\mathrm{e}^{-\frac{(y-\mu_2)^2}{2\sigma_2^2}} \quad (-\infty < y < +\infty).$$

即 $Y \sim N(\mu_2, \sigma_2^2)$.

由例 3.11 可知二维正态分布的两个边缘分布都是一维正态分布, 并且不依赖于参数 ρ, 也即对相同的 $\mu_1, \mu_2, \sigma_1, \sigma_2$, 尽管 ρ 不同 (二维正态分布就不同), 但对应的边缘分布却都一样, 这一事实说明具有相同边缘分布的多维联合分布可以是不同的. 因此, 只由 X 和 Y 的边缘分布, 一般来说不能确定 (X, Y) 的联合分布.

3.3.3　条件分布

设 (X, Y) 为二维连续型随机变量, 它的联合密度函数为 $f(x, y)$, 考虑在 $\{X = x\}$ 下 Y 的分布函数 $P(Y < y | X = x)$, 进而给出条件概率密度. 但由于在连续场合, $P\{X = x\} = 0$, 所以不能直接用条件概率公式, 这时取一个充分小的 $\Delta x(\Delta x > 0)$, 在条件 $\Delta x \leqslant X < x + \Delta x$ 下考虑 $Y < y$ 的条件概率, 于是

$$
\begin{aligned}
P(Y < y | X = x) &= \lim_{\Delta x \to 0} P(Y < y | x \leqslant X < x + \Delta x) \\
&= \lim_{\Delta x \to 0} \frac{P(x \leqslant X < x + \Delta x, Y < y)}{P(x \leqslant X < x + \Delta x)} \\
&= \lim_{\Delta x \to 0} \frac{\int_x^{x+\Delta x} \int_{-\infty}^y f(u, v) dv du}{\int_x^{x+\Delta x} \int_{-\infty}^{+\infty} f(u, v) dv du},
\end{aligned}
$$

把上式的分子分母分别除以 Δx, 则当 $f_X(x) \neq 0$ 时,

$$
P(Y < y | X = x) = \int_{-\infty}^y \frac{f(x, v)}{f_X(x)} \mathrm{d}v.
$$

因此, 在 $X = x$ 条件下, Y 的概率密度函数为 $\dfrac{f(x, y)}{f_X(x)}$, 记作 $f_{Y|X}(y|x)$. 称为在 $X = x$ 条件下关于 Y 的条件概率密度.

同理在 $Y = y$ 的条件下关于 X 的条件概率密度 $f_{X|Y}(x|y) = \dfrac{f(x, y)}{f_Y(y)}$, 可以验证条件概率密度满足随机变量的概率密度的两条基本性质.

例 3.12　设 X 和 Y 的联合密度函数为

$$
f(x, y) = \begin{cases} \dfrac{\mathrm{e}^{-\frac{x}{y}} \mathrm{e}^{-y}}{y}, & x > 0 \text{ 且 } y > 0, \\ 0, & \text{其他.} \end{cases}
$$

求 $P(X > 2 | Y = y)$.

解　由 $f_{X|Y}(x|y) = \dfrac{f(x, y)}{f_Y(y)} = \dfrac{\dfrac{\mathrm{e}^{-\frac{x}{y}} \mathrm{e}^{-y}}{y}}{\displaystyle\int_0^{+\infty} \mathrm{e}^{-y} \dfrac{1}{y} \mathrm{e}^{-\frac{x}{y}} \mathrm{d}x} = \dfrac{1}{y} \mathrm{e}^{-\frac{x}{y}}$, $x > 0, y > 0$, 因此

$$
P(X > 2 | Y = y) = \int_2^{+\infty} \frac{1}{y} \mathrm{e}^{-\frac{x}{y}} \mathrm{d}x = \mathrm{e}^{-\frac{2}{y}}, y > 0.
$$

3.4 随机变量的独立性

在多维随机变量中, 各个分量取值的规律有时会互相影响, 但有时也会毫无关系. 例如, 人的身高与体重相互影响, 但对其收入一般无影响. 当两个随机变量取值的规律互不影响时, 则称它们是相互独立的. 下面我们借助于事件的独立性的概念引入随机变量的独立性.

设 X, Y 为随机变量, 如果对任意的 x, y, 事件 $(X \leqslant x)$ 与 $(Y \leqslant y)$ 相互独立, 则 $P(X \leqslant x, Y \leqslant y) = P(X \leqslant x)P(Y \leqslant y)$, 此时称 X 与 Y 相互独立. 换言之有如下定义:

定义 3.4 设 $F(x, y)$ 及 $F_X(x)$, $F_Y(y)$ 分别是二维随机变量 (X, Y) 的分布函数及边缘分布函数, 若对任意的 x, y, 有

$$F(x, y) = F_X(x) \cdot F_Y(y), \tag{3.4.1}$$

则称随机变量 X 和 Y 是相互独立的.

当 (X, Y) 是离散型随机变量时, X 与 Y 相互独立的充分必要条件是对所有可能取值 (x_i, y_j) 有

$$P(X = x_i, Y = y_j) = P(X = x_i)P(Y = y_j) \quad (i, j = 1, 2, \cdots).$$

即

$$P_{ij} = P_{i \cdot} P_{\cdot j} \quad (i, j = 1, 2, \cdots). \tag{3.4.2}$$

当 (X, Y) 是连续型随机变量时, $f(x, y), f_X(x)$, $f_Y(y)$ 分别是二维随机变量 (X, Y) 的联合概率密度函数和边缘概率密度函数, X 与 Y 相互独立的充分必要条件是

$$f(x, y) = f_X(x)f_Y(y). \tag{3.4.3}$$

在 $f(x, y), f_X(x), f_Y(y)$ 的一切公共连续点上成立.

在 3.3 节曾经指出, 由边缘分布一般不能确定联合分布, 但从上述讨论可以看出, 两个相互独立的随机变量 X, Y 的边缘分布可唯一决定它们的联合分布.

例 3.13 试判断例 3.3 和例 3.4 中随机变量 X 与 Y 是否相互独立.

解 对于例 3.3, 我们已经知道 (X, Y) 的联合分布及边缘分布如下:

X \ Y	0	1	$P_i.$
0	$\frac{1}{6}$	$\frac{1}{3}$	$\frac{1}{2}$
1	$\frac{1}{3}$	$\frac{1}{6}$	$\frac{1}{2}$
$P_{.j}$	$\frac{1}{2}$	$\frac{1}{2}$	1

由上表可见

$$P_{11} = \frac{1}{6}, \quad P_{1.} = \frac{1}{2}, \quad P_{.1} = \frac{1}{2}$$
$$P_{11} \neq P_{1.}P_{.1}$$

故 X 与 Y 不独立.

对于例 3.4, (X, Y) 的联合分布及边缘分布如下:

X \ Y	0	1	$P_i.$
0	$\frac{1}{4}$	$\frac{1}{4}$	$\frac{1}{2}$
1	$\frac{1}{4}$	$\frac{1}{4}$	$\frac{1}{2}$
$P_{.j}$	$\frac{1}{2}$	$\frac{1}{2}$	1

显然, 对所有 $i, j = 1, 2.$ 都有 $P_{ij} = P_{i.}P_{.j}$, 所以 X 与 Y 相互独立. 事实上, 由随机变量相互独立的直观意义可以看出在有放回抽样中, X 与 Y 取值的概率是互不影响的, X 与 Y 相互独立也就是理所应当的. 因此, 在实际中判断 X 与 Y 是否独立, 更多地是依赖于 X 的取值与 Y 的取值的概率是否有影响.

例 3.14 甲、乙两人相约在某地见面, 他们到达的时间是相互独立的, 并且都均匀分布在下午 2 点至下午 3 点这段时间, 试求先到者至少要等候 10 分钟的概率.

解 设甲、乙到达时间分别是下午 2 点 x 分和下午 2 点 y 分, 则 X 与 Y 均服从 $(0, 60)$ 的均匀分布, 所以 X 与 Y 的概率密度分别为

$$f_X(x) = \begin{cases} \dfrac{1}{60}, & 0 < x < 60, \\ 0, & \text{其他,} \end{cases} \qquad f_Y(y) = \begin{cases} \dfrac{1}{60}, & 0 < y < 60, \\ 0, & \text{其他.} \end{cases}$$

又因为 X 与 Y 相互独立, 则 (X, Y) 的联合密度为

$$f(x, y) = f_X(x)f_Y(y). = \begin{cases} \dfrac{1}{60^2}, & 0 < x, y < 60, \\ 0, & \text{其他.} \end{cases}$$

所求事件的概率可表示为 $P(|Y - X| \geqslant 10) = \iint\limits_{|y-x| \geqslant 10} f(x,y)\mathrm{d}x\mathrm{d}y.$ 如图 3.4.1 所示

由对称性可知,

$$
\begin{aligned}
P(|Y-X| \geqslant 10) &= 2P\{Y \geqslant X + 10\} \\
&= 2\int_{10}^{60} \mathrm{d}y \int_0^{y-10} \frac{1}{60^2}\mathrm{d}x \\
&= \frac{2}{60^2}\int_{10}^{60} (y-10)\mathrm{d}y \\
&= \frac{25}{36}.
\end{aligned}
$$

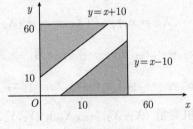

图 3.4.1

注 3.1　本例也可由概率的几何定义求得 $P = \dfrac{(60-10)^2}{60^2} = \dfrac{25}{36}.$

例 3.15　设 $(X,Y) \sim N(\mu_1, \mu_2, \sigma_1^2, \sigma_2^2, \rho)$, 证明 X 与 Y 独立的充要条件是

$$\rho = 0.$$

证明　当 $\rho = 0$, 由二维正态分布的定义及 X 与 Y 的边缘分布易推得

$$f(x,y) = f_X(x)f_Y(y),$$

故 X 与 Y 独立.

反之, 若 X 与 Y 独立, 取 $x = \mu_1, y = \mu_2$, 则应有

$$f(\mu_1, \mu_2) = f_X(\mu_1)f_Y(\mu_2),$$

也即

$$\frac{1}{2\pi\sigma_1\sigma_2\sqrt{1-\rho^2}} = \frac{1}{\sqrt{2\pi}\sigma_1}\frac{1}{\sqrt{2\pi}\sigma_2},$$

从而 $\sqrt{1-\rho^2} = 1$, 故 $\rho = 0$.

随机变量的独立性可推广到 n 维随机变量的情况, 它在数理统计中是相当重要的. 设 n 维随机变量 $(X_1, X_2, \cdots, X_n)$ 的分布函数和边缘分布函数分别是 $F(x_1, x_2, \cdots, x_n), F_{X_i}(x_i)(i = 1, 2, \cdots, n)$, 若对任意的实数 $x_1, x_2, \cdots, x_n$, 有

$$F(x_1, x_2, \cdots, x_n) = F_{X_1}(x_1)F_{X_2}(x_2)\cdots F_{X_n}(x_n),$$

则称 $X_1, X_2, \cdots, X_n$ 是相互独立的.

若 $(X_1, X_2, \cdots, X_n)$ 是连续型随机变量, $X_1, X_2, \cdots, X_n$ 相互独立的充分必要条件是

$$f(x_1, x_2, \cdots, x_n) = f_{X_1}(x_1)f_{X_2}(x_2)\cdots f_{X_n}(x_n),$$

在 $f(x_1, x_2, \cdots, x_n)$, $f_{X_i}(x_i)(i = 1, 2, \cdots, n)$ 的一切公共连续点上成立, 其中 $f(x_1, x_2, \cdots, x_n)$ 是 $(X_1, X_2, \cdots, X_n)$ 的联合概率密度, $f_{X_i}(x_i)(i = 1, 2, \cdots, n)$ 是 X_i 的边缘概率密度.

离散型随机变量 $X_1, X_2, \cdots, X_n$ 相互独立的充分必要条件是

$$P(X_1 = x_1, X_2 = x_2, \cdots, X_n = x_n) = P(X_1 = x_1)P(X_2 = x_2)\cdots P(X_n = x_n).$$

进一步, 若对任意的 $x_1, x_2, \cdots, x_m, y_1, y_2, \cdots, y_n$, 有

$$F(x_1, x_2, \cdots, x_m, y_1, y_2, \cdots, y_n) = F_1(x_1, x_2, \cdots, x_m)F_2(y_1, y_2, \cdots, y_n).$$

其中 F_1, F_2, F 依次为随机变量 $(X_1, X_2, \cdots, X_m)$, $(Y_1, Y_2, \cdots, Y_n)$ 和 $(X_1, X_2, \cdots, X_m, Y_1, Y_2, \cdots, Y_n)$ 的分布函数, 则称随机变量 $(X_1, X_2, \cdots, X_m)$ 和 $(Y_1, Y_2, \cdots, Y_n)$ 是相互独立的.

下面给出一个在数理统计中很有用的定理, 证明略.

定理 3.1　设 $(X_1, X_2, \cdots, X_m)$ 和 $(Y_1, Y_2, \cdots, Y_n)$ 是相互独立的, 则 $X_i(i = 1, 2, \cdots, m)$ 和 $Y_j(j = 1, 2, \cdots, n)$ 相互独立, 又若 h, g 是连续函数, 则 $h(X_1, X_2, \cdots, X_m)$ 与 $g(Y_1, Y_2, \cdots, Y_n)$ 相互独立.

3.5　二维随机变量的函数的分布

已知二维随机变量 (X, Y) 的联合分布, 如何求 (X, Y) 的函数 $Z = g(X, Y)$ 的分布, 这是本节要讨论的问题. 分离散型和连续型两种情形来讨论.

3.5.1　离散型随机变量的函数的分布

设二维离散型随机变量 (X, Y) 的分布律为 $P(X = x_i, Y = y_j) = P_{ij}(i, j = 1, 2, \cdots)$. 设 $Z = g(X, Y)$ 是 (X, Y) 的函数, 则 Z 也是离散型的, Z 的可能取值为 $z_{ij} = g(x_i, y_j)(i, j = 1, 2, \cdots)$, 与一维离散型随机变量函数的分布类似, 可以写出 Z 的分布律为

Z	$g(x_1, y_1)$	$\cdots$	$g(x_i, y_j)$	$\cdots$
p	p_{11}	$\cdots$	p_{ij}	$\cdots$

如果有若干个 $g(x_i, y_j)$ 的值相等, 应合并为一项, 相应的概率相加.

例 3.16 设 (X, Y) 的联合分布律为

X \\ Y	-1	0	1
0	0.1	0.2	0.1
1	0.3	0.1	0.2

试求: (1) $Z_1 = X + Y$ 的分布律;

(2) $Z_2 = \max\{X, Y\}$ 的分布律.

解 由 (X, Y) 的联合分布律可列出下表:

(X, Y)	$(0, -1)$	$(0, 0)$	$(0, 1)$	$(1, -1)$	$(1, 0)$	$(1, -1)$
$X + Y$	-1	0	1	0	1	2
$\max\{X, Y\}$	0	0	1	1	1	1
p	0.1	0.2	0.1	0.3	0.1	0.2

从而得到 Z_1 的分布律为

Z_1	-1	0	1	2
p	0.1	0.5	0.2	0.2

Z_2 的分布律为

Z_2	0	1
p	0.3	0.7

例 3.17 设 X, Y 相互独立且分别服从参数为 λ_1, λ_2 的泊松分布, 证明: $X + Y$ 服从参数为 $\lambda_1 + \lambda_2$ 的泊松分布.

证明 由已知 $X + Y$ 的可能取值为 $0, 1, 2, \cdots$ 且

$$
\begin{aligned}
P(X + Y = k) =& P(X = 0, Y = k) + P(X = 1, Y = k - 1) \\
& + \cdots + P(X = k, Y = 0) \\
=& P(X = 0)P(Y = k) + P(X = 1)P(Y = k - 1) \\
& + \cdots + P(X = k)P(Y = 0)
\end{aligned}
$$

$$
\begin{aligned}
&= e^{-\lambda_1} \frac{\lambda_2^k e^{-\lambda_2}}{k!} + \lambda_1 e^{-\lambda_1} \frac{\lambda_2^{k-1} e^{-\lambda_2}}{(k-1)!} + \cdots + \frac{\lambda_1^k e^{-\lambda_1}}{k!} e^{-\lambda_2} \\
&= \frac{e^{-(\lambda_1+\lambda_2)}}{k!} (\lambda_2^k + C_k^1 \lambda_2^{k-1}\lambda_1 + \cdots + C_k^{k-1}\lambda_2\lambda_1^{k-1} + \lambda_1^k) \\
&= \frac{e^{-(\lambda_1+\lambda_2)}}{k!} (\lambda_1 + \lambda_2)^k \quad (k=0,1,2,\cdots),
\end{aligned}
$$

因此, $X+Y$ 服从参数为 $\lambda_1 + \lambda_2$ 的泊松分布.

我们把独立同分布的随机变量之和仍服从同一分布的性质称为该分布具有可加性, 例 3.17 的结果表明泊松分布具有可加性.

例 3.18 甲乙两商场从同一仓库提货, 分两城出售同一品牌商品, 两家的月销量分别服从泊松分布 $P(5)$ 和 $P(6)$, 求该仓库每月应准备多少件商品, 才能以不低于 90% 的概率保证供货需求.

解 设 X, Y 分别表示甲乙两商场的月销售量, 即 $X \sim P(5)$, $Y \sim P(6)$, 由已知 X 与 Y 相互独立, 因此 $X + Y \sim P(11)$. 若仓库月库存量为 m, 则 m 应满足

$$
P(X + Y \leqslant m) \geqslant 0.9
$$

即 $\sum_{i=0}^{m} \frac{11^i e^{-11}}{i!} \geqslant 0.9$. 查表可知 $m \geqslant 15$, 即该仓库每月至少应准备 15 件商品.

3.5.2 连续型随机变量的函数的分布

设二维连续型随机变量 (X, Y) 的联合概率密度为 $f(x,y)$, $g(x,y)$ 是连续函数, 则 $Z = g(X, Y)$ 是随机变量 (X, Y) 的函数. 与一维连续型随机变量函数的分布求法类似, 求 Z 的概率密度函数 $f_Z(z)$ 的一般方法是:

(1) 确定 Z 的值域 $R(z)$;

(2) 对任意的 $z \in R(z)$, 求出 Z 的分布函数

$$
\begin{aligned}
F_Z(z) &= P(Z \leqslant z) = P(g(X,Y) \leqslant z) \\
&= P((X,Y) \in D(z)) = \iint\limits_{D(z)} f(x,y)\mathrm{d}x\mathrm{d}y,
\end{aligned}
$$

其中区域 $D(z) = \{(x,y) | g(x,y) \leqslant z\}$;

(3) 求导得

$$
f_Z(z) = \begin{cases} [F_Z(z)]', & z \in R(z), \\ 0, & z \notin R(z). \end{cases}
$$

例 3.19 在射击训练中, 以靶心为原点, 实际击中的弹着点坐标 (X, Y) 是二维随机变量且服从正态分布 $N(0, 0, \sigma^2, \sigma^2, 0)$, 求弹着点到靶心距离 $Z = \sqrt{X^2 + Y^2}$ 的概率密度函数.

解 由于 $(X, Y) \sim N(0, 0, \sigma^2, \sigma^2, 0)$, 所以 (X, Y) 的联合概率密度为

$$f(x, y) = \frac{1}{2\pi\sigma^2} e^{-\frac{x^2+y^2}{2\sigma^2}} \quad (-\infty < x, y < +\infty),$$

对任意的 $z \geqslant 0$, 有

$$F_Z(z) = P(Z \leqslant z) = P\left(\sqrt{X^2 + Y^2} \leqslant z\right) = \iint\limits_{x^2+y^2 \leqslant z^2} \frac{1}{2\pi\sigma^2} e^{-\frac{x^2+y^2}{2\sigma^2}} \mathrm{d}x\mathrm{d}y,$$

利用极坐标求上述二重积分, 得

$$F_Z(z) = \int_0^{2\pi} \int_0^z \frac{1}{2\pi\sigma^2} e^{-\frac{r^2}{2\sigma^2}} r\mathrm{d}r\mathrm{d}\theta = \frac{1}{\sigma^2} \int_0^z e^{-\frac{r^2}{2\sigma^2}} r\mathrm{d}r.$$

当 $z < 0$ 时, $F_Z(z) = 0$. 从而 Z 的密度函数为

$$f_Z(z) = [F_Z(z)]' = \begin{cases} \dfrac{z}{\sigma^2} e^{-\frac{z^2}{2\sigma^2}}, & z \geqslant 0, \\ 0, & z < 0. \end{cases}$$

该分布称瑞利 (Rayleigh) 分布.

在理论上对任何形式的 $g(x, y)$, 都可计算随机变量 $Z = g(X, Y)$ 的密度函数, 但是在具体操作上会遇到计算上的麻烦, 因此仅就下面几个简单的函数来讨论.

1. $Z = X + Y$ 的分布

设 (X, Y) 的概率密度为 $f(x, y)$, 则 $Z = X + Y$ 的分布函数为

$$F_Z(z) = P(Z \leqslant z) = \iint\limits_{x+y \leqslant z} f(x, y)\mathrm{d}x\mathrm{d}y,$$

积分区域见图 3.5.1, 化成累次积分得

$$F_Z(z) = \int_{-\infty}^{+\infty} \left[\int_{-\infty}^{z-y} f(x, y)\mathrm{d}x\right] \mathrm{d}y,$$

令 $x = u - y$, 作变换得

$$F_Z(z) = \int_{-\infty}^{+\infty} \int_{-\infty}^{z} f(u-y, y)\mathrm{d}u\mathrm{d}y = \int_{-\infty}^{z} \left[\int_{-\infty}^{+\infty} f(u-y, y)\mathrm{d}y\right] \mathrm{d}u,$$

从而 Z 的概率密度为

$$f_Z(z) = \int_{-\infty}^{+\infty} f(z-y, y)\mathrm{d}y.$$

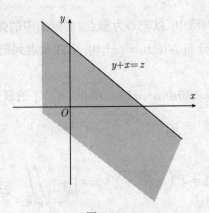

图 3.5.1

由 X, Y 的对称性, $f_Z(z) = \int_{-\infty}^{+\infty} f(x, z-x)\mathrm{d}x$. 特别地, 设 (X, Y) 关于 X 和 Y 的边缘概率密度分别为 $f_X(x)$, $f_Y(y)$, 当 X 和 Y 相互独立时, 则 $Z = X + Y$ 的概率密度为

$$f_Z(z) = \int_{-\infty}^{+\infty} f_X(z-y)f_Y(y)\mathrm{d}y$$

或

$$f_Z(z) = \int_{-\infty}^{+\infty} f_X(x)f_Y(z-x)\mathrm{d}x,$$

上述两个公式称为**卷积公式**.

例 3.20　设独立同分布的两个随机变量 X, Y 服从正态分布 $N(0,1)$, 求 $Z = X + Y$ 的概率分布.

解　由 $X \sim N(0,1)$, $Y \sim N(0,1)$ 知 X, Y 的概率密度分别为

$$f_X(x) = \frac{1}{\sqrt{2\pi}}\mathrm{e}^{-\frac{x^2}{2}} \quad (-\infty < x < +\infty),$$

$$f_Y(y) = \frac{1}{\sqrt{2\pi}}\mathrm{e}^{-\frac{y^2}{2}} \quad (-\infty < y < +\infty),$$

由卷积公式

$$
\begin{aligned}
f_Z(z) &= \int_{-\infty}^{+\infty} f_X(x)f_Y(z-x)\mathrm{d}x \\
&= \frac{1}{2\pi} \int_{-\infty}^{+\infty} \mathrm{e}^{-\frac{x^2}{2}} \mathrm{e}^{-\frac{(z-x)^2}{2}}\mathrm{d}x \\
&= \frac{\mathrm{e}^{-\frac{z^2}{4}}}{2\pi} \int_{-\infty}^{+\infty} \mathrm{e}^{-(x-\frac{z}{2})^2}\mathrm{d}x \\
&= \frac{1}{2\sqrt{\pi}}\mathrm{e}^{-\frac{z^2}{4}}.
\end{aligned}
$$

即 $Z \sim N(0, 2)$.

一般地, 若 $X \sim N(\mu_1, \sigma_1^2)$, $Y \sim N(\mu_2, \sigma_2^2)$ 且 X 与 Y 相互独立, 则 $Z = X + Y$ 服从正态分布 $N(\mu_1 + \mu_2, \sigma_1^2 + \sigma_2^2)$. 推而广之, 有限个相互独立的正态随机变量的线性组合仍然服从正态分布.

例 3.21　设随机变量 X, Y 相互独立, 其概率密度分别为

$$f_X(x) = \begin{cases} 1, & 0 \leqslant x \leqslant 1, \\ 0, & \text{其他}, \end{cases} \qquad f_Y(y) = \begin{cases} \mathrm{e}^{-y}, & y > 0, \\ 0, & \text{其他}. \end{cases}$$

求 $Z = X + Y$ 的概率密度.

解　如图 3.5.2 所示, 由公式 $f_Z(z) = \displaystyle\int_{-\infty}^{+\infty} f_X(x) f_Y(z - x) \mathrm{d}x$ 及 $f_X(x), f_Y(y)$ 可得

当 $0 < z < 1$ 时, $f_Z(z) = \displaystyle\int_0^z f_X(x) f_Y(z - x) \mathrm{d}x = \int_0^z \mathrm{e}^{-(z-x)} \mathrm{d}x = 1 - \mathrm{e}^{-z}$,

当 $z \geqslant 1$ 时, $f_Z(z) = \displaystyle\int_0^1 f_X(x) f_Y(z - x) \mathrm{d}x = \int_0^1 \mathrm{e}^{-(z-x)} \mathrm{d}x = \mathrm{e}^{-z}(\mathrm{e} - 1)$,

故 Z 的概率密度为 $f_Z(z) = \begin{cases} 1 - \mathrm{e}^{-z}, & 0 < z < 1, \\ \mathrm{e}^{-z}(\mathrm{e} - 1), & z \geqslant 1, \\ 0, & \text{其他}. \end{cases}$

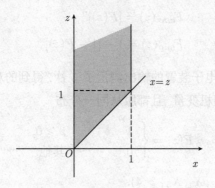

图 3.5.2

2. $M = \max\{X, Y\}$ 及 $N = \min\{X, Y\}$ 的分布

设 X, Y 是两个相互独立的随机变量, 它们的分布函数分别为 $F_X(x)$ 和 $F_Y(y)$, 先求 $M = \max\{X, Y\}$ 的分布函数. 由于事件 $\{M \leqslant z\}$ 等价于 $\{X \leqslant z, Y \leqslant z\}$, 故

有
$$F_{\max}(z) = P(M \leqslant z) = P(X \leqslant z, Y \leqslant z),$$
又因为 X 和 Y 相互独立, 于是 $M = \max\{X, Y\}$ 的分布函数为
$$F_{\max}(z) = P(X \leqslant z)P(Y \leqslant z) = F_X(z)F_Y(z),$$
类似地, 可得 $N = \min\{X, Y\}$ 的分布函数为
$$\begin{aligned} F_{\min}(z) &= P(N \leqslant z) = 1 - P(N > z) = 1 - P(X > z, Y > z) \\ &= 1 - P(X > z)P(Y > z) = 1 - [1 - P(X \leqslant z)][1 - P(Y \leqslant z)] \\ &= 1 - [1 - F_X(z)][1 - F_Y(z)]. \end{aligned}$$

上述结果可推广到 n 个独立的随机变量的情况. 设 $X_i(i = 1, 2, \cdots, n)$ 是 n 个相互独立的随机变量, 它们的分布函数分别为 $F_{X_i}(i = 1, 2, \cdots, n)$, 则 $M = \max\{X_1, X_2, \cdots, X_n\}$ 和 $N = \min\{X_1, X_2, \cdots, X_n\}$ 的分布函数分别为
$$F_{\max}(z) = F_{X_1}(z)F_{X_2}(z)\cdots F_{X_n}(z),$$
$$F_{\min}(z) = 1 - [1 - F_{X_1}(z)][1 - F_{X_2}(z)]\cdots[1 - F_{X_n}(z)],$$
特别地, 当 $X_i(i = 1, 2, \cdots, n)$ 独立同分布于 $F(x)$ 时, 有
$$F_{\max}(z) = [F(z)]^n,$$
$$F_{\min}(z) = 1 - [1 - F(z)]^n.$$

例 3.22　对某种电子装置的输出测量了 5 次, 得到的观察值 $X_1, X_2, \cdots, X_5$, 设它们是相互独立的随机变量, 且都服从同一分布
$$F(z) = \begin{cases} 1 - e^{-\frac{z^2}{8}}, & z \geqslant 0, \\ 0, & \text{其他}. \end{cases}$$
试求 $P(\max\{X_1, X_2, X_3, X_4, X_5\} > 4)$.

解　令 $M = \max\{X_1, X_2, X_3, X_4, X_5\}$, 由于 $X_1, X_2, \cdots, X_5$ 独立同分布, 于是 $F_{\max}(z) = [F(z)]^5$, 那么
$$\begin{aligned} P(M > 4) &= 1 - P(M \leqslant 4) = 1 - F_{\max}(4) \\ &= 1 - [F(4)]^5 = 1 - (1 - e^{-2})^5. \end{aligned}$$

习　题　3

1. 设二维随机变量 (X, Y) 的联合分布函数为

$$F(x, y) = \begin{cases} \sin x \sin y, & 0 \leqslant x \leqslant \dfrac{\pi}{2}, \ 0 \leqslant y \leqslant \dfrac{\pi}{2}, \\ 0, & \text{其他}. \end{cases}$$

求 $P\left(0 < X \leqslant \dfrac{\pi}{4}, \dfrac{\pi}{6} < Y \leqslant \dfrac{\pi}{3}\right)$.

2. 某产品 100 件, 其中一等、二等和三等品各 80、10 和 10 件, 现从中随机取一件, 记

$$X_i = \begin{cases} 1, & \text{抽到 } i \text{ 等品}, \\ 0, & \text{其他}, \end{cases} \quad (i = 1, 2, 3).$$

求 (X_1, X_2) 的联合分布、边缘分布和 $P(X_1 = X_2)$.

3. 掷一枚均匀硬币两次, 设 X 表示第一次掷出正面的次数, Y 表示这两次掷出正面的次数, 试求: (X, Y) 的联合分布和边缘分布, 并判断 X 与 Y 是否独立?

4. 已知 X 服从参数 $P = 0.6$ 的 0-1 分布, 在 $X = 0$ 和 $X = 1$ 下, 关于 Y 的条件分布如下表.

X	1	2	3
$P(Y\|X=0)$	$\dfrac{1}{4}$	$\dfrac{1}{2}$	$\dfrac{1}{4}$

X	1	2	3
$P(Y\|X=1)$	$\dfrac{1}{2}$	$\dfrac{1}{6}$	$\dfrac{1}{3}$

求: (1) (X, Y) 的联合分布;

(2) 在 $Y \neq 1$ 时关于 X 的条件分布.

5. 已知随机变量 X 与 Y 的概率分布为

X	-1	0	1
P	$\dfrac{1}{4}$	$\dfrac{1}{2}$	$\dfrac{1}{4}$

Y	0	1
P	$\dfrac{1}{2}$	$\dfrac{1}{2}$

且 $P(XY = 0) = 1$, 求: (X, Y) 的联合分布及 $P(X + Y = 1)$.

6. 一个火箭发动机性能的两个指标是推力 X 和混合比 Y, 设 (X, Y) 的联合概率密度为

$$f(x, y) = \begin{cases} A(x + y - 2xy), & 0 \leqslant x \leqslant 1, \ 0 \leqslant y \leqslant 1, \\ 0, & \text{其他}. \end{cases}$$

求:(1) 常数 A;

(2) $P(X + Y < 1)$;

(3) X 和 Y 的边缘概率密度.

7. 设二维随机变量 (X, Y) 服从区域 $D = \{(x, y) | x^2 + y^2 \leqslant 1\}$ 内的均匀分布, 试判断 X 与 Y 是否为独立同分布?

8. 设二维随机变量 (X, Y) 的联合概率密度为

$$f(x, y) = \begin{cases} Ae^{-(2x+3y)}, & x > 0, \ y > 0, \\ 0, & \text{其他}. \end{cases}$$

(1) 求常数 A;

(2) 求 X 和 Y 的边缘概率密度;

(3) 判断 X 与 Y 是否独立?

9. 设随机变量 X 和 Y 相互独立, 其联合分布如下表

X \ Y	1	2	3
1	$\frac{1}{6}$	$\frac{1}{9}$	$\frac{1}{18}$
2	$\frac{1}{3}$	a	b

求常数 a 和 b.

10. 设 X 和 Y 分别表示某电子仪器两个部件的寿命 (单位: 千小时), 已知 X 和 Y 的联合分布函数为

$$F(x, y) = \begin{cases} 1 - e^{-0.5x} - e^{-0.5y} + e^{-0.5(x+y)}, & x \geqslant 0, \ y \geqslant 0, \\ 0, & \text{其他}. \end{cases}$$

(1) 求 X 和 Y 的边缘分布函数;

(2) 判断 X 和 Y 是否相互独立;

(3) 求两个部件的寿命都超过 100 千小时的概率.

11. 设随机变量 X 和 Y 相互独立, 且分别在 $(0, 1)$ 上服从均匀分布, 求:(1) (X, Y) 的联合分布;

(2) 方程 $x^2 + Xx + Y = 0$ 有实根的概率.

12. 设二维随机变量 (X, Y) 的联合概率密度为

$$f(x, y) = \begin{cases} e^{-y}, & y > x > 0, \\ 0, & \text{其他}. \end{cases}$$

求 $f_{Y|X}(y|x)$.

13. 设二维随机变量 (X,Y) 的联合分布为

X \ Y	1	3	4	5
0	0.03	0.14	0.15	0.14
1	0.03	0.09	0.06	0.08
2	0.07	0.10	0.05	0.06

求: (1) $Z = X + Y$ 的分布律;

(2) $M = \max\{X, Y\}$ 的分布律;

(3) $N = \min\{X, Y\}$ 的分布律.

14. 设随机变量 X 和 Y 相互独立, 其中 X 的分布律为

X	1	2
P	0.3	0.7

Y 的概率密度为 $\phi(y)$, 求 $Z = X + Y$ 的概率密度.

15. 设随机变量 X 和 Y 相互独立, 其概率密度分别为

$$f_X(x) = \begin{cases} 1, & 0 \leqslant x \leqslant 1, \\ 0, & \text{其他}, \end{cases} \qquad f_Y(y) = \begin{cases} 2y, & 0 \leqslant y \leqslant 1, \\ 0, & \text{其他}. \end{cases}$$

求 $Z = X + Y$ 的概率密度.

16. 设二维随机变量 (X,Y) 的联合概率密度为

$$f(x,y) = \begin{cases} 3x, & 0 < x < 1,\ 0 < y < x, \\ 0, & \text{其他}. \end{cases}$$

求 $Z = X - Y$ 的概率密度.

17. 设随机变量 X, Y 独立同分布, 其概率密度为

$$f(x) = \begin{cases} \dfrac{2}{\sqrt{\pi}} e^{-x^2}, & x > 0, \\ 0, & x \leqslant 0. \end{cases}$$

求 $Z = \sqrt{X^2 + Y^2}$ 的概率密度.

18. 设 X 服从 $(0,1)$ 上的均匀分布, Y 服从 $(0, 2)$ 上的均匀分布, 且 X 与 Y 相互独立, 求 $Z = \min\{X, Y\}$ 的概率密度.

第4章　随机变量的数字特征

在第 2 和第 3 章中, 我们分别介绍了随机变量及其概率分布. 从概率论的角度来看, 概率分布完整地反映了随机变量的统计规律, 因为它刻画了随机变量取各个范围内的值的概率的大小, 从而能完全确定与这一随机变量有关的各种统计性质. 但在许多场合下, 我们不可能或者不需要全面了解随机变量的统计规律, 而只能或只需要知道某些从不同角度来描述这一随机变量特征的数量指标. 例如, 考查射击运动员的训练水平, 我们关心的是一段时间内平均射击成绩和射击的稳定程度; 检查各批次棉花的质量, 关心的不仅是棉花纤维的平均长度, 而且还关心纤维长度与平均长度之差. 这些数量指标描述了随机变量某方面的重要特征, 我们称之为随机变量的数字特征. 一般来讲, 只知道随机变量的数字特征, 并不能完全确定其分布, 但在许多情形下, 有了对一些数字特征的了解再加上对随机变量的分布类型的若干信息, 便能唯一地确定随机变量的分布, 因此随机变量的数字特征常常成为研究随机变量的出发点. 常用的数字特征有数学期望、方差、协方差、相关系数以及各阶矩等.

4.1　随机变量的数学期望

4.1.1　离散型随机变量的数学期望

随机变量的数学期望, 反映了随机变量取值的中心位置, 在概率意义上刻画了随机变量取值的平均值. 先看一个例子.

例如, 观察一名射手 10 次射击成绩 (表 4.1.1), 以平均中靶环数 $\bar{x}$ 来考察他的射击水平.

表 4.1.1

中靶环数 x_i	5	6	7	8	9	10
频数 n_i	2	2	1	2	2	1

考虑到中靶环数与频数的关系

$$\bar{x} = \frac{5 \times 2 + 6 \times 2 + 7 \times 1 + 8 \times 2 + 9 \times 2 + 10 \times 1}{10}$$

$$= 5 \times \frac{2}{10} + 6 \times \frac{2}{10} + 7 \times \frac{1}{10} + 8 \times \frac{2}{10} + 9 \times \frac{2}{10} + 10 \times \frac{1}{10} = 7.3,$$

显然, 本例中的 $\frac{2}{10}, \frac{2}{10}, \frac{1}{10}, \frac{2}{10}, \frac{2}{10}, \frac{1}{10}$ 是各中靶环数的权重, 因此 $\bar{x}$ 是一种加权平均, 这是合理的. 我们知道, 如果增加射击次数 n, 各个权重也即中靶环数的频率 $\frac{n_i}{n}$ 会稳定于概率 p_i, 那么以概率为权重的加权平均 $\sum\limits_{i=1}^{6} x_i p_i$ 会更真实地反映该射手的射击水平.

由此, 可以给出如下定义:

定义 4.1 设离散型随机变量 X 的分布律为 $P(X = x_i) = p_i$ $(i = 1, 2, \cdots)$. 若级数 $\sum\limits_{i=1}^{\infty} x_i p_i$ 绝对收敛, 则称级数 $\sum\limits_{i=1}^{\infty} x_i p_i$ 的和为随机变量 X 的**数学期望**, 简称**期望**或**均值**, 记作

$$E(X) = \sum_{i=1}^{\infty} x_i p_i. \tag{4.1.1}$$

当 $\sum\limits_{i=1}^{\infty} |x_i| p_i$ 发散时, 则 X 的数学期望不存在.

在定义 4.1 中要求级数 $\sum\limits_{i=1}^{\infty} x_i p_i$ 绝对收敛, 是因为 x_i 的顺序是任意排列的, 所以为了保证从该定义中所得的值唯一, 就必须要求 $\sum\limits_{i=1}^{\infty} x_i p_i$ 收敛且其和与 x_i 的次序无关, 而这恰好就是绝对收敛的充分必要条件.

显然, 数学期望由概率分布唯一确定, 因此随机变量的数学期望也成为概率分布的数学期望.

例 4.1 某彩票公司发行彩票 10 万张, 每张 2 元, 设一等奖 1 个, 奖金 10000 元; 二等奖 2 个, 奖金各 5000 元; 三等奖 10 个, 奖金各 1000 元; 四等奖 100 个, 奖金各 100 元; 五等奖 1000 个, 奖金各 10 元. 试求每张彩票的平均所得奖金额.

解 设 X 为一张彩票的获奖金额, 则 X 的分布如下:

X	10000	5000	1000	100	10	0
P	$\frac{1}{10^5}$	$\frac{2}{10^5}$	$\frac{10}{10^5}$	$\frac{100}{10^5}$	$\frac{1000}{10^5}$	$1 - \frac{1113}{10^5}$

所以每张彩票的平均所得奖金为

$$E(X) = 10000 \times \frac{1}{10^5} + 5000 \times \frac{2}{10^5} + 1000 \times \frac{10}{10^5}$$

$$+ 100 \times \frac{100}{10^5} + 10 \times \frac{1000}{10^5} + 0 = 0.5,$$

这也意味着, 彩票公司将 20 万元中的 5 万元以奖金的形式返回给彩民, 其实彩票中奖与否是随机的, 但一种彩票的平均所得是可以预先算出的, 计算平均所得也是设计一种彩票的基础.

例 4.2   设随机变量 X 的概率分布为 $P(X = k) = pq^{k-1}$ $(k = 1, 2, \cdots, q = 1 - p)$, 求 $E(X)$.

解 $E(X) = \sum\limits_{k=1}^{\infty} kp_k = \sum\limits_{k=1}^{\infty} k(pq^{k-1}) = p(1 + 2q + 3q^2 + \cdots) = \dfrac{p}{(1-q)^2} = \dfrac{1}{p}.$

例 4.3   设随机变量 X 的概率分布为 $P\left(X = (-1)^k \dfrac{2^k}{k}\right) = \dfrac{1}{2^k}$ $(k = 1, 2, \cdots)$, 求 $E(X)$.

解   虽然 $\sum\limits_{k=1}^{\infty} x_k p_k = \sum\limits_{k=1}^{\infty} (-1)^k \dfrac{2^k}{k} \dfrac{1}{2^k} = \sum\limits_{k=1}^{\infty} (-1)^k \dfrac{1}{k} = -\ln 2$, 但由于 $\sum\limits_{k=1}^{\infty} |x_k| p_k = \sum\limits_{k=1}^{\infty} \dfrac{1}{k}$ 发散, 所以 X 的数学期望不存在.

4.1.2   连续型随机变量的数学期望

设连续型随机变量 X 的概率密度为 $f(x)$, 把 X 的取值范围分成不相交的小区间 (x_{i-1}, x_i), 令 $\Delta x_i = x_i - x_{i-1}$, 则 $P(x_{i-1} < X \leqslant x_i) \approx f(x_i)\Delta x_i$. 于是 X 的平均值近似等于 $\sum\limits_{i=1}^{n} x_i f(x_i)\Delta x_i$, 令 $\lambda = \max\limits_{i}\{\Delta x_i\}$, 当 $\lambda \to 0$ 时, 若 $\lim\limits_{\lambda \to 0} \sum\limits_{i=1}^{n} x_i f(x_i)\Delta x_i$ 存在, 则该极限值即为 $\int_{-\infty}^{+\infty} xf(x)\mathrm{d}x$.

由此, 有如下定义:

定义 4.2   设连续型随机变量 X 的概率密度为 $f(x)$, 若 $\int_{-\infty}^{+\infty} xf(x)\mathrm{d}x$ 绝对收敛, 则称该积分的值为随机变量 X 的**数学期望**, 记作

$$E(X) = \int_{-\infty}^{+\infty} xf(x)\mathrm{d}x. \tag{4.1.2}$$

例 4.4   设随机变量 X 的概率密度为 $f(x) = \dfrac{1}{2}\mathrm{e}^{-|x|}$ $(-\infty < x < +\infty)$, 求 $E(X)$.

解   由定义 4.2 及奇函数在对称区间积分等于零易知

$$E(X) = \int_{-\infty}^{+\infty} x\frac{1}{2}\mathrm{e}^{-|x|}\mathrm{d}x = 0.$$

例 4.5 设随机变量 X 服从柯西分布, 概率密度为

$$f(x) = \frac{1}{\pi(1 + x^2)} \quad (-\infty < x < +\infty).$$

求 $E(X)$.

解 因为广义积分 $\displaystyle\int_{-\infty}^{+\infty} \frac{|x|}{\pi(1 + x^2)} \mathrm{d}x$ 不收敛, 所以期望 $E(X)$ 不存在.

4.1.3 随机变量的函数的数学期望

为了计算随机变量的函数的数学期望, 我们可以先求出随机变量的函数的分布, 然后按定义计算数学期望, 但是下面介绍的几个定理可以不必求出随机变量的函数的分布, 直接由随机变量的分布求其函数的数学期望.

定理 4.1 设 X 为随机变量, $Y = g(X)$ (g 是连续函数),

(1) 若 X 为离散型随机变量, 其分布律为 $P(X = x_i) = p_i \ (i = 1, 2, \cdots)$, 若 $\displaystyle\sum_{i=1}^{\infty} g(x_i)p_i$ 绝对收敛, 则有

$$E(Y) = E(g(X)) = \sum_{i=1}^{\infty} g(x_i)p_i;$$

(2) 若 X 为连续型随机变量, 其概率密度为 $f(x)$, 若 $\displaystyle\int_{-\infty}^{+\infty} g(x)f(x)\mathrm{d}x$ 绝对收敛, 则有

$$E(Y) = E(g(X)) = \int_{-\infty}^{+\infty} g(x)f(x)\mathrm{d}x.$$

关于二维随机变量的函数的数学期望, 有类似的定理.

定理 4.2 设 (X, Y) 是二维随机变量, $Z = g(X, Y)$ 是 (X, Y) 的函数 (g 是连续函数),

(1) 若 (X, Y) 为二维离散型随机变量, 其分布律为 $P(X = x_i, Y = y_j) = p_{ij} \ (i, j = 1, 2, \cdots)$, 若 $\displaystyle\sum_{i=1}^{\infty}\sum_{j=1}^{\infty} g(x_i, y_j)p_{ij}$ 绝对收敛, 则有

$$E(z) = E(g(X, Y)) = \sum_{i=1}^{\infty}\sum_{j=1}^{\infty} g(x_i, y_j)p_{ij};$$

(2) 若 (X, Y) 为二维连续型随机变量, 其联合概率密度函数为 $f(x, y)$, 若

$$\int_{-\infty}^{+\infty}\int_{-\infty}^{+\infty} g(x, y)f(x, y)\mathrm{d}x\mathrm{d}y$$

绝对收敛, 则有

$$E(z) = E(g(X,Y)) = \int_{-\infty}^{+\infty} \int_{-\infty}^{+\infty} g(x,y)f(x,y)\mathrm{d}x\mathrm{d}y.$$

例 4.6　设随机变量 X 的分布律如下, 求 $E(X^2)$.

X	-1	0	1	2
p	0.1	0.2	0.3	0.4

解　由定理 4.2, 得 $E(X^2) = (-1)^2 \times 0.1 + 0^2 \times 0.2 + 1^2 \times 0.3 + 2^2 \times 0.4 = 0.56$.

例 4.7　设随机变量 X 在区间 $(0,\pi)$ 内服从均匀分布, 求 $Y = \cos X$ 的数学期望.

解　由题意, X 的概率密度为

$$f(x) = \begin{cases} \dfrac{1}{\pi}, & 0 < x < \pi, \\ 0, & \text{其他}, \end{cases}$$

从而 $E(Y) = \displaystyle\int_0^\pi \dfrac{1}{\pi} \cos x \mathrm{d}x = 0$.

例 4.8　假定市场上某种商品每年的需求量 X(单位：吨) 是随机变量, 服从 $(2000, 4000)$ 上的均匀分布, 设每售出 1 吨该商品可获利 3 万元, 但若销售不出而积压, 则每吨需花费保养费 1 万元, 求应组织多少货源, 才能获利最大?

解　设需准备 t 吨货物, 则 $2000 < t < 4000$, 组织 t 吨货物所得利润记为 Y, 则

$$Y = \begin{cases} 3t, & X \geqslant t, \\ 3x \dot{-} (t-x), & X < t, \end{cases}$$

随机变量 X 的函数 Y 也是随机变量, 如何获得最大利润, 自然考虑平均利润的最大值, 即求 t 使 $E(Y)$ 最大.

因为 X 的概率密度 $f(x) = \begin{cases} \dfrac{1}{2000}, & 2000 < x < 4000, \\ 0, & \text{其他}, \end{cases}$ 于是

$$E(Y) = \int_{-\infty}^{+\infty} g(x)f(x)\mathrm{d}x = \frac{1}{2000} \left(\int_{2000}^{t} (4x - t)\mathrm{d}x + \int_{t}^{4000} 3t\mathrm{d}x \right)$$

$$= \frac{1}{1000}(-t^2 + 7000t - 4 \times 10^6),$$

令 $\dfrac{\mathrm{d}E(Y)}{\mathrm{d}t} = 7 - \dfrac{t}{500} = 0$, 得 $t = 3500$, 且 $\dfrac{\mathrm{d}^2 E(Y)}{\mathrm{d}t^2} = -\dfrac{1}{500} < 0$, 故 $t = 3500$, $E(Y)$ 最大, 即应组织 3500 吨货源才能获得最大利润.

上例是有关数学期望的应用题, 求解这类题目首先要正确写出随机变量之间的函数关系, 其次要弄清楚哪个是随机变量, 哪个是确定性的参变量.

例 4.9 设随机变量 (X, Y) 的联合概率密度为

$$f(x, y) = \begin{cases} 2, & (x, y) \in G, \\ 0, & \text{其他}, \end{cases}$$

其中 G 为以点 $(0,1)$, $(1,0)$, $(1,1)$ 为顶点的三角形区域,

求: (1) $E(X)$;

(2) $E(X + Y)$.

解 区域如图 4.1.1 所示, 由定理 4.2 得

$$(1) \ E(X) = \int_{-\infty}^{+\infty} \int_{-\infty}^{+\infty} x f(x, y) \mathrm{d}x \mathrm{d}y = \int_0^1 \mathrm{d}x \int_{1-x}^1 2x \mathrm{d}y$$

$$= \int_0^1 2x^2 \mathrm{d}x = \frac{2}{3};$$

$$(2) \ E(X + Y) = \int_{-\infty}^{+\infty} \int_{-\infty}^{+\infty} (x + y) f(x, y) \mathrm{d}x \mathrm{d}y$$

$$= \int_0^1 \mathrm{d}x \int_{1-x}^1 2(x + y) \mathrm{d}y = \frac{4}{3}.$$

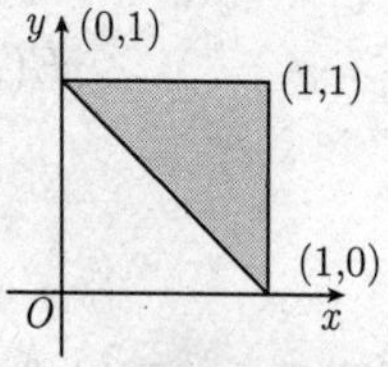

图 4.1.1

4.1.4 数学期望的性质

性质 4.1 设 C 为常数, 则 $E(C) = C$.

假设以下所涉及的随机变量的数学期望均存在, 并仅就连续型随机变量的情形给出证明.

性质 4.2 设 X 是一个随机变量, C 为常数, 则有

$$E(CX) = CE(X).$$

证明 设 X 的密度函数为 $f(x)$, 则

$$E(CX) = \int_{-\infty}^{+\infty} Cx f(x) \mathrm{d}x = C \int_{-\infty}^{+\infty} x f(x) \mathrm{d}x = CE(X)$$

性质 4.3 设 X, Y 是两个随机变量, 则有

$$E(X + Y) = E(X) + E(Y).$$

证明 设 (X, Y) 的联合概率密度为 $f(x, y)$, 则

$$E(X + Y) = \int_{-\infty}^{+\infty} \int_{-\infty}^{+\infty} (x + y) f(x, y) \mathrm{d}x \mathrm{d}y$$

$$= \int_{-\infty}^{+\infty} \int_{-\infty}^{+\infty} x f(x, y) \mathrm{d}x \mathrm{d}y + \int_{-\infty}^{+\infty} \int_{-\infty}^{+\infty} y f(x, y) \mathrm{d}x \mathrm{d}y$$

$$= E(X) + E(Y).$$

性质 4.4 设 $X_i(i=1,2,\cdots,n)$ 是 n 个随机变量, $C_i(i=1,2,\cdots,n)$ 是 n 个常数, 则

$$E\left(\sum_{i=1}^{n} C_i X_i\right) = \sum_{i=1}^{n} C_i E(X_i).$$

由性质 4.2 和性质 4.3 容易得到性质 4.4.

性质 4.5 若 X, Y 是相互独立的随机变量, 则 $E(XY) = E(X)E(Y)$.

证明 设 (X, Y) 的联合概率密度为 $f(x,y)$, 边缘密度为 $f_X(x), f_Y(y)$, 则

$$E(XY) = \int_{-\infty}^{+\infty} \int_{-\infty}^{+\infty} xy f(x,y) \mathrm{d}x \mathrm{d}y$$

$$= \int_{-\infty}^{+\infty} x f_X(x) \mathrm{d}x \int_{-\infty}^{+\infty} y f_Y(y) \mathrm{d}y = E(X)E(Y).$$

性质 4.5 可以推广到有限个相互独立的随机变量情形.

例 4.10 某班级共有 n 名新生, 班长从系办公室领来所有的学生证后随机地发给每人一个, 试问平均来讲有多少人恰好拿到自己的学生证?

解 设恰好拿到自己的学生证的学生人数为 X, 令

$$X_i = \begin{cases} 1, & \text{第 } i \text{ 人拿到自己的学生证}, \\ 0, & \text{第 } i \text{ 人没有拿到自己的学生证}, \end{cases}$$

则 $X = \sum_{i=1}^{n} X_i$, $E(X_i) = P(X_i = 1) = \dfrac{1}{n}$, 由性质 4.4 得 $E(X) = \sum_{i=1}^{n} E(X_i) = n \times \dfrac{1}{n} = 1$. 即这种发证方式平均来讲只能有 1 人恰好拿到自己的学生证.

本例的计算方法具有一般性, 引入计数随机变量可以使计算简单化, 我们还会介绍相关的问题.

例 4.11 设一电路电流 I 与电阻 R 是两个相互独立的随机变量, 其概率密度为

$$g(i) = \begin{cases} 2i, & 0 \leqslant i \leqslant 1, \\ 0, & \text{其他}, \end{cases} \qquad h(r) = \begin{cases} \dfrac{r^2}{9}, & 0 \leqslant r \leqslant 3, \\ 0, & \text{其他}. \end{cases}$$

试求电压 $U = IR$ 的数学期望.

解

$$E(U) = E(IR) = E(I)E(R) = \int_{-\infty}^{+\infty} ig(i)\mathrm{d}i \cdot \int_{-\infty}^{+\infty} rh(r)\mathrm{d}r$$

$$= \int_0^1 2i^2 \mathrm{d}i \cdot \int_0^3 \frac{r^3}{9} \mathrm{d}r = \frac{3}{2}.$$

4.2 随机变量的方差

数学期望是一种位置特征数, 它刻画了 X 的取值的中心位置, 但这个数字特征无法反映出随机变量取值在其中心位置的离散程度. 比如考查甲乙两射手的射击技术, 其数据如下两表:

甲射手			
击中环数 X	8	9	10
概率	0.1	0.8	0.1

乙射手			
击中环数 Y	8	9	10
概率	0.4	0.2	0.4

显然, $E(X) = E(Y) = 9$, 但是甲射手击中环数比较集中在均值 9 环, 而乙射手击中环数比较分散. 这种技术差异是明显的. 由此可见, 研究随机变量取值的离散程度是必要的, 本节介绍的方差正是度量这种分散程度的数字特征.

4.2.1 方差的概念

设随机变量 X 的数学期望为 $E(X)$, 我们首先设想用离差 $X - E(X)$ 的均值来刻画 X 与 $E(X)$ 的离散程度, 但是由数学期望的性质知 $E(X - E(X)) = E(X) - E(X) = 0$, 这是因为在平均的过程中, 正的离差与负的离差刚好彼此抵消了, 从而任何信息都没有得到. 因此, 我们自然想到先对离差取绝对值或取平方然后再平均, 以避免正负抵消. 由于绝对值在数学上不易处理, 离差平方的均值便作为衡量随机变量与其数学期望离散程度的重要数值指标.

定义 4.3 设 X 是随机变量, 若 $E[X - E(X)]^2$ 存在, 则称 $E[X - E(X)]^2$ 为 X 的**方差**, 记作 $D(X)$, 称 $\sqrt{D(X)}$ 为 X 的**标准差**或**均方差**, 记作 σ.

方差与标准差都是用来描述随机变量取值的分散程度的, 方差与标准差愈小, 随机变量的取值愈集中. 方差与标准差之间的差别主要在量纲上, 标准差与所讨论的随机变量及其数学期望有相同的量纲. 此外, 如果随机变量 X 的数学期望 $E(X)$ 存在, 其方差 $D(X)$ 不一定存在 (例如, $n = 2$ 时的 t 分布), 而当 X 的方差 $D(X)$ 存在时, 则期望 $E(X)$ 必定存在.

由定义 4.3 知, 方差实际上是随机变量 X 的函数 $g(X) = [X - E(X)]^2$ 的数学期望, 于是对于离散型随机变量

$$D(X) = \sum_{i=1}^{\infty} [x_i - E(X)]^2 p_i,$$

其中 $P(X_i = x_i) = p_i$ $(i = 1, 2, \cdots)$ 是 X 的分布律. 对于连续型随机变量

$$D(X) = \int_{-\infty}^{+\infty} [x - E(X)]^2 f(x) \mathrm{d}x,$$

其中 $f(x)$ 是 X 的概率密度函数. 事实上, 由数学期望的性质

$$
\begin{aligned}
D(X) &= E[X - E(X)]^2 = E\left\{X^2 - 2XE(X) + [E(X)]^2\right\} \\
&= E(X^2) - 2E(X)E(X) + [E(X)]^2 \\
&= E(X^2) - [E(X)]^2.
\end{aligned}
$$

即

$$D(X) = E(X^2) - [E(X)]^2. \tag{4.2.1}$$

在实际计算中, 常用 (4.2.1) 式来计算方差.

例 4.12　计算本节开篇讨论的甲乙两射手击中环数 X, Y 的方差.

解　由前面的分布律, 得 $E(X) = E(Y) = 9$, 于是

$$D(X) = E(X - 9)^2 = (-1)^2 \times 0.1 + 0^2 \times 0.8 + 1^2 \times 0.1 = 0.2,$$

$$D(Y) = E(Y - 9)^2 = (-1)^2 \times 0.4 + 0^2 \times 0.2 + 1^2 \times 0.4 = 0.8,$$

由此可见甲射手的方差小, 乙射手的方差大, 甲射手比乙射手技术稳定.

例 4.13　设随机变量 X, Y, Z 的概率密度为

$$
f_1(x) = \begin{cases} 1 + x, & -1 \leqslant x < 0, \\ 1 - x, & 0 \leqslant x < 1, \\ 0, & \text{其他}, \end{cases}
\qquad
f_2(y) = \begin{cases} \dfrac{1}{2}, & -1 < y < 1, \\ 0, & \text{其他}. \end{cases}
$$

$$
f_3(z) = \begin{cases} -z, & -1 \leqslant z < 0, \\ z, & 0 \leqslant z < 1, \\ 0, & \text{其他}. \end{cases}
$$

求 $D(X), D(Y), D(Z)$.

解　由三个随机变量的概率密度函数的图形 (图 4.2.1) 可以看出这三个分布都位于区间 $(-1, 1)$ 上, 且关于 y 轴对称, 因而 $E(X) = E(Y) = E(Z) = 0$. 于是

$$D(X) = E(X^2) = \int_{-1}^{0} x^2(1 + x)\mathrm{d}x + \int_{0}^{1} x^2(1 - x)\mathrm{d}x = \frac{1}{6},$$

$$D(Y) = E(Y^2) = \int_{-1}^{1} y^2 \frac{1}{2} \mathrm{d}y = \frac{1}{3},$$

$$D(Z) = E(Z^2) = \int_{-1}^{0} z^2(-z)\mathrm{d}z + \int_{0}^{1} z^2 z \mathrm{d}z = \frac{1}{2}.$$

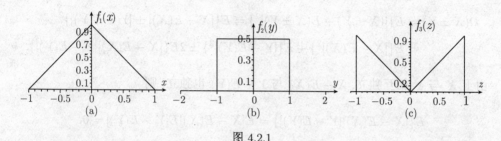

图 4.2.1

这些计算结果与我们对分布的直观认识是一致的. 随机变量 X, Y, Z 服从的分布称为三角分布, 均匀分布和倒三角分布. 三角分布在中间较为集中, 故方差最小; 倒三角分布集中于两侧, 故方差最大; 均匀分布介于两者之间, 故方差也介于两者之间.

例 4.14 设随机变量 X 的数学期望和方差分别为 $\mu, \sigma^2(\sigma^2 \neq 0)$, 记 $X^* = \dfrac{X - \mu}{\sigma}$, 求证: $E(X^*) = 0, D(X^*) = 1$.

证明 $E(X^*) = E\left(\dfrac{X - \mu}{\sigma}\right) = \dfrac{1}{\sigma}[E(X) - \mu] = 0,$

$$D(X^*) = [E(X^*)^2] - [E(X^*)]^2 = E\left(\dfrac{X - \mu}{\sigma}\right)^2 = \dfrac{1}{\sigma^2}E[(X - \mu)^2] = 1.$$

我们称 $X^* = \dfrac{X - \mu}{\sigma}$ 为 X 的标准化变量.

4.2.2 方差的性质

假设以下所涉及的随机变量的方差都存在.

性质 4.6 设 C 为常数, 则 $D(C) = 0$ (证略).

性质 4.7 设 X 是一个随机变量, C 为常数, 则

$$D(CX) = C^2 D(X).$$

证明 设 X, Y 是随机变量,

$$D(CX) = E\{[CX - E(CX)]^2\} = C^2 E[X - E(X)]^2 = C^2 D(X).$$

性质 4.8　设随机变量 X 与 Y 相互独立, 则

$$D(X \pm Y) = D(X) + D(Y).$$

证明

$$D(X \pm Y) = E\{[(X \pm Y) - E(X \pm Y)]^2\} = E\{[X - E(X)] \pm [Y - E(Y)]\}^2$$
$$= E\{[X - E(X)]^2\} + E\{[Y - E(Y)]^2\} \pm 2E\{[X - E(X)][Y - E(Y)]\},$$

由于 X 与 Y 相互独立, $X - E(X)$ 与 $Y - E(Y)$ 也独立, 则

$$E\{[X - E(X)][Y - E(Y)]\} = E[X - E(X)]E[Y - E(Y)] = 0.$$

故 $D(X + Y) = D(X) + D(Y)$.

将性质 4.7 和性质 4.8 推广到一般情形, 设随机变量 $X_1, X_2, \cdots, X_n$ 是相互独立的, 且方差存在, $C_1, C_2, \cdots, C_n$ 为常数, 则 $D\left(\sum_{i=1}^{n} C_i X_i\right) = \sum_{i=1}^{n} C_i^2 D(X_i)$.

性质 4.9　设 X 是一个随机变量, 则 $D(X) = 0$ 的充要条件是 $P(X = C) = 1$, 这里 $C = E(X)$ (证略).

例 4.15　设相互独立的随机变量 $X_1, X_2, \cdots, X_n$ 有相同的数学期望 μ 和方差 σ^2, 令 $\overline{X} = \dfrac{1}{n}\sum_{i=1}^{n} X_i$, 求 $E(\overline{X}), D(\overline{X})$.

解　由已知 $E(X_i) = \mu$, $D(X_i) = \sigma^2 (i = 1, 2, \cdots, n)$, 则

$$E(\overline{X}) = E\left(\frac{1}{n}\sum_{i=1}^{n} X_i\right) = \frac{1}{n}\sum_{i=1}^{n} E(X_i) = \mu,$$

$$D(\overline{X}) = D\left(\frac{1}{n}\sum_{i=1}^{n} X_i\right) = \frac{1}{n^2}\sum_{i=1}^{n} D(X_i) = \frac{\sigma^2}{n}.$$

4.2.3　切比雪夫不等式

概率论中有许多不等式, 下面介绍的切比雪夫 (Chebyshev) 不等式是其中最基本和最重要的一个.

定理 4.3　设随机变量 X 有数学期望 $E(X) = \mu$ 和方差 $D(X) = \sigma^2$, 则对于任意 $\varepsilon > 0$, 有

$$P\left(|X - \mu| \geqslant \varepsilon\right) \leqslant \frac{\sigma^2}{\varepsilon^2} \quad \text{或} \quad P\left(|X - \mu| < \varepsilon\right) \geqslant 1 - \frac{\sigma^2}{\varepsilon^2}.$$

证明 我们只给出连续型随机变量的情形的证明. 设随机变量 X 的概率密度为 $f(x)$, 则

$$P(|X - \mu| \geqslant \varepsilon) = \int_{|X-\mu| \geqslant \varepsilon} f(x)\mathrm{d}x \leqslant \int_{|X-\mu| \geqslant \varepsilon} \frac{(x-\mu)^2}{\varepsilon^2} f(x)\mathrm{d}x$$

$$\leqslant \frac{1}{\varepsilon^2} \int_{-\infty}^{+\infty} (x-\mu)^2 f(x)\mathrm{d}x = \frac{\sigma^2}{\varepsilon^2}.$$

切比雪夫不等式在不需要知道随机变量 X 的分布的情况下, 只利用 X 的数学期望和方差就可以估计落在 $(\mu - \varepsilon, \mu + \varepsilon)$ 中的概率的下限, 因此这个不等式在理论和实际应用中都很重要.

由不等式还可以看出, 方差愈小, $P(|X - \mu| \geqslant \varepsilon)$ 也愈小, 即方差刻画了 X 与 $E(X)$ 的离散程度. 特别地, 当 $\sigma^2 = 0$ 时, $P(|X - \mu| \geqslant \varepsilon) = 0$, 即 $P(X \neq \mu) = 0$, 所以 $P(X = \mu) = 1$, 这与方差的性质 4.9 是相符的.

例 4.16 设 X_1, X_2, X_3 是相互独立的随机变量, 且 $E(X_i) = 1, D(X_i) = 8(i = 1, 2, 3)$, 令 $\overline{X} = \frac{1}{3}(X_1 + X_2 + X_3)$, 试估计 $P(|\overline{X} - 1| < 4)$.

解 由例 4.15 可知, $E(\overline{X}) = 1, D(\overline{X}) = \frac{8}{3}$, 利用切比雪夫不等式

$$P(|\overline{X} - 1| < 4) \geqslant 1 - \frac{D(\overline{X})}{4^2} = \frac{5}{6}.$$

4.3 几种常见分布的数学期望和方差

前两节给出了期望和方差的相关计算公式, 本节具体讨论几种常见分布的期望和方差.

1. 0-1 分布

若 $X \sim B(1, p)$, 则 $E(X) = p, D(X) = p(1-p)$.

由 X 分布

X	0	1
P	$1-p$	p

则 $E(X) = p, E(X^2) = p, D(X) = E(X^2) - [E(X)]^2 = p(1-p)$.

2. 二项分布

若 $X \sim B(n, p)$, 则 $E(X) = np, D(X) = np(1-p)$.

设 $X_i \sim B(1, p)(i = 1, 2, \cdots, n)$, 且相互独立, $X = \sum_{i=1}^{n} X_i$, 则 $X \sim B(n, p)$ (即

二项分布可看成 n 个独立的 0-1 分布之和), 于是

$$E(X) = nE(X_i) = np, \quad D(X) = nD(X_i) = np(1-p).$$

3. 泊松分布

$X \sim P(\lambda)$, 则 $E(X) = \lambda, D(X) = \lambda$.

由 $P(X = k) = \dfrac{\lambda^k \mathrm{e}^{-\lambda}}{k!} (k = 0, 1, 2, \cdots)$ 知,

$$E(X) = \mathrm{e}^{-\lambda} \sum_{k=0}^{\infty} k \frac{\lambda^k}{k!} = \lambda \mathrm{e}^{-\lambda} \sum_{k=1}^{\infty} \frac{\lambda^{k-1}}{(k-1)!} = \lambda \mathrm{e}^{-\lambda} \mathrm{e}^{\lambda} = \lambda,$$

$$E(X^2) = \mathrm{e}^{-\lambda} \sum_{k=0}^{\infty} k^2 \frac{\lambda^k}{k!} = \mathrm{e}^{-\lambda} \sum_{k=1}^{\infty} \frac{\lambda^k}{(k-1)!}$$

$$= \lambda^2 \mathrm{e}^{-\lambda} \sum_{k=1}^{\infty} (k-1) \frac{\lambda^{k-2}}{(k-1)!} + \lambda \mathrm{e}^{-\lambda} \sum_{k=1}^{\infty} \frac{\lambda^{k-1}}{(k-1)!} = \lambda^2 + \lambda,$$

从而 $D(X) = E(X^2) - [E(X)]^2 = \lambda$.

4. 均匀分布

若 $X \sim U(a, b)$, 则 $E(X) = \dfrac{a+b}{2}, D(X) = \dfrac{(b-a)^2}{12}$.

由 X 的概率密度 $f(x) = \begin{cases} \dfrac{1}{b-a}, & a < x < b, \\ 0, & 其他, \end{cases}$ 得

$$E(X) = \int_{-\infty}^{+\infty} xf(x)\mathrm{d}x = \int_a^b \frac{x}{b-a} \mathrm{d}x = \frac{a+b}{2},$$

$$E(X^2) = \int_{-\infty}^{+\infty} x^2 f(x)\mathrm{d}x = \int_a^b \frac{x^2}{b-a}\mathrm{d}x = \frac{a^2 + ab + b^2}{3},$$

从而 $D(X) = E(X^2) - [E(X)]^2 = \dfrac{(b-a)^2}{12}$.

5. 指数分布

若 $X \sim E(\lambda)$, 则 $E(X) = \dfrac{1}{\lambda}, D(X) = \dfrac{1}{\lambda^2}$.

由 X 的概率密度 $f(x) = \begin{cases} \lambda \mathrm{e}^{-\lambda x}, & x > 0, \\ 0, & 其他, \end{cases}$ 得

$$E(X) = \int_0^{+\infty} x\lambda \mathrm{e}^{-\lambda x}\mathrm{d}x = \frac{1}{\lambda} \int_0^{+\infty} (\lambda x)\mathrm{e}^{-\lambda x}\mathrm{d}\lambda x = \frac{1}{\lambda}\Gamma(2) = \frac{1}{\lambda},$$

$$E(X^2) = \int_0^{+\infty} x^2 \lambda \mathrm{e}^{-\lambda x} \mathrm{d}x = \frac{1}{\lambda^2} \int_0^{+\infty} (\lambda x)^2 \mathrm{e}^{-\lambda x} \mathrm{d}\lambda x = \frac{1}{\lambda^2} \Gamma(3) = \frac{1}{\lambda^2},$$

从而 $D(X) = E(X^2) - [E(X)]^2 = \dfrac{1}{\lambda^2}$.

6. 正态分布

若 $X \sim N(\mu\sigma^2)$, 则 $E(X) = \mu, D(X) = \sigma^2$.

先证明当 $X \sim N(0,1)$ 时, $E(X) = 0, D(X) = 1$. 因为 $X \sim N(0,1)$, 其概率密度为 $f(x) = \dfrac{1}{\sqrt{2\pi}} \mathrm{e}^{\frac{-x^2}{2}}, -\infty < x < +\infty$, 则

$$E(X) = \int_{-\infty}^{+\infty} x \frac{1}{\sqrt{2\pi}} \mathrm{e}^{\frac{-x^2}{2}} \mathrm{d}x = 0 \quad (奇函数在对称区间积分等于 0),$$

$$D(X) = E(X^2) = \int_{-\infty}^{+\infty} x^2 \frac{1}{\sqrt{2\pi}} \mathrm{e}^{\frac{-x^2}{2}} \mathrm{d}x = -\frac{1}{\sqrt{2\pi}} \int_{-\infty}^{+\infty} x \mathrm{d}(\mathrm{e}^{\frac{-x^2}{2}})$$

$$= -\frac{1}{\sqrt{2\pi}} x \mathrm{e}^{-\frac{x^2}{2}} \Big|_{-\infty}^{+\infty} + \frac{1}{\sqrt{2\pi}} \int_{-\infty}^{+\infty} \mathrm{e}^{-\frac{x^2}{2}} \mathrm{d}x$$

$$= 0 + 1 = 1.$$

一般地当 $X \sim N(\mu, \sigma^2)$, 令 $Y = \dfrac{X - \mu}{\sigma}$, 则易知 $Y \sim N(0,1)$, 于是

$$E(X) = E(\sigma Y + \mu) = \sigma E(Y) + \mu = \mu, D(X) = D(\sigma Y + \mu) = \sigma^2 D(Y) = \sigma^2.$$

4.4 协方差相关系数和矩

对于二维随机变量 (X,Y), 其分量 X 和 Y 的数学期望和方差只反映了各自的平均值和偏离程度. 除此之外, 还需要讨论反映 X 和 Y 之间相互关系的数字特征. 本节将要讨论的协方差就是反映随机变量 X 和 Y 依赖关系的一个数字特征.

在方差性质 4.8 的证明中, 我们已经看到, 如果 X 和 Y 相互独立, 则 $E\{[X - E(X)][Y - E(Y)]\} = 0$. 反之则说明当 $E\{[X - E(X)][Y - E(Y)]\} \neq 0$ 时, X 和 Y 不相互独立, 而是存在着一定的关系. 因此, $E\{[X - E(X)][Y - E(Y)]\}$ 在一定程度上反映了随机变量 X 和 Y 之间的关系.

4.4.1 协方差

定义 4.4 若 $E\{[X - E(X)][Y - E(Y)]\}$ 存在, 则称其为 X 和 Y 的**协方差**, 记作 $\mathrm{Cov}(X,Y)$, 即

$$\text{Cov}(X, Y) = E\{[X - E(X)][Y - E(Y)]\}. \tag{4.4.1}$$

由定义 4.4, 可得

$$\begin{aligned}
\text{Cov}(X, Y) &= E\{[X - E(X)][Y - E(Y)]\} \\
&= E(XY) - 2E(X)E(Y) + E(X)E(Y) \\
&= E(XY) - E(X)E(Y),
\end{aligned}$$

即

$$\text{Cov}(X, Y) = E(XY) - E(X)E(Y). \tag{4.4.2}$$

我们常利用上式来计算协方差. 下面给出协方差的几条性质:

性质 4.10　$\text{Cov}(X, X) = D(X)$.

性质 4.11　$\text{Cov}(X, Y) = \text{Cov}(Y, X)$.

性质 4.12　$\text{Cov}(aX, bY) = ab\text{Cov}(X, Y)$

证明

$$\begin{aligned}
\text{Cov}(aX, bY) &= E\{[aX - E(aX)][(bY - E(bY)]\} \\
&= ab\{E[X - E(X)][Y - E(Y)]\} \\
&= ab\text{Cov}(X, Y).
\end{aligned}$$

性质 4.13　$\text{Cov}(X_1 + X_2, Y) = \text{Cov}(X_1, Y) + \text{Cov}(X_2, Y)$.

证明

$$\begin{aligned}
\text{Cov}(X_1 + X_2, Y) &= E\{[X_1 + X_2 - E(X_1 + X_2)][Y - E(Y)]\} \\
&= E\{[X_1 - E(X_1)][Y - E(Y)]\} + E\{[X_2 - E(X_2)][Y - E(Y)]\} \\
&= \text{Cov}(X_1, Y) + \text{Cov}(X_2, Y).
\end{aligned}$$

例 4.17　设二维随机变量 (X, Y) 的联合概率密度为

$$f(x) = \begin{cases} 3x, & 0 < y < x < 1, \\ 0, & \text{其他}. \end{cases}$$

求 $\text{Cov}(X, Y)$.

解　利用 $\text{Cov}(X, Y) = E(XY) - E(X)E(Y)$ 计算, 因此需要先计算 $E(X), E(Y)$, $E(XY)$,

$$E(X) = \int_0^1 \int_0^x 3x \cdot x \mathrm{d}y \mathrm{d}x = \frac{3}{4}, \quad E(Y) = \int_0^1 \int_0^x 3x \cdot y \mathrm{d}y \mathrm{d}x = \frac{3}{8},$$

$$E(XY) = \int_0^1 \int_0^x 3x \cdot xy \mathrm{d}y \mathrm{d}x = \frac{3}{10},$$

于是 $\mathrm{Cov}(X, Y) = E(XY) - E(X)E(Y) = \frac{3}{10} - \frac{3}{4} \times \frac{3}{8} = \frac{3}{160}$.

在引入协方差的概念后, 对于任意两个随机变量 X 和 Y, 下式成立:

$$D(X \pm Y) = D(X) + D(Y) \pm 2\mathrm{Cov}(X, Y).$$

4.4.2 相关系数

协方差在一定程度上反映了 X 和 Y 的关系, 但它们还受 X 和 Y 本身度量单位的影响, 为了消除量纲的影响, 可将每个随机变量标准化, 即取 $X^* = \dfrac{X - E(X)}{\sqrt{D(X)}}$, $Y^* = \dfrac{Y - E(Y)}{\sqrt{D(Y)}}$, 将 $\mathrm{Cov}(X^*, Y^*)$ 作为 X 和 Y 之间相互关系的一种度量, 而

$$\mathrm{Cov}(X^*, Y^*) = \frac{\mathrm{Cov}(X, Y)}{\sqrt{D(X)}\sqrt{D(Y)}}.$$

定义 4.5 设 (X, Y) 为二维随机变量, 且 $D(X) > 0, D(Y) > 0$, 称 $\rho_{XY} = \dfrac{\mathrm{Cov}(X, Y)}{\sqrt{D(X)}\sqrt{D(Y)}}$ 为随机变量 X 和 Y 的**相关系数**, 简记作 ρ.

下面给出 ρ_{XY} 的两条重要性质, 并说明 ρ_{XY} 的含义.

性质 4.14 $|\rho| \leqslant 1$.

性质 4.15 $|\rho| = 1$ 的充要条件是存在常数 $a, b(a \neq 0)$, 使 $P(Y = aX + b) = 1$.

证明 考虑以 X 的线性函数 $aX + b$ 来近似表示 Y, 并且以均方误差

$$e = E[Y - (aX + b)]^2 = E(Y^2) + a^2 E(X^2) + b^2 - 2aE(XY) + 2abE(X) - 2bE(Y)$$

来衡量近似程度的好坏, 当 $D(X) > 0, D(Y) > 0$ 时, 由

$$\begin{cases} \dfrac{\partial e}{\partial a} = 2aE(X^2) - 2E(XY) + 2bE(Y) = 0, \\ \dfrac{\partial e}{\partial b} = 2b + 2aE(X) - 2E(Y) = 0, \end{cases}$$

解得唯一解 $a_0 = \dfrac{\mathrm{Cov}(X, Y)}{D(X)}$, $b_0 = E(Y) - a_0 E(X)$, 使得 $e_0 = \min\limits_{a, b} E[Y - (aX + b)]^2 = E[Y - (a_0 X + b_0)]^2 = (1 - \rho^2)D(Y)$, 由于 e_0 及 $D(Y)$ 非负, 故 $1 - \rho^2 \geqslant 0$, 即 $|\rho| \leqslant 1$, 性质 4.14 得证.

下面我们证明性质 4.15, 若 $|\rho| = 1$, 那么 $E[Y - (a_0 X + b_0)]^2 = 0$, 从而

$$D[Y - (a_0 X + b_0)] + \{E[Y - (a_0 X + b_0)]\}^2 = E[Y - (a_0 X + b_0)]^2 = 0,$$

故 $D[Y - (a_0 X + b_0)] = 0$, $E[Y - (a_0 X + b_0)] = 0$, 由方差性质 4.9 知 $P(Y - (a_0 X + b_0)) = 1$, 也即 $P(Y = a_0 X + b_0) = 1$.

反之, 若存在 $a', b'(a' \neq 0)$, 使 $P(Y = a'X + b') = 1$, 那么 $P([Y - (a'X + b')]^2 = 0) = 1$. 于是,

$$0 = E[Y - (a'X + b')]^2 \geqslant e_0 = (1 - \rho^2)D(Y),$$

即 $|\rho| = 1$, 性质 4.15 得证.

从上述证明可见, e 值越小表示 $aX + b$ 与 Y 的近似程度越高, 且最佳线性近似为 $a_0 X + b_0$, 其均方误差是 $|\rho|$ 的单调减少函数, 当 $|\rho|$ 越大时, 表明 X, Y 线性相关程度越好; 当 $|\rho|$ 较小时, 表明 X, Y 线性相关程度较差, 而当 $|\rho| = 1$ 时, X, Y 之间以概率 1 存在着线性关系, 于是 ρ 是一个用来衡量 X, Y 之间线性关系紧密程度的量. 特别地, 对 $\rho = 0$ 情形, 也即 X, Y 之间没有线性关系的情形, 我们给出如下定义:

定义 4.6   若随机变量 X, Y 的相关系数 $\rho = 0$, 则称 X, Y **不相关**.

对于随机变量 X, Y 而言, 显然, 下面事实是等价的.

(1) $\mathrm{Cov}(X, Y) = 0$;

(2) X, Y 不相关 ($\rho = 0$);

(3) $E(XY) = E(X)E(Y)$;

(4) $D(X \pm Y) = D(X) + D(Y)$.

假设随机变量 X, Y 的相关系数 ρ 存在, 当 X, Y 独立时, 由性质 4.5 可知 $E(XY) = E(X)E(Y)$, 从而 $\rho = 0$, 即 X, Y 不相关. 反之, 若 X, Y 不相关, X, Y 不一定独立.

例 4.18   设 $\theta \sim U(-\pi, \pi)$, 且 $X = \cos\theta, Y = \sin\theta$, 判断 X, Y 是否相关, 是否独立?

解   由于

$$E(X) = \int_{-\pi}^{\pi} \frac{1}{2\pi} \cos\theta \, \mathrm{d}\theta = 0, \quad E(Y) = \int_{-\pi}^{\pi} \frac{1}{2\pi} \sin\theta \, \mathrm{d}\theta = 0,$$

$$E(XY) = \int_{-\pi}^{\pi} \frac{1}{2\pi} \cos\theta \sin\theta \mathrm{d}\theta = 0.$$

因此, $E(XY) = E(X)E(Y)$, 从而 X, Y 不相关. 但是 X, Y 显然满足 $X^2 + Y^2 = 1$, 故 X, Y 不独立.

对于二维正态分布 $(X, Y) \sim N(\mu_1, \mu_2, \sigma_1^2, \sigma_2^2, \rho)$, 可以证明参数 ρ 就是 X, Y 的相关系数 ρ_{XY}, X, Y 的独立性与不相关是等价的.

例 4.19 试设随机变量 X, Y 的联合密度函数为

$$f(x, y) = \begin{cases} \dfrac{8}{3}, & 0 < x - y < 0.5, 0 < x, y < 1, \\ 0, & \text{其他}, \end{cases}$$

求 X, Y 的相关系数.

解 由已知

$$E(X) = \int_0^{\frac{1}{2}} \mathrm{d}x \int_0^x \frac{8}{3} x \mathrm{d}y + \int_{\frac{1}{2}}^1 \mathrm{d}x \int_{x-\frac{1}{2}}^x \frac{8x}{3} \mathrm{d}y = \frac{11}{18},$$

$$E(Y) = \int_0^{\frac{1}{2}} \mathrm{d}x \int_0^x \frac{8}{3} y \mathrm{d}y + \int_{\frac{1}{2}}^1 \mathrm{d}x \int_{x-\frac{1}{2}}^x \frac{8y}{3} \mathrm{d}y = \frac{7}{18},$$

$$E(XY) = \int_0^{\frac{1}{2}} \mathrm{d}x \int_0^x \frac{8}{3} xy \mathrm{d}y + \int_{\frac{1}{2}}^1 \mathrm{d}x \int_{x-\frac{1}{2}}^x \frac{8xy}{3} \mathrm{d}y = \frac{41}{144},$$

$$E(X^2) = \int_0^{\frac{1}{2}} \mathrm{d}x \int_0^x \frac{8}{3} x^2 \mathrm{d}y + \int_{\frac{1}{2}}^1 \mathrm{d}x \int_{x-\frac{1}{2}}^x \frac{8x^2}{3} \mathrm{d}y = \frac{31}{72},$$

$$E(Y^2) = \int_0^{\frac{1}{2}} \mathrm{d}x \int_0^x \frac{8}{3} y^2 \mathrm{d}y + \int_{\frac{1}{2}}^1 \mathrm{d}x \int_{x-\frac{1}{2}}^x \frac{8y^2}{3} \mathrm{d}y = \frac{15}{72},$$

则 $D(X) = E(X^2) - [E(X)]^2 = \dfrac{37}{648}$, $D(Y) = E(Y^2) - [E(Y)]^2 = \dfrac{37}{648}$,

$$\mathrm{Cov}(X, Y) = E(XY) - E(X)E(Y) = 0.0471, \quad \rho = \frac{\mathrm{Cov}(X, Y)}{\sqrt{D(X)D(Y)}} = 0.8243.$$

在例 4.19 中, 从 $\rho = 0.8243$ 看, X 与 Y 的相关程度很高, 但从 $\mathrm{Cov}(X, Y) = 0.0471$ 看, X 与 Y 的相关性却很弱, 造成这种反差的原因在于没有考虑标准差. 若两个标准差都很小, 即使协方差很小, 相关系数也能显示出一定程度的相关性. 因此, 相关系数是更为重要的相关性的数字特征.

4.4.3 原点矩和中心距

数学期望、方差、协方差是最常用的数字特征. 事实上, 它们都是某种矩. 矩是广泛使用的一类数字特征, 在本书的参数估计中会用到矩的概念. 下面介绍最常用的两种矩.

定义 4.7　对于正整数 k 和随机变量 X, 若 $E(X^k)$ 存在, 则 $E(X^k)$ 称为 X 的 k **阶原点矩**; 若 $E\{[X - E(X)]^k\}$ 存在, 则称它为 X 的 k **阶中心矩**.

显然, 数学期望是一阶原点矩, 方差是二阶中心矩.

4.5　大 数 定 律

第 1 章中已经讨论过随机变量随着试验次数的增大, 事件发生的频率逐渐稳定于某个常数. 实际上, 不仅随机事件的频率具有稳定性, 而且大量随机现象的平均结果也是与每一个个别现象的特征无关, 并且几乎不再是随机的了. 在概率论中用来阐明大量随机现象平均结果的稳定性的一系列定理统称为大数定律. 本节只介绍切比雪夫大数定律、伯努利大数定律和辛钦 (Khinchine) 大数定律.

为了精确阐述大数定律, 先给出下面的定义:

定义 4.8　设 $X_1, X_2, \cdots, X_n, \cdots$ 是一个随机变量序列, a 是一个常数, 若对于任意正数 ε, 有 $\lim\limits_{n \to \infty} P(|X_n - a| < \varepsilon) = 1$, 则称 $X_1, X_2, \cdots, X_n, \cdots$ 依概率收敛于 a, 记作 $X_n \xrightarrow{P} a$.

定理 4.4 (切比雪夫大数定律)　设 $X_1, X_2, \cdots, X_n, \cdots$ 是相互独立的随机变量序列, 其数学期望与方差都存在, 且存在常数 K, 使 $D(X_i) \leqslant K$, 则对于任意正数 ε, 有

$$\lim_{n \to \infty} P\left(\left| \frac{1}{n} \sum_{i=1}^{n} X_i - \frac{1}{n} \sum_{i=1}^{n} E(X_i) \right| < \varepsilon \right) = 1.$$

证明　利用切比雪夫不等式, 只需证明

$$\lim_{n \to \infty} P\left(\left| \frac{1}{n} \sum_{i=1}^{n} X_i - \frac{1}{n} \sum_{i=1}^{n} E(X_i) \right| \geqslant \varepsilon \right) = 0.$$

由期望和方差的性质及 $X_1, X_2, \cdots, X_n, \cdots$ 相互独立知

$$E\left(\frac{1}{n} \sum_{i=1}^{n} X_i \right) = \frac{1}{n} \sum_{i=1}^{n} E(X_i), \quad D\left(\frac{1}{n} \sum_{i=1}^{n} X_i \right) = \frac{1}{n^2} \sum_{i=1}^{n} D(X_i) \leqslant \frac{K}{n},$$

于是当 $n \to \infty$, 对于任意正数 ε, 有

$$P\left(\left| \frac{1}{n} \sum_{i=1}^{n} X_i - \frac{1}{n} \sum_{i=1}^{n} E(X_i) \right| \geqslant \varepsilon \right) \leqslant \frac{1}{\varepsilon^2} D\left(\sum_{i=1}^{n} X_i \right) \leqslant \frac{K}{n\varepsilon^2} \to 0.$$

定理 4.4 表明, 当 n 无限增大时, 随机变量 $X_1, X_2, \cdots, X_n, \cdots$ 的算术平均 $\overline{X} =$

$\dfrac{1}{n}\sum\limits_{i=1}^{n} X_i$ 在概率意义下接近于一个常数.

下面给出大数定律最早的研究成果 —— 伯努利大数定律.

定理 4.5 (伯努利大数定律) 设 n_A 是 n 次独立重复试验中事件 A 发生的次数, p 是在每次试验中事件 A 发生的概率, 则对任意 $\varepsilon > 0$, 有

$$\lim_{n\to\infty} P\left(\left| \frac{n_A}{n} - p \right| < \varepsilon \right) = 1.$$

证明 设 $X_i = \begin{cases} 1, & \text{第 } i \text{ 次 } A \text{ 发生}, \\ 0, & \text{第 } i \text{ 次 } \overline{A} \text{ 发生} \end{cases}$ $(i = 1, 2, 3, \cdots, n)$, 那么 $X_1, X_2, \cdots,$ X_n 相互独立, 且服从 $B(1, p)$, 因而 $\dfrac{1}{n}\sum\limits_{i=1}^{n} E(X_i) = p$, 且 $D(X_i) = p(1-p) \leqslant \dfrac{1}{4}$, 于是由切比雪夫大数定律得

$$\lim_{n\to\infty} P\left(\left| \frac{1}{n}\sum_{i=1}^{n} X_i - p \right| < \varepsilon \right) = 1.$$

又因为 $\dfrac{1}{n}\sum\limits_{i=1}^{n} X_i$ 是事件 A 在 n 次独立试验中发生的频率 $\dfrac{n_A}{n}$, 故

$$\lim_{n\to\infty} P\left(\left| \frac{n_A}{n} - p \right| < \varepsilon \right) = 1.$$

定理 4.5 表明事件发生的频率依概率收敛于事件的概率, 从而严格地阐明了频率的稳定性.

当随机变量序列 $X_1, X_2, \cdots, X_n, \cdots$ 不仅相互独立, 而且服从同一分布时, 大数定律对随机变量的方差可以不做任何要求, 即有如下的辛钦大数定律:

定理 4.6 (辛钦大数定律) 设随机变量 $X_1, X_2, \cdots, X_n, \cdots$ 独立同分布, 具有数学期望 $E(X_i) = \mu(i = 1, 2, \cdots)$, 则对任意 $\varepsilon > 0$, 有

$$\lim_{n\to\infty} P\left(\left| \frac{1}{n}\sum_{i=1}^{n} X_i - \mu \right| \leqslant \varepsilon \right) = 1.$$

证明略.

定理 4.6 为算术平均值的法则提供了理论的根据, 即可以取多次测量结果的算术平均值作为真值的近似, 测量次数越多, 用平均值代替真值就越准确.

4.6 中心极限定理

在实践中有许多随机变量是由大量相互独立的随机因素的作用综合形成的, 其中每种因素在总的影响中的作用是微小的. 比如工人在加工零件时形成的误差就

是由诸多因素叠加而成的, 这些因素可能是机床转速、刀具的磨损、材料的成分、操作的误差、测量的技术等. 而工人关心的是这些因素造成的总的影响, 因此有必要讨论大量独立的随机变量和的问题. 中心极限定理解决了这一问题, 这些定理证明了在很一般条件下, 无论随机变量 $X_i(i = 1, 2, \cdots)$ 服从什么分布, 当 $n \to \infty$ 时, $\sum\limits_{i=1}^{n} X_i$ 的极限分布是正态分布. 中心极限定理内容丰富, 本节只介绍最常用的两个定理.

定理 4.7 (林德伯格–莱维 (Lindeberg-Levy) 中心极限定理)　　设随机变量 X_1, $X_2, \cdots, X_n, \cdots$ 独立同分布, 且数学期望和方差存在, $E(X_i) = \mu, D(X_i) = \sigma^2 (i = 1, 2, \cdots)$, 记 $Y_n = \sum\limits_{i=1}^{n} X_i, \overline{X} = \dfrac{1}{n} \sum\limits_{i=1}^{n} X_i$, 则当 n 充分大时, Y_n 近似服从正态分布 $N(n\mu, n\sigma^2)$, $\overline{X}$ 近似服从正态分布 $N\left(\mu, \dfrac{\sigma^2}{n}\right)$, 即对任意 $x \in \mathbf{R}$, 有

$$\lim_{n \to \infty} P\left\{\frac{Y_n - n\mu}{\sigma\sqrt{n}} \leqslant x\right\} = \int_{-\infty}^{x} \frac{1}{\sqrt{2\pi}} \mathrm{e}^{-\frac{t^2}{2}} \mathrm{d}t = \Phi(x)$$

和 $$\lim_{n \to \infty} P\left\{\frac{\overline{X} - \mu}{\sigma/\sqrt{n}} \leqslant x\right\} = \int_{-\infty}^{x} \frac{1}{\sqrt{2\pi}} \mathrm{e}^{-\frac{t^2}{2}} \mathrm{d}t = \Phi(x).$$

定理 4.7 是独立同分布的中心极限定理, 它的结论是数理统计中大样本统计推断的基础.

例 4.20　　某工人对加工后的零件测量 300 次, 每次对观测数据的小数部分按"四舍五入"取整数, 设所有的取整误差 X_i $(i = 1, 2, \cdots, 300)$ 是相互独立的, 并且都在区间 $[-0.5, 0.5]$ 上服从均匀分布, 求 300 个数相加时误差总和的绝对值小于 5 的概率.

解　　由 X_i $(i = 1, 2, \cdots, 300)$ 服从 $[-0.5, 0.5]$ 上的均匀分布且独立, 则 $E(X_i) = 0, D(X_i) = \dfrac{1}{12}$, 于是由中心极限定理 4.7 知

$$P\left(\left|\sum_{i=1}^{300} X_i\right| < 5\right) = P\left(\left|\frac{\sum\limits_{i=1}^{300} X_i - 0}{\sqrt{300 \times 1/12}}\right| < \frac{5}{\sqrt{300 \times 1/12}}\right)$$

$$\approx \Phi(1) - \Phi(-1) = 0.6828.$$

下面介绍定理 4.7 的特殊情况, 它是历史上最早的中心极限定理. 由棣莫弗 (De Moivre) 提出, 经过拉普拉斯 (Laplace) 推广.

定理 4.8 (棣莫弗–拉普拉斯定理)　设在独立试验序列中, 事件 A 在各次试验中发生的概率为 $p(0 < p < 1)$, 随机变量 Y_n 表示 A 在 n 次试验中发生的次数, 则当 n 充分大时, Y_n 近似服从正态分布 $N(np, npq)$, 即

$$\lim_{n \to \infty} P\left(\frac{Y_n - np}{\sqrt{npq}} \leqslant x \right) = \int_{-\infty}^{x} \frac{1}{\sqrt{2\pi}} e^{-\frac{t^2}{2}} dt = \Phi(x),$$

其中 x 是任意实数, $p + q = 1$.

定理 4.8 表明正态分布是二项分布的极限分布. 在第 2 章中定理 2.1 给出了二项分布的泊松近似, 两者相比, 一般在 $np \leqslant 5$ 时, 用泊松分布近似较好.

例 4.21　已知生男孩的概率为 0.515, 求在 10000 个新生儿中女孩不少于男孩的概率.

解　设 X 为 10000 个新生儿中男孩的个数, 则 $X \sim B(10000, 0.515)$, 10000 个新生儿中女孩不少于男孩, 即 $X < 5000$, 由定理 4.8 知,

$$P(X < 5000) = P\left(\frac{X - 10000 \times 0.515}{\sqrt{10000 \times 0.515 \times 0.485}} < \frac{5000 - 5150}{50} \right)$$

$$\approx \Phi(-3) = 0.00135.$$

习　题　4

1. 设随机变量 X 的分布律为

X	-1	0	1	2
P	$\frac{1}{3}$	$\frac{1}{4}$	$\frac{1}{12}$	$\frac{1}{3}$

求: (1) $E(X)$; (2) $E(X^2)$; (3) $E(5X - 1)$; (4) $D(X)$.

2. 设一口袋中有 k 号球 k 只 $(k = 1, 2, \cdots, n)$, 从中随机取出一球, 求取得号码 k 的数学期望.

3. 设在 10 件产品中有 3 件次品, 任取 2 件产品, 求次品数的数学期望和方差.

4. 设随机变量 X 的概率密度函数为 $f(x) = \begin{cases} 1 + x, & -1 \leqslant x < 0, \\ 1 - x, & 0 \leqslant x \leqslant 1, \\ 0, & \text{其他}, \end{cases}$ 　求 $E(X)$ 和 $D(X)$.

5. 设随机变量 X 的分布函数为 $F(x) = \begin{cases} 0, & x < 0, \\ x^3, & 0 \leqslant x < 1, \\ 1, & X \geqslant 1, \end{cases}$ 　求 $E(X)$ 和 $D(X)$.

6. 设某种型号电子元件的质量是一随机变量, 其数学期望为 5g, 标准差为 1g, 将 10 个同型号的该元件装成一盒, 求该盒元件质量的数学期望和方差.

7. 一民航送客车载有 20 位旅客自机场开出, 途经 10 个车站, 若每位客人在各车站下车是等可能的, 是否下车时是相互独立的, 且到达一个车站没有人下车就不停车, 求停车次数的数学期望.

8. 设随机变量 X 的概率密度函数为 $f(x) = \begin{cases} ax, & 0 < x < 2, \\ bx + c, & 2 \leqslant x < 4, \\ 0, & 其他, \end{cases}$ 已知 $E(X) = 2$,

$D(X) = \dfrac{2}{3}$, 求 a, b, c 的值.

9. 设一次试验成功的概率为 p, 进行 100 次独立重复试验, 求 p 为多大时, 成功次数的标准差最大, 最大值是多少?

10. 已知随机变量 X 服从参数为 1 的指数分布, $Y = X + e^{-2X}$, 求 $E(Y)$ 和 $D(Y)$.

11. 设随机变量 X 服从 $(-1, 2)$ 上的均匀分布, 且 $Y = \begin{cases} 1, & x > 0, \\ 0, & x = 0, \\ -1, & x < 0, \end{cases}$ 求 $E(Y)$ 和

$D(Y)$.

12. 设 X, Y 相互独立, 证明:

$$D(XY) = D(X)D(Y) + [E(X)]^2 D(Y) + [E(Y)]^2 D(X).$$

13. 设随机变量 X_1, X_2, X_3 相互独立, 其中 X_1 在 $(0, 6)$ 上服从均匀分布, X_2 服从正态分布 $N(0, 4)$, X_3 服从参数 $\lambda = 3$ 的泊松分布, 记 $Y = X_1 - 2X_2 + 3X_3$, 求 $D(Y)$.

14. 设二维随机变量 (X, Y) 的联合分布律为

X \ Y	0	1
0	$\dfrac{3}{10}$	$\dfrac{1}{5}$
1	$\dfrac{2}{5}$	$\dfrac{1}{10}$

求: (1) $E(X - 2Y), E(3XY)$;

(2) $D(X), D(Y)$;

(3) $\mathrm{Cov}(X, Y), \rho_{XY}$.

15. 设二维随机变量 (X, Y) 的联合概率密度为

$$\varphi(x, y) = \begin{cases} 2 - x - y, & 0 \leqslant x \leqslant 1, \ 0 \leqslant y \leqslant 1, \\ 0, & 其他, \end{cases}$$

求: (1) $E(X), E(Y), E(XY)$;

　　(2) $\text{Cov}(X, Y), D(X + Y)$;

　　(3) ρ_{XY}.

16. 设随机变量 X, Y 独立同分布, 证明: $X + Y$ 与 $X - Y$ 相互独立.

17. 试验证习题三第 7 题中 X, Y 是不相关的.

18. 将一枚硬币掷 n 次, 记 X 和 Y 为正面朝上和反面朝上的次数, 求 ρ_{XY}.

19. 设随机变量 X 和 Y 分别服从参数为 a 和 b 的 0-1 分布, 若 X 和 Y 不相关, 证明: X 和 Y 相互独立.

20. 设 X 和 Y 是两个随机变量, 已知 $E(X) = 2, E(X^2) = 20, E(Y) = 3, E(Y^2) = 34,$ $\rho_{XY} = 0.5$, 求 $D(3X + 2Y), D(X - Y)$.

21. 已知正常成人男性血液中, 每一毫升白细胞数平均为 7300, 均方差为 700, 利用切比雪夫不等式估计每一毫升含白细胞数在 5200~9400 的概率.

22. 一元件包括 10 个部分, 每部分的长度是一随机变量. 它们相互独立服从同一分布, 其期望为 2mm, 均方差为 0.05mm, 若总长度为 (20 ± 0.1)mm 时产品合格, 试求产品合格的概率?

第5章 样本与抽样分布

前面 4 章介绍了概率论的基本内容. 从本章开始, 介绍数理统计的基本内容. 数理统计是具有广泛应用的一个数学分支, 它以概率论为理论基础, 根据试验或者观察得到的数据来研究随机现象, 对所研究对象的客观规律作出各种合理的估计和推断.

数理统计的主要内容包括: 如何有效地收集、整理数据资料; 如何对所得数据进行分析、研究, 从而对所研究对象的性质、特点作出推断. 后者就是所说的统计推断问题. 这里主要介绍统计推断的基本内容.

在概率论中的随机变量, 它的分布都假定是已知的. 在这个前提下去研究它的性质、特点和规律性. 在数理统计中, 要研究的随机变量, 它的分布是未知的或者是不完全已知, 可以通过对所研究对象进行重复独立的观察, 得到一系列的数据, 对数据进行分析, 进而对所研究对象的分布作出各种推断.

在本章, 我们介绍总体、个体、随机样本、统计量等基本概念, 着重介绍几个常用统计量及其分布.

5.1 简单随机样本

5.1.1 总体与个体

在统计学中, 把所研究对象的某种数量指标的全体称为**总体**. 总体中的每个元素称为**个体**. 例如, 某手机电池的寿命的全体是一个总体, 每一块电池的寿命是一个个体; 某高校大一男生的身高的全体是一个总体, 该校每个大一男生的身高是一个个体.

总体所包含的个体的个数称为总体的**容量**. 容量有限的称为**有限总体**, 容量无限的称为**无限总体**. 有些容量很大的有限总体, 我们可以认为它是无限总体.

总体中的每一个个体都是随机试验的一个观察值 X, 因此它是某个随机变量 X 的值. 这样, 总体对应一个随机变量 X, 我们对总体的研究就是对随机变量 X 的研究, X 的分布函数和数字特征就称为总体的分布函数和数字特征. 实际应用中,对总体和相应的随机变量 X 不加区别, 笼统地称为总体 X.

5.1.2 样本与样本分布

在实际应用中, 总体的分布一般是未知的或者只知道具有某种分布形式, 但含有未知参数. 一般的方法是, 从总体中抽取一部分个体, 获得总体的一组数据, 借助获得的数据来对总体进行一系列的统计推断. 被抽取出的部分个体称为**样本**. 样本所含有的个体个数称为**样本容量**.

从总体抽一个个体, 也就是对总体 X 进行一次观察 (试验) 并记录结果. 一般的做法是对总体 X 在相同条件下重复独立地进行 n 次试验. 按次序将结果记为 $X_1, X_2, \cdots, X_n$. 由于 $X_1, X_2, \cdots, X_n$ 是在相同条件下重复独立试验得到, 所以是独立的并且与总体 X 具有相同的分布. 这样得到的样本称为**简单随机样本**. 当一次抽样完成, 得到 $X_1, X_2, \cdots, X_n$ 的一组观测值 $x_1, x_2, \cdots, x_n$, 称为**样本值**. 今后我们所考虑的样本均是简单随机样本.

对于有限总体, 采用有放回抽样得到简单随机样本, 但是较麻烦并且对于破坏性试验不太适用, 因此当有限总体容量 N 比样本容量 n 大很多的时候 $\left(\text{一般} \dfrac{N}{n} \geqslant 10\right)$, 可以将无放回抽样近似的当成有放回抽样. 对于无限总体, 由于抽取一个个体不影响其分布, 采用无放回抽样即可得到简单随机样本.

也可以将样本 $X_1, X_2, \cdots, X_n$ 看成一个 n 元随机变量, 记为 $(X_1, X_2, \cdots, X_n)$. 如果总体 X 具有分布函数 $F(x)$, 则 $(X_1, X_2, \cdots, X_n)$ 的联合分布函数为

$$F^*(x_1, x_2, \cdots, x_n) = \prod_{i=1}^{n} F(x_i),$$

特别地, 若总体 X 具有概率密度函数 $f(x)$, 则 $(X_1, X_2, \cdots, X_n)$ 的联合概率密度函数为

$$f^*(x_1, x_2, \cdots, x_n) = \prod_{i=1}^{n} f(x_i),$$

若总体 X 具有概率函数 $p(x_i) = P(X_i = x_i)$, 则 $(X_1, X_2, \cdots, X_n)$ 的联合概率分布为

$$p^*(x_1, x_2, \cdots, x_n) = \prod_{i=1}^{n} p(x_i).$$

5.2　抽样分布

5.2.1　统计量

得到样本后, 根据实际问题的需要, 一般是构造一些合适的样本函数. 再利用这些样本函数对总体进行统计推断.

定义 5.1　样本 $X_1, X_2, \cdots, X_n$ 的函数 $g(X_1, X_2, \cdots, X_n)$, 称为**统计量**, 其中 $g(X_1, X_2, \cdots, X_n)$ 不含有总体的未知参数.

因为样本 $X_1, \cdots, X_n$ 是随机变量, 而统计量是样本的函数, 因此统计量是一个随机变量. 下面介绍几个常用的统计量.

1. **样本均值**

$$\overline{X} = \frac{1}{n} \sum_{i=1}^{n} X_i.$$

2. **样本方差**

$$S^2 = \frac{1}{n-1} \sum_{i=1}^{n} (X_i - \overline{X})^2.$$

3. **样本标准差**

$$S = \sqrt{\frac{1}{n-1} \sum_{i=1}^{n} (X_i - \overline{X})^2}.$$

4. **样本 k 阶原点矩**

$$A_k = \frac{1}{n} \sum_{i=1}^{n} X_i^k \quad (k = 1, 2, 3, \cdots).$$

5. **样本 k 阶中心矩**

$$B_k = \frac{1}{n} \sum_{i=1}^{n} (X_i - \overline{X})^k \quad (k = 1, 2, 3, \cdots),$$

易知

$$A_1 = \overline{X}, \quad B_2 = \frac{n-1}{n} S^2.$$

5.2.2　抽样分布

统计量的分布称为**抽样分布**. 利用统计量进行统计推断需要知道它的分布. 当总体的分布已知时, 抽样分布是确定的, 然而要求出统计量的精确分布, 常常是困难的. 下面仅介绍正态总体的几个常用统计量的分布.

1. χ^2 分布

定义 5.2 设 $X_1, X_2, \cdots, X_n$ 是来自总体 $N(0,1)$ 相互独立的样本, 则称统计量

$$\chi^2 = X_1^2 + X_2^2 + \cdots + X_n^2 \tag{5.2.1}$$

服从自由度为 n 的 χ^2 **分布**, 记作 $\chi^2 \sim \chi^2(n)$. 自由度是式 (5.2.1). 包含的独立变量个数. χ^2 分布的概率密度函数为

$$f(x) = \begin{cases} \dfrac{1}{2^{\frac{n}{2}}\Gamma\left(\dfrac{n}{2}\right)} x^{\frac{n}{2}-1} \mathrm{e}^{\frac{-x}{2}}, & x > 0, \\ 0, & x \leqslant 0. \end{cases}$$

其中 $\Gamma(\alpha) = \displaystyle\int_0^{+\infty} x^{\alpha-1}\mathrm{e}^{-x}\mathrm{d}x, \alpha > 0$, 称为 Gamma 函数. 不同自由度对应的概率密度函数 $f(x)$ 的图像如图 5.2.1 所示.

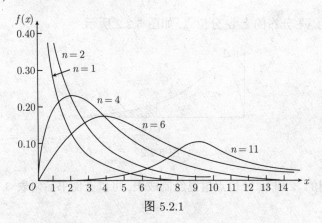

图 5.2.1

(1) χ^2 分布的可加性

设 $\chi_1^2 \sim \chi^2(n_1), \chi_2^2 \sim \chi^2(n_2)$, 并且 χ_1^2, χ_2^2 独立, 则有

$$\chi_1^2 + \chi_2^2 \sim \chi^2(n_1 + n_2).$$

(2) χ^2 分布的期望和方差

$$E(\chi^2) = n, \quad D(\chi^2) = 2n.$$

由 $X_i \sim N(0,1)$, 且相互独立, 得 $E(X_i) = 0, D(X_i) = E(X_i^2) = 1 \ (i = 1, 2, \cdots, n)$. 因此

$$E(\chi^2) = E\left(\sum_{i=1}^n X_i^2\right) = \sum_{i=1}^n E(X_i^2) = n,$$

$$D(X_i^2) = E(X_i^4) - (E(X_i^2))^2 = 3 - 1 = 2,$$

其中

$$E(X_i^4) = \frac{1}{\sqrt{2\pi}} \int_0^{+\infty} x^4 e^{-\frac{x^2}{2}} dx = \frac{-1}{\sqrt{2\pi}} \int_0^{+\infty} x^3 d(e^{-\frac{x^2}{2}})$$

$$= \frac{3}{\sqrt{2\pi}} \int_0^{+\infty} x^2 e^{-\frac{x^2}{2}} dx = 3E(X_i^2) = 3,$$

从而

$$D(\chi^2) = D\left(\sum_{i=1}^n X_i^2\right) = \sum_{i=1}^n D(X_i^2) = 2n.$$

(3) χ^2 分布的 α 分位点

对于给定的 $\alpha, 0 < \alpha < 1$, 称满足条件

$$P(\chi^2 > \chi_\alpha^2(n)) = \int_{\chi_\alpha^2}^{+\infty} f(x) dx = \alpha$$

的点 $\chi_\alpha^2(n)$ 为 χ^2 分布的上 α 分位点, 如图 5.2.2 所示.

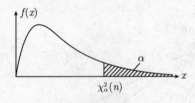

图 5.2.2

对于不同的 α 和 n, 分位点值已经制成表, 可以查阅书后附表 3.

2. t 分布

定义 5.3　设 $X \sim N(0,1), Y \sim \chi^2(n)$, 且 X 与 Y 相互独立, 则称随机变量

$$T = \frac{X}{\sqrt{\dfrac{Y}{n}}}$$

服从自由度为 n 的 t 分布, 记作 $T \sim t(n)$.

t 分布的概率密度函数为

$$f(x) = \frac{\Gamma\left(\dfrac{n+1}{2}\right)}{\sqrt{n\pi}\Gamma\left(\dfrac{n}{2}\right)} \left(1 + \frac{x^2}{n}\right)^{-\frac{n+1}{2}} \quad (-\infty < x < +\infty).$$

其图像如图 5.2.3 所示.

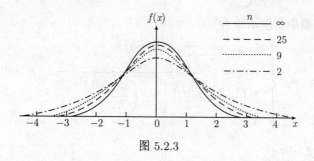

图 5.2.3

$f(x)$ 的图形关于 y 轴对称. 当 n 充分大时其图像类似于标准正态分布概率密度的图形. 可以证明

$$\lim_{x \to \infty} f(x) = \frac{1}{\sqrt{2\pi}} e^{-\frac{x^2}{2}},$$

所以当 n 足够大时, t 分布近似于标准正态分布.

对于给定的 $\alpha, 0 < \alpha < 1$, 称满足条件

$$P(t > t_\alpha(n)) = \int_{t_\alpha}^{+\infty} f(x)\mathrm{d}x = \alpha$$

的点 t_α 为 t 分布的上 α 分位点, 如图 5.2.4 所示.

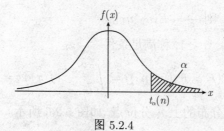

图 5.2.4

对于不同的 α 和 n, 分位点值已经制成表, 可以查阅书后附表 5. 当 $n \geqslant 45$, 对于常用的 α 值, 取正态近似 $t_\alpha(n) \approx z_\alpha$.

3. F 分布

定义 5.4 设 $U \sim \chi^2(n_1), V \sim \chi^2(n_2)$, 且 U, V 独立, 则称随机变量

$$F = \frac{\dfrac{U}{n_1}}{\dfrac{V}{n_2}}$$

服从自由度为 (n_1, n_2) 的 F 分布, 记作 $F \sim F(n_1, n_2)$.

F 分布的概率密度函数为

$$f(x) = \begin{cases} \dfrac{\Gamma\left(\dfrac{n_1 + n_2}{2}\right)\left(\dfrac{n_1}{n_2}\right)^{\frac{n_1}{2}} x^{\frac{n_1}{2}-1}}{\Gamma\left(\dfrac{n_1}{2}\right)\Gamma\left(\dfrac{n_2}{2}\right)\left[1 + \left(\dfrac{n_1 x}{n_2}\right)\right]^{\frac{n_1+n_2}{2}}}, & x > 0, \\ 0, & x \leqslant 0. \end{cases}$$

其图像如图 5.2.5 所示.

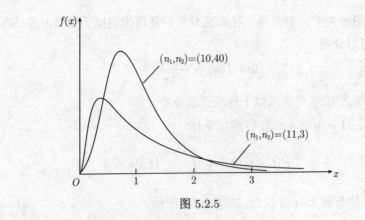

图 5.2.5

若 $F \sim F(n_1, n_2)$, 则 $\dfrac{1}{F} \sim F(n_2, n_1)$.

对于给定的 α, $0 < \alpha < 1$, 称满足条件

$$P(F > F_\alpha(n_1, n_2)) = \int_{F(n_1,n_2)}^{+\infty} f(x)\mathrm{d}x = \alpha$$

的点 $F_\alpha(n_1, n_2)$ 为 F 分布的上 α 分位点, 如图 5.2.6 所示.

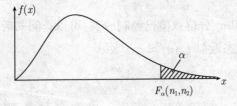

图 5.2.6

对于不同的 α 和 n, 分位点值已经制成表, 可以查阅书后附表 4. F 分布的上 α 分位点具有如下性质:

$$F_{1-\alpha}(n_1, n_2) = \frac{1}{F_\alpha(n_2, n_1)}.$$

5.2.3　正态总体样本均值和样本方差的分布

设 $X_1, X_2, \cdots, X_n$ 是来自正态总体 $N(\mu, \sigma^2)$ 的样本, $\overline{X}$ 是样本均值, S^2 是样本方差, 则有如下结论:

定理 5.1　$\overline{X} \sim N\left(\mu, \dfrac{\sigma^2}{n}\right), Z = \dfrac{\overline{X} - \mu}{\dfrac{\sigma}{\sqrt{n}}} \sim N(0,1).$

证明略.

定理 5.2　$\dfrac{(n-1)S^2}{\sigma^2} = \dfrac{1}{\sigma^2}\sum_{i=1}^{n}\left(X_i - \overline{X}\right)^2 \sim \chi^2(n-1), \overline{X}$ 与 S^2 独立.

证明略.

定理 5.3　$\dfrac{\overline{X} - \mu}{\dfrac{s}{\sqrt{n}}} \sim t(n-1).$

证明略.

对于两个正态总体的样本均值和样本方差有如下的定理:

定理 5.4　设 $X_1, X_2, \cdots, X_{n_1}$ 与 $Y_1, Y_2, \cdots, Y_{n_2}$ 是分别来自正态总体 $N(\mu_1, \sigma_1^2)$ 和 $N(\mu_2, \sigma_2^2)$ 的样本, 且两个样本相互独立. 设 $\overline{X} = \dfrac{1}{n_1}\sum_{i=1}^{n_1} X_i, \overline{Y} = \dfrac{1}{n_2}\sum_{i=1}^{n_2} Y_i$ 分别是两个样本的均值: $S_1^2 = \dfrac{1}{n_1 - 1}\sum_{i=1}^{n_1}\left(X_i - \overline{X}\right)^2, S_2^2 = \dfrac{1}{n_2 - 1}\sum_{i=1}^{n_2}\left(Y_i - \overline{Y}\right)^2$ 分别是两个样本的方差, 则有

(1) $\dfrac{\dfrac{S_1^2}{S_2^2}}{\dfrac{\sigma_1^2}{\sigma_2^2}} \sim F(n_1 - 1, n_2 - 1);$

(2) 当 $\sigma_1^2 = \sigma_2^2 = \sigma^2$ 时,

$$\dfrac{(\overline{X} - \overline{Y}) - (\mu_1 - \mu_2)}{\sigma\sqrt{\dfrac{1}{n_1} + \dfrac{1}{n_2}}} \sim N(0,1), \quad \dfrac{(\overline{X} - \overline{Y}) - (\mu_1 - \mu_2)}{S_\omega\sqrt{\dfrac{1}{n_1} + \dfrac{1}{n_2}}} \sim t(n_1 + n_2 - 2),$$

其中 $S_\omega^2 = \dfrac{(n_1 - 1)S_1^2 + (n_2 - 1)S_2^2}{n_1 + n_2 - 2}, S_\omega = \sqrt{S_\omega^2}.$

证明略.

习　题　5

1. 以 X 表示产品中某种化学成分的百分比含量, 其密度为 $f(x; \theta) = (\theta + 1)x^\theta \ (\theta \geqslant 0)$ 未知, $0 \leqslant x \leqslant 1, X_1, X_2, \cdots, X_n$ 是来自总体 X 的一个样本.

求: (1) 样本的联合概率密度函数.

(2) 在 $\sum\limits_{i=1}^{n} X_i, \sum\limits_{i=1}^{4} (X_i - \overline{X})^4, \sum\limits_{i=1}^{n} (X_i - \theta)$ 中哪些是统计量?

(3) 求 $E(\overline{X}), D(\overline{X})$.

2. $X_1, X_2, \cdots, X_{10}$ 是来自总体 $N(\mu, \sigma^2)$ 的一个样本, 写出:

(1) $(X_1, X_2, \cdots, X_{10})$ 的联合概率密度函数.

(2) $\overline{X}$ 的概率密度函数.

3. 设某电阻器电阻 (单位: Ω) 服从 $N(200, 10^2)$, 在一个元件中使用了 25 个这样的电阻器.
求: (1) 这 25 个电阻器的平均电阻落在 $199 \sim 202\Omega$ 的概率?

(2) 这 25 个电阻的总电阻不超过 1500Ω 的概率?

4. $X_1, X_2, \cdots, X_5$ 是来自参数为 λ 的泊松分布 $\pi(\lambda)$ 的样本, 写出样本的联合分布律.

5. $X_1, X_2, \cdots, X_{10}$ 是来自总体 $N(0, 0.3^2)$ 的一个样本, 试估算

$$P \left(\sum_{i=1}^{n} X_i^2 > 1.44 \right).$$

第6章 参数估计

统计推断的基本问题可以分为两大类: 估计问题和假设检验问题. 本章主要讨论参数的点估计和区间估计.

6.1 参数的点估计

6.1.1 点估计

在实际中, 总体 X 的分布往往大致已知, 但它的一个或者多个参数未知, 人们希望通过样本构造适当的函数来估计出总体的未知参数. 例如, 总体 X 服从 0-1 分布, p 未知, 可以用来自总体的样本 $(X_1, X_2, \cdots, X_n)$ 构造统计量 $\overline{X} = \dfrac{1}{n} \sum_{i=1}^{n} X_i$ 来估计参数 p. 这一过程就称为对参数 p 做点估计. 又例如, 某地区某年每个月因交通事故死亡的人数依次如下: 3,2,0,5,4,3,1,0,7,2,0,2; 假设死亡人数 X 服从泊松分布, λ 未知 $(\lambda > 0)$. 可以用统计量 $\overline{X} = \dfrac{1}{n} \sum_{i=1}^{n} X_i$ 的值 $\bar{x} = 2.417$ 估计 λ 的值.

点估计问题的一般提法是: 设总体 X 的分布函数 $F(x; \theta)(\theta$ 是一维或多维) 的形式为已知, θ 是待估参数, $\theta \in \Theta$, Θ 是 θ 的取值范围. $X_1, X_2, \cdots, X_n$ 是 X 的样本, $x_1, x_2, \cdots, x_n$ 是相应的样本观测值. 点估计问题就是要构造一个适当的统计量 $\hat{\theta}(X_1, X_2, \cdots, X_n)$, 用它的观测值 $\hat{\theta}(x_1, x_2, \cdots, x_n)$ 作为参数的近似值. 称 $\hat{\theta}(X_1, X_2, \cdots, X_n)$ 是 θ 的估计量, $\hat{\theta}(x_1, x_2, \cdots, x_n)$ 是 θ 的估计值. 在不致混淆的情况下, 估计量和估计值统称为估计, 简记为 $\hat{\theta}$. 由于估计量是样本的函数, 所以对于不同样本, θ 的估计一般是不同的.

统计估计沿用以下规则: 若 $\hat{\theta}$ 是 θ 的估计, 则 $\eta = g(\theta)$ 的估计自动地被估计为 $g(\hat{\theta})$, 称为估计的自助程序.

6.1.2 矩估计

人们可以运用多种方法构造出多种 θ 的估计. 最常用的点估计方法有矩估计法和最大似然法. 矩估计法是由英国统计学家皮尔逊 (Pearson) 于 1900 年提出的,

其基本思想就是用样本矩替换总体矩, 从而求出未知参数的估计量.

设总体 X 为连续型随机变量, 其概率密度函数为 $f(x;\theta_1,\theta_2,\cdots,\theta_k)$, 当 X 为离散型随机变量时, 其概率分布律为 $P(X=x)=p(x;\theta_1,\theta_2,\cdots,\theta_k)$, 这里 $\theta_1,\theta_2,\cdots,\theta_k$ 为未知参数. 总体 X 的前 k 阶原点矩为

$$\mu_s = \int_{-\infty}^{+\infty} x^s f(x;\theta_1,\theta_2,\cdots,\theta_k)\mathrm{d}x \quad \text{或}$$

$$\mu_s = \sum_{i=1}^{\infty} x_i^s p(x_i;\theta_1,\theta_2,\cdots,\theta_k) \quad (s=1,2,3,\cdots,k).$$

其中 μ_s 是 $\theta_1,\theta_2,\cdots,\theta_k$ 的函数, 用样本同阶原点矩 $A_s = \dfrac{1}{n}\sum_{i=1}^{n} X_i^s$ 来代替 μ_s 得到方程组

$$\begin{cases} A_1 = \mu_1(\theta_1,\theta_2,\cdots,\theta_k), \\ A_2 = \mu_2(\theta_1,\theta_2,\cdots,\theta_k), \\ \quad\quad \cdots\cdots \\ A_k = \mu_k(\theta_1,\theta_2,\cdots,\theta_k), \end{cases}$$

解得估计量 $\hat{\theta}_s = \theta(A_1,A_2,\cdots,A_k)$ $(s=1,2,\cdots,k)$.

这种估计量称为**矩估计量**, 其观测值称为**矩估计值**.

例 6.1　设总体 X 的均值 μ, 方差 σ^2 都存在, 且 $\sigma^2 > 0$, 但未知, 又设 $X_1,X_2,\cdots,X_n$ 是来自 X 的样本, 求 μ 与 σ^2 的矩估计.

解　根据矩估计思想有

$$\mu_1 = E(X) = \mu = A_1, \quad \mu_2 = E(X^2) = \sigma^2 + \mu^2 = A_2,$$

从而解得

$$\hat{\mu} = A_1 = \overline{X}, \quad \hat{\sigma}^2 = A_2 - \mu^2 = A_2 - \overline{X}^2 = \frac{1}{n}\sum_{i=1}^{n}(X_i - \overline{X})^2 = s_n^2.$$

由此说明, 总体均值 μ, 方差 σ^2 的矩估计量的表达式不因总体的不同而改变. 对正态总体 $X(\mu,\sigma^2)$, 未知参数 μ 与 σ^2 的矩估计也有 $\hat{\mu} = \overline{X}, \hat{\sigma}^2 = s_n^2$.

例 6.2　设 $(X_1,X_2,\cdots,X_n)$ 是来自均匀分布 $U(a,b)$ 的样本, a,b 是未知参数, 求 a,b 的矩估计.

解　由 $\mu_1 = E(X) = \dfrac{a+b}{2}$, $\mu_2 = E(X^2) = D(X) + [E(X)]^2 = \dfrac{(b-a)^2}{12} + \dfrac{(a+b)^2}{4}$, 解得 $a = E(X) - \sqrt{3D(X)}, b = E(X) + \sqrt{3D(X)}$, 从而矩估计量为

$$\hat{a} = \overline{X} - \sqrt{3}S_n, \quad \hat{b} = \overline{X} + \sqrt{3}S_n.$$

若从均匀分布中获得容量为 5 的样本: 4.5, 5.0, 4.7, 4.0, 4.2. 经计算得 $\bar{x} = 4.48, s_n = 0.3962$, 于是 $\hat{a} = \bar{x} - \sqrt{3}s_n = 3.7938, \hat{b} = \bar{x} + \sqrt{3}s_n = 5.1662$.

例 6.3 设总体 $X \sim E(\lambda)$, 其概率密度函数为 $f(x;\lambda) = \lambda e^{-\lambda x}(x > 0)$, λ 未知. $(X_1, X_2, \cdots, X_n)$ 是其样本, 由于 $E(X) = \dfrac{1}{\lambda}$, 所以估计 $\hat{\lambda} = \dfrac{1}{\overline{X}}$; 另外, 由于 $D(X) = \dfrac{1}{\lambda^2}$, 所以估计 $\hat{\lambda} = \dfrac{1}{\sqrt{D(X)}} = \dfrac{1}{s_n}$.

这说明矩估计可能是不唯一的.

6.1.3 最大似然估计

最大似然估计法是求估计的最常用的方法, 最早于 1821 年由高斯提出, 后来在 1922 年由英国统计学家费希尔 (Fisher) 再次提出并证明了它的一些性质, 使得最大似然估计得到广泛应用. 其基本思想是, 在抽样结果已知的情况下, 应该寻找使得该结果出现的可能性最大的那个 θ 作为真值 θ 的估计.

先看一个简单例子. 外形完全相同的甲乙两个箱子, 甲箱中有 99 个白球, 1 个黑球; 乙箱中有 1 个白球, 99 个黑球, 现在随机取出一个箱子, 再从中随机取出一个球, 结果取到白球, 问: 这个白球最可能从哪个箱子中取出的?

不论是从甲或乙中取一个球, 都有两个结果: $A = $ 取白球. $\overline{A} = $ 取黑球. 如果取到甲箱, 则有 $P(A) = 0.99$; 如果取到乙箱, 则有 $P(A) = 0.01$. 现在一次试验中 A 发生了, 大家的第一印象就是: 白球最像是从甲箱中取到的或者说甲箱的条件对 A 发生更有利, 从而可以推断这个白球是由甲箱取出的. 这个推断符合人们的经验事实. 这里的 "最像" 也即 "最大似然" 之意.

这里的数据比较特殊, 但蕴含的认识是普遍的, 即抽样结果的出现应该是由最可能产生它的参数导致.

一般地, 可作如下分析:

设离散型总体 $X \sim p(x;\theta)$(θ 可以是一维或多维), $\theta \in \Theta$ 未知, 则样本 x_1, $x_2, \cdots, x_n$ 的概率分布律为

$$P(X_1 = x_1, X_2 = x_2, \cdots, X_n = x_n; \theta) = \prod_{i=1}^{n} p(x_i; \theta).$$

在 θ 固定时, 上式表示 $(X_1, X_2, \cdots, X_n)$ 取 $(x_1, x_2, \cdots, x_n)$ 的概率. 反之, 当样本值出现时, 它可以看作 θ 的函数, 记作 $L(\theta) = \prod_{i=1}^{n} p(x_i; \theta)$, 称为**似然函数**. 似然函数

值的大小意味着该样本出现的可能性的大小. 既然已经得到样本值了, 那么它出现的可能性应该是大的, 也即似然函数的值是大的. 因而我们选取使得 $L(\theta)$ 达到最大值的那个 θ 作为真值 θ 的估计是合理的.

若总体为连续型, 设 $X \sim f(x; \theta)$(θ 可以是一维或多维), $\theta \in \Theta$ 未知, 则样本 $(X_1, X_2, \cdots, X_n)$ 的概率密度函数为 $\prod\limits_{i=1}^{n} f(x_i; \theta)$. 在 θ 固定时, 它是 $(X_1, X_2, \cdots, X_n)$ 在 $(x_1, x_2, \cdots, x_n)$ 点处的概率函数; 其大小与 $(X_1, X_2, \cdots, X_n)$ 落在 $(x_1, x_2, \cdots, x_n)$ 附近的概率成正比. 而当样本值 $(x_1, x_2, \cdots, x_n)$ 给定时, 它是 θ 的函数, 仍记作 $L(\theta) = \prod\limits_{i=1}^{n} f(x_i; \theta)$, 也称为**似然函数**, 也选取使得 $L(\theta)$ 达到最大值的那个 θ 作为真值 θ 的估计是合理的.

总之, 有了抽样结果 $(x_1, x_2, \cdots, x_n)$, 似然函数 $L(\theta)$ 反映了 θ 的各个不同值导致这个结果可能性大小的不同. 选取使得 $L(\theta)$ 达到最大值的那个 θ 作为真值 θ 的估计. 这种求点估计的方法就称为**最大似然估计法**.

定义 6.1 对任意样本 $(x_1, x_2, \cdots, x_n)$, 若存在统计量 $\hat\theta = \theta(X_1, X_2, \cdots, X_n)$ 满足

$$L(\hat\theta) = \max_{\theta \in \Theta} L(\theta),$$

则称 $\hat\theta(x_1, x_2, \cdots, x_n)$ 是 θ 的最大似然估计值, 相应的统计量 $\hat\theta(X_1, X_2, \cdots, X_n)$ 为 θ 的最大似然估计量, 简记作 MLE.

由于 $\ln x$ 是 x 的单调增加函数, 所以似然函数 $L(\theta)$ 的对数 $\ln L(\theta)$, 记作 $l(\theta)$, 称为**对数似然函数**, 它与 $L(\theta)$ 达到最大值的点是相同的. 我们更习惯于从 $l(\theta)$ 出发去寻找 θ 的最大似然估计. 当 $L(\theta)$ 是可微函数时, 求导数是求最大似然估计量的最常用的方法, 此时对对数似然函数求导更简单.

例 6.4 设一个实验有三种结果, 其发生的概率分别为 $p_1 = \theta^2$, $p_2 = 2\theta(1-\theta)$, $p_3 = (1-\theta)^2$, 现做了 n 次实验, 观测到三种结果分别发生了 n_1, n_2, n_3 ($n_1 + n_2 + n_3 = n$) 次, 求参数 θ 的最大似然估计.

解 似然函数为

$$L(\theta) = (\theta^2)^{n_1}[2\theta(1-\theta)]^{n_2}[(1-\theta)^2]^{n_3} = 2^{n_2}\theta^{2n_1+n_2}(1-\theta)^{2n_3+n_2}.$$

其对数似然函数为

$$l(\theta) = (2n_1 + n_2)\ln\theta + (2n_3 + n_2)\ln(1-\theta) + n_2\ln 2,$$

对 θ 求导并令导数等于零

$$\frac{\mathrm{d}l(\theta)}{\mathrm{d}\theta} = \frac{2n_1 + n_2}{\theta} - \frac{2n_3 + n_2}{1 - \theta} = 0,$$

解之得

$$\hat{\theta} = \frac{2n_1 + n_2}{2n_3},$$

由于

$$\frac{\mathrm{d}^2 l(\theta)}{\mathrm{d}\theta^2} = -\frac{2n_1 + n_2}{\theta^2} - \frac{2n_3 + n_2}{(1 - \theta)^2} < 0,$$

所以 $\hat{\theta} = \dfrac{2n_1 + n_2}{2n_3}$ 是 θ 的最大似然估计.

例 6.5 总体 $X \sim N(\mu, \sigma^2)$, μ 与 σ^2 未知, $\theta = (\mu, \sigma^2)$, $(x_1, x_2, \cdots, x_n)$ 是样本, 求 μ 与 σ^2 的最大似然估计.

解 似然函数

$$L(\mu, \sigma^2) = \prod_{i=1}^{n} \frac{1}{\sqrt{2\pi}\sigma} \mathrm{e}^{-\frac{(x_i - \mu)^2}{2\sigma^2}} = (2\pi\sigma^2)^{-\frac{n}{2}} \exp\left\{-\frac{1}{2\sigma^2} \sum_{i=1}^{n} (x_i - \mu)^2\right\},$$

取对数得

$$l(\mu, \sigma^2) = -\frac{n}{2} \ln(2\pi) - \frac{n}{2} \ln(\sigma^2) - \frac{1}{2\sigma^2} \sum_{i=1}^{n} (x_i - \mu)^2,$$

分别对 μ, σ^2 求偏导数并令导数等于零, 得似然方程组

$$\begin{cases} \dfrac{\partial l(\theta)}{\partial \mu} = \dfrac{1}{\sigma^2} \sum_{i=1}^{n} (x_i - \mu) = 0, \\ \dfrac{\partial l(\theta)}{\partial \sigma^2} = -\dfrac{n}{2\sigma^2} + \dfrac{1}{2(\sigma^2)^2} \sum_{i=1}^{n} (x_i - \mu)^2 = 0, \end{cases}$$

解之得

$$\hat{\mu} = \bar{x}, \quad \hat{\sigma}^2 = \frac{1}{n} \sum_{i=1}^{n} (x_i - \bar{x})^2 = s_n^2.$$

并且

$$A = \left.\frac{\partial^2 l(\theta)}{\partial \theta^2}\right|_{(\hat{\mu}, \hat{\sigma}^2)} = \frac{-n}{\hat{\sigma}^2} < 0,$$

$$B = \left.\frac{\partial^2 l(\theta)}{\partial \mu \partial \sigma^2}\right|_{(\hat{\mu}, \hat{\sigma}^2)} = 0,$$

$$C = \left.\frac{\partial^2 l(\theta)}{\partial \sigma^2}\right|_{(\hat{\mu}, \hat{\sigma}^2)} = \frac{-n}{2\hat{\sigma}^2} < 0,$$

则 $A < 0, AC - B^2 = \dfrac{n^2}{2\sigma^4} > 0$, 从而 $\hat{\mu} = \bar{x}, \hat{\sigma}^2 = \dfrac{1}{n}\sum\limits_{i=1}^{n}(x_i - \bar{x})^2 = s_n^2$ 分别是 μ 与 σ^2 的最大似然估计.

求导数是求最大似然估计最常用的方法, 但并不是在任何场合下都有效.

例 6.6 总体 $X \sim U(0, \theta)$, θ 未知, $(x_1, x_2, \cdots, x_n)$ 是样本, 求 θ 的最大似然估计.

解 似然函数为

$$L(\theta) = \begin{cases} \dfrac{1}{\theta^n}, & 0 \leqslant x_1, x_2, \cdots, x_n \leqslant \theta, \\ 0, & \text{其他}. \end{cases}$$

显然, 无法从 $L'(\theta) = 0$ 得到最大似然估计. 利用最大似然的基本思想来考虑. 要使 $L(\theta)$ 达到最大, θ 应尽可能小, 但又不能小于样本 x_i 中的最大值, 即 $\theta \geqslant \max\{x_1, x_2, \cdots, x_n\}$, 记 $x_{(n)} = \max\{x_1, x_2, \cdots, x_n\}$, 由此, 可以取最大似然估计 $\hat{\theta} = x_{(n)}$.

例 6.7 设 $(x_1, x_2, \cdots, x_n)$ 是来自正态总体 $X \sim N(\mu, \sigma^2)$ 的样本, 在例 6.5 中求得 μ 与 σ^2 的最大似然估计分别是 $\hat{\mu} = \bar{x}, \hat{\sigma}^2 = \dfrac{1}{n}\sum\limits_{i=1}^{n}(x_i - \bar{x})^2 = s_n^2$. 由点估计的自助原则, 可得标准差 σ 的最大似然估计是 $\hat{\sigma} = s_n$, 概率 $P\{X < 2\} = \Phi\left(\dfrac{2 - \mu}{\sigma}\right)$ 的最大似然估计是 $\Phi\left(\dfrac{2 - \bar{x}}{s_n}\right)$.

6.2 点估计的评价标准

我们看到, 点估计有多种不同的求法, 同一个参数可以有不同的点估计量, 那么究竟哪一个才是 "好" 的估计呢? 这就需要有一个评价标准. 统计学家给出了评价估计量的许多标准, 主要有如下几个.

6.2.1 相合性 (一致性)

定义 6.2 设 $\theta \in \Theta$ 是未知参数, $\hat{\theta} = \hat{\theta}(x_1, x_2, \cdots, x_n)$ 是 θ 的一个估计, n 是样本容量, 若对 $\forall \varepsilon > 0$, $\lim\limits_{n \to \infty} P(|\hat{\theta} - \theta| > \varepsilon) = 0$, 则称 $\hat{\theta}$ 是 θ 的**相合估计**.

相合性是指随着样本容量的增大, 点估计的值越来越接近待估参数的真实值. 相合性被认为是对估计的一个最基本要求. 如果一个估计量, 在样本容量不断增大时, 它都不能把待估参数估计到任意指定的精度, 那么这个估计是值得怀疑的. 通常不满足相合性要求的估计是不予考虑的.

例 6.8 设总体 $X \sim N(\mu, \sigma^2)$, 则 $s^2 = \dfrac{1}{n-1} \sum\limits_{i=1}^{n} (x_i - \bar{x})^2$ 是 σ^2 的相合估计.

证明 事实上, $E(s^2) = \sigma^2$, $\chi^2 = \dfrac{1}{\sigma^2} \sum\limits_{i=1}^{n} (x_i - \bar{x})^2 \sim \chi^2(n-1)$ (定理 5.2), 则 $D(\chi^2) = 2(n-1)$, 从而 $D(s^2) = D\left(\dfrac{\sigma^2}{n-1} \chi^2\right) = \left(\dfrac{\sigma^2}{n-1}\right)^2 2(n-1) = \dfrac{2\sigma^4}{n-1}$, 由切比雪夫不等式得

$$P\left(\left|s^2 - \sigma^2\right| > \varepsilon\right) = P\left(\left|s^2 - Es^2\right| > \varepsilon\right) \leqslant \frac{Ds^2}{\varepsilon^2} = \frac{2\sigma^4}{(n-1)\varepsilon^2} \to 0 \quad (n \to \infty)$$

因此, s^2 是 σ^2 的相合估计.

6.2.2 无偏性

相合性是大样本下估计量的评价标准, 对于小样本而言, 需要一些其他的评价标准, 无偏性是一个常用的标准.

定义 6.3 设 $\theta \in \Theta$ 是未知参数, $\hat{\theta} = \hat{\theta}(x_1, x_2, \cdots, x_n)$ 是 θ 的一个估计, 若对 $\forall \theta \in \Theta$, 有 $E(\hat{\theta}) = \theta$, 则称 $\hat{\theta}$ 是 θ 的**无偏估计**, 否则称为**有偏估计**.

无偏性要求等价于 $E(\hat{\theta} - \theta) = 0$, 这表明无偏估计没有系统误差. 由于样本的随机性, $\hat{\theta}$ 与 θ 总是有偏差的, 这种偏差有正有负、有大有小. 无偏性表明, 把这些偏差平均起来其值为 0, 这就是无偏性的本质.

如果估计不具有无偏性, 则无论使用了多少次, 其平均结果也会与参数真值有一定的距离, 这个距离就是系统偏差.

例 6.9 对于总体 X, 设 $EX = \mu$, $DX = \sigma^2$, 则样本均值 $\overline{X}$ 及样本方差 s^2 分别是 μ 和 σ^2 的无偏估计.

证明 $E\overline{X} = \dfrac{1}{n} \sum\limits_{i=1}^{n} E(X_i) = \mu$,

$$E(s^2) = E\left(\frac{\sigma^2}{n-1} \cdot \frac{1}{\sigma^2} \sum_{i=1}^{n} (x_i - \bar{x})^2\right)$$

$$= \frac{\sigma^2}{n-1} \cdot (n-1) = \sigma^2.$$

$$\left(\chi^2 = \frac{1}{\sigma^2} \sum_{i=1}^{n} (x_i - \bar{x})^2 \sim \chi^2(n-1)\right).$$

因此, 样本均值 $\overline{X}$ 及样本方差 s^2 分别是 μ 和 σ^2 的无偏估计, 从而有 $s_n^2 = \dfrac{1}{n}\sum_{i=1}^{n}(x_i - \bar{x})^2$ 一定不是 σ^2 的无偏估计. 当 μ 已知时, $\hat{\sigma}^2 = \dfrac{1}{n}\sum_{i=1}^{n}(x_i - \mu)^2$ 也是 σ^2 的无偏估计.

例 6.10　总体 $X \sim U(0, \theta)$, θ 未知, $(x_1, x_2, \cdots, x_n)$ 是样本, 则 θ 的最大似然估计 $X_{(n)}$ 不是 θ 的无偏估计.

证明　先求出 $X_{(n)}$ 的概率密度, 易知 X 的密度函数与分布函数为

$$f(x;\theta) = \begin{cases} \dfrac{1}{\theta}, & 0 < x < \theta, \\ 0, & \text{其他}, \end{cases} \qquad F(x;\theta) = \begin{cases} 0, & x < 0, \\ \dfrac{x}{\theta}, & 0 \leqslant x < \theta, \\ 1, & x \geqslant \theta. \end{cases}$$

$$F_{X_{(n)}}(x;\theta) = P(X_{(n)} \leqslant x) = P\{X_1 \leqslant x, X_2 \leqslant x, \cdots, X_n \leqslant x\} = [F(x;\theta)]^n$$

$$= \begin{cases} 0, & x < 0, \\ \left(\dfrac{x}{\theta}\right)^n, & 0 \leqslant x < \theta, \\ 1, & x \geqslant \theta. \end{cases}$$

故 $X_{(n)}$ 的概率密度为 $f(x;\theta) = \begin{cases} \dfrac{nx^{n-1}}{\theta^n}, & 0 < x < \theta, \\ 0, & \text{其他}. \end{cases}$ 由此得

$$E_{X_{(n)}} = \int_0^\theta x \frac{nx^{n-1}}{\theta^n} \mathrm{d}x = \frac{n}{n+1}\theta \neq \theta,$$

所以 $X_{(n)}$ 不是 θ 的无偏估计. 可以取 $\hat{\theta} = \dfrac{n+1}{n}X_{(n)}$ 作为 θ 的无偏估计.

6.2.3　有效性

参数的无偏估计可以有很多, 用哪一个好呢? 直观地想法是希望该估计围绕真实值波动越小越好. 波动大小可以用方差来衡量, 方差小的估计就更有效.

定义 6.4　设 $\hat{\theta}_1, \hat{\theta}_2$ 是 θ 的两个无偏估计, 如果对 $\forall\theta \in \Theta$, 都有

$$D(\hat{\theta}_1) \leqslant D(\hat{\theta}_2)$$

且至少有一个 θ 使得上式不等号严格成立, 则称 $\hat{\theta}_1$ 比 $\hat{\theta}_2$ 更**有效**.

例 6.11　在前述例 6.9 中, $s^2 = \dfrac{1}{n-1}\sum_{i=1}^{n}(x_i - \bar{x})^2$ 与 $\hat{\sigma}^2 = \dfrac{1}{n}\sum_{i=1}^{n}(x_i - \mu)^2$ 都是 σ^2 的无偏估计, 判断两者谁更有效.

解 因为 $\chi^2 = \dfrac{1}{\sigma^2} \sum\limits_{i=1}^{n} (x_i - \bar{x})^2 \sim \chi^2(n-1)$, 从而

$$D(s^2) = D\left(\frac{\sigma^2}{n-1} \cdot \frac{1}{\sigma^2} \sum_{i=1}^{n}(x_i - \bar{x})^2\right) = \left(\frac{\sigma^2}{n-1}\right)^2 \cdot D(\chi^2)$$

$$= \frac{\sigma^4}{(n-1)^2} \cdot 2(n-1) = \frac{2\sigma^4}{n-1},$$

$$\frac{1}{\sigma^2} \sum_{i=1}^{n}(x_i - \mu)^2 \sim \chi^2(n),$$

则有

$$D(\hat{\sigma}^2) = D\left(\frac{\sigma^2}{n} \frac{1}{\sigma^2} \sum_{i=1}^{n}(x_i - \mu)^2\right) = \frac{\sigma^4}{n^2} \cdot 2n = \frac{2\sigma^4}{n},$$

$$\frac{2\sigma^4}{n} \leqslant \frac{2\sigma^4}{n-1},$$

所以 $\hat{\sigma}^2$ 比 s^2 更有效.

6.2.4 均方误差

无偏估计是估计的一个优良性质, 对无偏估计还可以通过其方差进行比较有效性, 但是不能认为: 有偏估计一定就是不好的估计.

在有些场合下, 有偏估计比无偏估计更好, 这就涉及对有偏估计的评价. 一般而言, 在样本值一定时, 评价一个点估计的好坏使用的度量指标总是点估计值 $\hat{\theta}$ 与真实值 θ 的距离的函数, 最常用的函数是距离的平方. 由于具有随机性, 可以对该函数求平均, 这就是下面给出的**均方误差**

$$\mathrm{MSE}(\hat{\theta}) = E(\hat{\theta} - \theta)^2$$

均方误差是评价点估计的最一般标准. 当然, 希望估计的均方误差越小越好.

注意到

$$\begin{aligned}
\mathrm{MSE}(\hat{\theta}) &= E(\hat{\theta} - \theta)^2 \\
&= E[(\hat{\theta} - E\hat{\theta}) + (E\hat{\theta} - \theta)]^2 \\
&= E[(\hat{\theta} - E\hat{\theta})^2] + (E\hat{\theta} - \theta)^2 + 2E[(\hat{\theta} - E\hat{\theta})(E\hat{\theta} - \theta)] \\
&= D\hat{\theta} + (E\hat{\theta} - \theta)^2.
\end{aligned}$$

因此, 均方误差由点估计的方差与偏差的平方两部分组成. 如果 $\hat{\theta}$ 是 θ 的无偏估计, 那么 $\mathrm{MSE}(\hat{\theta}) = D\hat{\theta}$. 此时用均方误差评价点估计与用方差是完全一样的, 这

也说明了用方差考察无偏估计有效性是合理的. 当 $\hat{\theta}$ 不是 θ 的无偏估计时, 就要看其均方误差, 即不仅要看其方差大小, 还要看其偏差大小.

下面给出一个例子说明在均方误差标准下有些有偏估计优于无偏估计.

例 6.12　例 6.10 中, 我们取 $\hat{\theta} = \dfrac{n+1}{n} X_{(n)}$ 作为 θ 的无偏估计, 那么它的均方误差为 $\mathrm{MSE}(\hat{\theta}) = D\hat{\theta} = \dfrac{\theta^2}{n(n+2)}$.

现在考虑形如 $\hat{\theta}_\alpha = \alpha \cdot X_{(n)}$ 的估计, 其均方误差为

$$\mathrm{MSE}(\hat{\theta}) = D(\alpha \cdot X_{(n)}) + (\alpha E(X_{(n)}) - \theta)^2$$

$$= \alpha^2 D(X_{(n)}) + \left(\alpha \frac{n}{n+1}\theta - \theta\right)^2$$

$$= \alpha^2 \frac{n}{(n+1)^2(n+2)}\theta^2 + \left(\frac{n\alpha}{n+1} - 1\right)^2 \theta^2,$$

用求导的方法不难得到, 当 $\alpha_0 = \dfrac{n+2}{n+1}$ 时, 上述均方误差达到最小, 且

$$\mathrm{MSE}\left(\frac{n+2}{n+1} X_{(n)}\right) = \frac{\theta^2}{(n+1)^2}$$

这表明 $\hat{\theta}_0 = \dfrac{n+2}{n+1} X_{(n)}$ 虽是有偏估计, 但其均方误差小于 $\hat{\theta}$ 的均方误差. 所以在均方误差标准下, 有偏估计 $\hat{\theta}_0$ 优于无偏估计 $\hat{\theta}$.

6.3　区 间 估 计

对于未知参数 θ, 除了求出它的点估计 $\hat{\theta}$ 外, 我们还希望估计出一个范围, 并希望知道这个范围包含参数 θ 真实值的可靠程度. 这样的范围通常以区间的形式给出, 同时还应给出此区间包含参数 θ 真实值的可靠程度, 这种形式的估计称为**区间估计**. 这样的区间也即所谓的置信区间. 下面给出置信区间定义.

6.3.1　置信区间

定义 6.5　设 θ 是总体 X 的未知参数, $\theta \in \Theta$, $(x_1, x_2, \cdots, x_n)$ 是来自总体的样本, 对任意给定的数值 $\alpha(0 < \alpha < 1)$, 若存在两个统计量 $\underline{\theta}, \bar{\theta}$, 使得

$$P\left(\underline{\theta} \leqslant \theta \leqslant \bar{\theta}\right) \geqslant 1 - \alpha, \quad \forall \theta \in \Theta,$$

则称随机区间 $[\underline{\theta}, \bar{\theta}]$ 为 θ 的**置信水平为 $1 - \alpha$ 的置信区间**, $\underline{\theta}, \bar{\theta}$ 分别称为 θ 的**双侧置信下限和置信上限**.

　　置信区间有一个直观的频率解释: 在大量重复使用 θ 的置信区间 $[\underline{\theta}, \overline{\theta}]$ 时, 每次得到的样本观测值是随机不同的, 从而得到的置信区间也不同, θ 可能落在该区间内, 也可能落在区间之外. 平均来说, 在大量的区间估计的观测值中, 至少有 $100(1-\alpha)\%$ 个区间包含真实值 θ.

　　在实际应用中, 取定义中的概率等于下限 $1-\alpha$.

　　在一些其他实际问题中, 人们感兴趣的仅仅是未知参数的一个下限或者上限. 比如, 对电子产品的平均寿命, 我们希望它越大越好, 因此人们关心的是它的置信下限, 此下限标志了该产品的质量. 又如某些化学品中杂质的含量, 希望它越小越好, 只关心的是它的最大上限. 这样就有如下的单侧置信区间概念.

　　定义 6.6　设 θ 是总体 X 的未知参数, $\theta \in \Theta$, $(x_1, x_2, \cdots, x_n)$ 是来自总体的样本, 对任意给定的数值 $\alpha(0 < \alpha < 1)$. 若存在统计量 $\underline{\theta} = \underline{\theta}(x_1, x_2, \cdots, x_n)$, 使得

$$P(\theta \geqslant \underline{\theta}) \geqslant 1 - \alpha \quad (\forall \theta \in \Theta),$$

则称随机区间 $[\underline{\theta}, +\infty]$ 为 θ 的**置信水平为 $1-\alpha$ 的单侧置信区间**, $\underline{\theta}$ 称为 θ 的单侧**置信下限**.

　　又若存在统计量 $\overline{\theta} = \overline{\theta}(x_1, x_2, \cdots, x_n)$, 使得

$$P(\theta \leqslant \overline{\theta}) \geqslant 1 - \alpha \quad (\forall \theta \in \Theta),$$

则称随机区间 $[-\infty, \overline{\theta}]$ 为 θ 的**置信水平为 $1-\alpha$ 的单侧置信区间**, $\overline{\theta}$ 称为 θ 的单侧**置信上限**.

6.3.2　寻找置信区间的方法 —— 枢轴量法

　　如何寻找未知参数的置信区间呢? 我们先看一个例子.

　　例 6.13　设总体 $X \sim N(\mu, \sigma^2)$, σ^2 已知, μ 未知, $(X_1, X_2, \cdots, X_n)$ 是来自总体的样本, 求 μ 的置信水平为 $1-\alpha$ 的置信区间.

　　解　由于 $\overline{X}$ 是 μ 的无偏估计, 且有

$$Z = \frac{\overline{X} - \mu}{\sigma / \sqrt{n}} \sim N(0, 1)$$

Z 所服从的标准正态分布不依赖于任何未知参数, 按标准正态分布的分位点定义, 有 (图 6.3.1)

$$P\left(\left| \frac{\overline{X} - \mu}{\sigma / \sqrt{n}} \right| < z_{\frac{\alpha}{2}} \right) = 1 - \alpha, \tag{6.3.1}$$

即
$$P\left(\overline{X} - \frac{\sigma}{\sqrt{n}}z_{\frac{\alpha}{2}} < \mu < \overline{X} + \frac{\sigma}{\sqrt{n}}z_{\frac{\alpha}{2}}\right) = 1 - \alpha. \tag{6.3.2}$$

这样, 就得到了 μ 的一个置信水平为 $1 - \alpha$ 的置信区间
$$\left(\overline{X} - \frac{\sigma}{\sqrt{n}}z_{\frac{\alpha}{2}}, \overline{X} + \frac{\sigma}{\sqrt{n}}z_{\frac{\alpha}{2}}\right), \tag{6.3.3}$$

简记为
$$\left(\overline{X} \pm \frac{\sigma}{\sqrt{n}}z_{\frac{\alpha}{2}}\right). \tag{6.3.4}$$

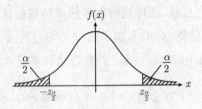

图 6.3.1

如果取 $\alpha = 0.05$, 则 μ 的一个置信水平为 95% 的置信区间为
$$\left(\overline{X} - 1.96\frac{\sigma}{\sqrt{n}}, \overline{X} + 1.96\frac{\sigma}{\sqrt{n}}\right). \tag{6.3.5}$$

用该区间估计 μ, 不仅直接可知估计成功的概率是 95%, 并且能够以 95% 的把握断言: 用 $\overline{X}$ 代替 μ 的绝对误差小于 $1.96\frac{\sigma}{\sqrt{n}}$.

然而, 置信水平为 $1 - \alpha$ 的置信区间并不是唯一的. 在本例中, 如果 $\alpha = 0.05$, 则又有
$$P\left(-z_{0.04} < \frac{\overline{X} - \mu}{\sigma/\sqrt{n}} < z_{0.01}\right) = 0.95,$$

也即
$$P\left(\overline{X} - \frac{\sigma}{\sqrt{n}}z_{0.01} < \mu < \overline{X} + \frac{\sigma}{\sqrt{n}}z_{0.04}\right) = 0.95,$$

故
$$\left(\overline{X} - \frac{\sigma}{\sqrt{n}}z_{0.01}, \overline{X} + \frac{\sigma}{\sqrt{n}}z_{0.04}\right), \tag{6.3.6}$$

也是 μ 的一个置信水平为 95% 的置信区间. 把 (6.3.6) 式与式 (6.3.5) 比较, 式 (6.3.5) 所得区间长为 $2\frac{\sigma}{\sqrt{n}}z_{0.025} = 3.92\frac{\sigma}{\sqrt{n}}$, 式 (6.3.6) 所得区间长为 $(z_{0.04} + z_{0.01})\frac{\sigma}{\sqrt{n}} = 4.08\frac{\sigma}{\sqrt{n}}$. 置信区间短则表明估计的精度高, 所以由式 (6.3.5) 给出的置信区间较式

(6.3.6) 给出的区间更优. 易知, 像 $N(0,1)$ 这样的分布, 其概率密度函数的图形是单峰且对称的, 当 n 固定时, 形如式 (6.3.5) 那样的区间, 其长度是最短的, 我们自然选用它.

通过例 6.13, 可以看到寻找未知参数 θ 的置信区间的具体做法如下:

(1) 寻找一个样本 $(X_1, X_2, \cdots, X_n)$ 的函数 $W = W(X_1, X_2, \cdots, X_n; \theta)$(称为枢轴量), 它包含待估参数 θ 而不含有其他未知参数, 并且 W 的分布已知且不依赖于任何未知参数.

(2) 对于给定的置信水平 $1 - \alpha$, 定出两个常数 a, b, 使

$$P(a < W < b) \geqslant 1 - \alpha,$$

一般取使得 $P(W < a) = P(W > b) = \dfrac{\alpha}{2}$ 的 a, b.

(3) 利用不等式变形导出含有 θ 的置信区间 $(\underline{\theta}, \bar{\theta})$.

枢轴量函数 W 的构造, 通常可以从 θ 的点估计着手考虑.

6.4 正态总体均值与方差的区间估计

6.4.1 单个正态总体 $N(\mu, \sigma^2)$ 的情况

1. 均值 μ 的置信区间

1) σ^2 已知的双侧区间

在例 6.13 中采用 $Z = \dfrac{\overline{X} - \mu}{\sigma/\sqrt{n}} \sim N(0,1)$, 已经得到了 μ 的一个置信水平为 $1-\alpha$ 的置信区间

$$\left(\overline{X} - \frac{\sigma}{\sqrt{n}} z_{\frac{\alpha}{2}}, \overline{X} + \frac{\sigma}{\sqrt{n}} z_{\frac{\alpha}{2}} \right). \tag{6.4.1}$$

2) σ^2 未知的双侧区间

此时不能使用式 (6.4.1) 给出的区间, 因为其中含有未知参数 σ. 考虑到 s^2 是 σ^2 的无偏估计, 以 s 代替 σ, 由定理 5.3 知

$$T = \frac{\overline{X} - \mu}{S/\sqrt{n}} \sim t(n-1), \tag{6.4.2}$$

分布 $t(n-1)$ 不依赖于任何未知参数, 于是 (图 6.4.1)

$$P\left(-t_{\frac{\alpha}{2}}(n-1) < \frac{\overline{X} - \mu}{S/\sqrt{n}} < t_{\frac{\alpha}{2}}(n-1) \right) = 1 - \alpha, \tag{6.4.3}$$

即

$$P\left(\overline{X} - \frac{S}{\sqrt{n}}t_{\frac{\alpha}{2}}(n-1) < \mu < \overline{X} + \frac{S}{\sqrt{n}}t_{\frac{\alpha}{2}}(n-1)\right) = 1 - \alpha,$$

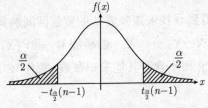

图 6.4.1

所以 μ 的一个置信水平为 $1 - \alpha$ 的置信区间为

$$\left(\overline{X} - \frac{S}{\sqrt{n}}t_{\frac{\alpha}{2}}(n-1), \overline{X} + \frac{S}{\sqrt{n}}t_{\frac{\alpha}{2}}(n-1)\right). \tag{6.4.4}$$

例 6.14　从一批零件中抽取 9 件, 测得其直径 (单位: mm) 分别是 19.7, 20.1, 19.8, 19.9, 20.2, 20.0, 19.9, 20.2, 20.3, 设零件直径服从正态分布 $N(\mu, \sigma^2)$.

在下列条件下, 求这批零件直径均值 μ 的置信度为 0.95 的置信区间.

(1) 已知 $\sigma = 0.21$;

(2) σ 未知.

解　由题可得 $\bar{x} = 20.01, s = 0.203, n = 9, \alpha = 0.05$, 查表可得 $z_{0.025} = 1.96, t_{0.025}(8) = 2.31$.

(1) 当 σ 已知时, 直径均值 μ 的一个置信水平为 $1 - \alpha$ 的置信区间为 $\left(\overline{X} - \frac{\sigma}{\sqrt{n}}z_{\frac{\alpha}{2}}, \overline{X} + \frac{\sigma}{\sqrt{n}}z_{\frac{\alpha}{2}}\right)$, 代入数据计算得

$$\left(20.01 - \frac{0.21}{\sqrt{9}}1.96, 20.01 + \frac{0.21}{\sqrt{9}}1.96\right) = (19.87,\ 20.15);$$

(2) 当 σ 未知时, 直径均值 μ 的一个置信水平为 $1 - \alpha$ 的置信区间为 $\left(\overline{X} - \frac{S}{\sqrt{n}}t_{\frac{\alpha}{2}}(n-1), \overline{X} + \frac{S}{\sqrt{n}}t_{\frac{\alpha}{2}}(n-1)\right)$, 代入数据计算得

$$\left(20.01 - \frac{0.203}{\sqrt{9}}2.31, 20.01 + \frac{0.203}{\sqrt{9}}2.31\right) = (19.85,\ 20.17).$$

3) σ^2 已知的单侧区间

由前面分析, 此时易知 (图 6.4.2)

$$P\left(\frac{\overline{X} - \mu}{S/\sqrt{n}} < z_{\alpha}\right) = 1 - \alpha,$$

即

$$P\left(\mu > \overline{X} - \frac{\sigma}{\sqrt{n}}z_\alpha\right) = 1 - \alpha,$$

于是得到 μ 的一个置信水平为 $1 - \alpha$ 的单侧置信区间

$$\left(\overline{X} - \frac{\sigma}{\sqrt{n}}z_\alpha, \ \infty\right),\tag{6.4.5}$$

单侧置信下限为

$$\underline{\mu} = \overline{X} - \frac{\sigma}{\sqrt{n}}z_\alpha,$$

类似地, 得单侧置信上限为

$$\bar{\mu} = \overline{X} + \frac{\sigma}{\sqrt{n}}z_\alpha.$$

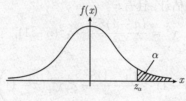

图 6.4.2

4) σ^2 未知的单侧区间

类似地, 可得 (图 6.4.3)

$$P\left(\frac{\overline{X} - \mu}{\sqrt{n}/S} < t_\alpha(n-1)\right) = 1 - \alpha,$$

即

$$P\left(\mu > \overline{X} - \frac{S}{\sqrt{n}}t_\alpha(n-1)\right) = 1 - \alpha.$$

于是得到 μ 的一个置信水平为 $1 - \alpha$ 的单侧 (右侧) 置信区间

$$\left(\overline{X} - \frac{S}{\sqrt{n}}t_\alpha(n-1), \ \infty\right).\tag{6.4.6}$$

单侧置信下限为

$$\underline{\mu} = \overline{X} - \frac{S}{\sqrt{n}}t_\alpha(n-1),$$

类似地, 得单侧置信上限为

$$\bar{\mu} = \overline{X} + \frac{S}{\sqrt{n}}t_\alpha(n-1).$$

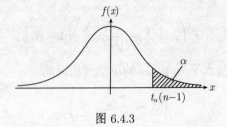

图 6.4.3

2. 方差 σ^2 的置信区间

在实际问题中, μ 往往是未知的, 所以我们这里只介绍 μ 未知时方差 σ^2 的置信区间.

1) 双侧区间

由于 s^2 是 σ^2 的无偏估计, 且有

$$\chi^2 = \frac{(n-1)S^2}{\sigma^2} \sim \chi^2(n-1),$$

从而有 (图 6.4.4)

$$P\left(\chi^2_{1-\frac{\alpha}{2}}(n-1) < \frac{(n-1)S^2}{\sigma^2} < \chi^2_{\frac{\alpha}{2}}(n-1)\right) = 1-\alpha,$$

即

$$P\left(\frac{(n-1)S^2}{\chi^2_{\frac{\alpha}{2}}} < \sigma^2 < \frac{(n-1)S^2}{\chi^2_{1-\frac{\alpha}{2}}(n-1)}\right) = 1-\alpha,$$

所以 σ^2 的置信水平为 $1-\alpha$ 的置信区间为

$$\left(\frac{(n-1)S^2}{\chi^2_{\frac{\alpha}{2}}(n-1)}, \frac{(n-1)S^2}{\chi^2_{1-\frac{\alpha}{2}}(n-1)}\right), \tag{6.4.7}$$

进而可得 σ 的置信水平为 $1-\alpha$ 的置信区间为

$$\left(\frac{\sqrt{n-1}S}{\sqrt{\chi^2_{\frac{\alpha}{2}}(n-1)}}, \frac{\sqrt{n-1}S}{\sqrt{\chi^2_{1-\frac{\alpha}{2}}(n-1)}}\right). \tag{6.4.8}$$

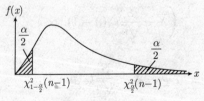

图 6.4.4

2) 单侧区间

$$\chi^2 = \frac{(n-1)S^2}{\sigma^2} \sim \chi^2(n-1),$$

从而有

$$P\left(\frac{(n-1)S^2}{\sigma^2} > \chi_{1-\alpha}^2(n-1)\right) = 1-\alpha,$$

即

$$P\left(\sigma^2 < \frac{(n-1)S^2}{\chi_{1-\alpha}^2(n-1)}\right) = 1-\alpha,$$

σ^2 的置信水平为 $1-\alpha$ 的单侧置信区间为

$$\left(0, \ \frac{(n-1)S^2}{\chi_{1-\alpha}^2(n-1)}\right), \tag{6.4.9}$$

σ^2 的置信度为 $1-\alpha$ 的单侧 (左侧) 置信上限为

$$\bar{\sigma}^2 = \frac{(n-1)S^2}{\chi_{1-\alpha}^2(n-1)}.$$

类似地, 可得 σ^2 的置信水平为 $1-\alpha$ 的单侧 (右侧) 置信区间为

$$\left(\frac{(n-1)S^2}{\chi_{\alpha}^2(n-1)}, \ \infty\right), \tag{6.4.10}$$

σ^2 的置信度为 $1-\alpha$ 的单侧置信下限为

$$\underline{\sigma}^2 = \frac{(n-1)S^2}{\chi_{\alpha}^2(n-1)}.$$

例 6.15 在例 6.14 中, 求零件直径的方差 σ^2 的置信度为 95% 的置信区间.

解 由题可知

$$s^2 = 0.041, \quad n = 9, \quad \alpha = 0.05,$$

查表得

$$\chi_{0.025}^2(8) = 17.535, \quad \chi_{0.975}^2(8) = 2.18,$$

代入数据计算得

$$\left(\frac{(n-1)S^2}{\chi_{\frac{\alpha}{2}}^2(n-1)}, \ \frac{(n-1)S^2}{\chi_{1-\frac{\alpha}{2}}^2(n-1)}\right) = (0.0188, 0.1508).$$

6.4.2 两个正态总体 $N(\mu_1, \sigma_1^2)$, $N(\mu_2, \sigma_2^2)$ 的情况

在实际问题中需要考虑两个正态总体均值差或者方差之比的估计问题, 我们讨论如下:

假定置信度为 $1-\alpha$, $X_1, X_2, \cdots, X_{n_1}$ 是来自第一总体的样本, $Y_1, Y_2, \cdots, Y_{n_2}$ 是来自第二总体的样本, 这两个样本相互独立, $\overline{X}, \overline{Y}$ 分别表示第一、第二总体的样本均值, S_1^2, S_2^2 分别表示第一、第二总体的样本方差.

1. 两个总体均值差 $\mu_1 - \mu_2$ 的区间估计

(1) σ_1^2, σ_2^2 均为已知.

因 $\overline{X}, \overline{Y}$ 分别是 μ_1, μ_2 的无偏估计, 故 $\overline{X} - \overline{Y}$ 是 $\mu_1 - \mu_2$ 的无偏估计. 由 $\overline{X}, \overline{Y}$ 的独立性及 $\overline{X} \sim N\left(\mu_1, \dfrac{\sigma_1^2}{n_1}\right), \overline{Y} \sim N\left(\mu_2, \dfrac{\sigma_2^2}{n_2}\right)$ 得

$$\overline{X} - \overline{Y} \sim N\left(\mu_1 - \mu_2, \frac{\sigma_1^2}{n_1} + \frac{\sigma_2^2}{n_2}\right),$$

或者

$$\frac{(\overline{X} - \overline{Y}) - (\mu_1 - \mu_2)}{\sqrt{\dfrac{\sigma_1^2}{n_1} + \dfrac{\sigma_2^2}{n_2}}} \sim N(0,\ 1), \tag{6.4.11}$$

于是 $\mu_1 - \mu_2$ 的一个置信水平为 $1 - \alpha$ 的置信区间为

$$\left(\overline{X} - \overline{Y} - z_{\frac{\alpha}{2}}\sqrt{\frac{\sigma_1^2}{n_1} + \frac{\sigma_2^2}{n_2}}, \overline{X} - \overline{Y} + z_{\frac{\alpha}{2}}\sqrt{\frac{\sigma_1^2}{n_1} + \frac{\sigma_2^2}{n_2}}\right). \tag{6.4.12}$$

(2) $\sigma_1^2 = \sigma_2^2 = \sigma^2$ 但未知.

此时

$$\frac{(\overline{X} - \overline{Y}) - (\mu_1 - \mu_2)}{S_\omega\sqrt{\dfrac{1}{n_1} + \dfrac{1}{n_2}}} \sim t(n_1 + n_2 - 2) \tag{6.4.13}$$

从而可得 $\mu_1 - \mu_2$ 的一个置信水平为 $1 - \alpha$ 的置信区间为

$$\left(\overline{X} - \overline{Y} - t_{\frac{\alpha}{2}}(n_1 + n_2 - 2)S_\omega\sqrt{\frac{1}{n_1} + \frac{1}{n_2}}, \quad \overline{X} - \overline{Y} + t_{\frac{\alpha}{2}}(n_1 + n_2 - 2)S_\omega\sqrt{\frac{1}{n_1} + \frac{1}{n_2}}\right) \tag{6.4.14}$$

此处

$$S_\omega^2 = \frac{(n_1 - 1)S_1^2 + (n_2 - 1)S_2^2}{n_1 + n_2 - 2}, \quad S_\omega = \sqrt{S_\omega^2}.$$

例 6.16　研究两种固体燃料火箭推进器的燃烧率, 设两者都服从正态分布, 并且已知燃烧率的标准差都近似地为 $0.05\mathrm{cm/s}$, 取样本容量为 $n_1 = n_2 = 20$, 得燃烧率的样本均值分别为 $\bar{x} = 18\mathrm{cm/s}$, $\bar{y} = 24\mathrm{cm/s}$, 求两燃烧率总体均值差 $\mu_1 - \mu_2$ 的置信水平为 99% 的置信区间.

解　由于 $\sigma_1 = \sigma_2 = 0.05$, $n_1 = n_2 = 20$, $\alpha = 0.01$, $\bar{x} = 18\mathrm{cm/s}$, $\bar{y} = 24\mathrm{cm/s}$, 查表得 $z_{0.005} = 2.58$, 代入式 (6.4.12), 得置信区间为 $(-6.04,\ -5.96)$.

例 6.17 为了比较甲乙两种品牌灯泡的寿命 (单位: h), 抽取了甲灯泡 10 只和乙灯泡 8 只, 测得平均寿命为 $\bar{x} = 1400$, $\bar{y} = 1250$, 样本标准差分别为 $s_1 = 52$, $s_2 = 64$. 设两种灯泡寿命分别服从 $N(\mu_1, \sigma^2)$, $N(\mu_2, \sigma^2)$, 其中 μ_1, μ_2, σ^2 均未知, 求这两种灯泡平均寿命之差 $\mu_1 - \mu_2$ 的置信水平为 95% 置信区间.

解 本例中 $\sigma_1^2 = \sigma_2^2 = \sigma^2$ 未知, $\alpha = 0.05$, $n_1 = 10, n_2 = 8$, $s_1 = 52$, $s_2 = 64$, $\bar{x} = 1400$, $\bar{y} = 1250$, $t_{0.025}(16) = 2.1198$, $s_w^2 = \dfrac{(n_1 - 1)s_1^2 + (n_2 - 1)s_2^2}{n_1 + n_2 - 2} = 3313$, $s_w \approx 57.5587$, 代入式 (6.4.14) 得到置信区间为

$$(92.13, \ 207.88).$$

2. 两个总体方差比 $\dfrac{\sigma_1^2}{\sigma_2^2}$ 的区间估计

这里只讨论总体均值未知的情况, 由定理 5.4 得

$$\frac{\dfrac{S_1^2}{S_2^2}}{\dfrac{\sigma_1^2}{\sigma_2^2}} \sim F(n_1 - 1, n_2 - 1), \tag{6.4.15}$$

分布 $F(n_1 - 1, n_2 - 1)$ 不依赖于任何未知参数, 由此得

$$P\left(F_{1-\frac{\alpha}{2}}(n_1 - 1, n_2 - 1) < \frac{\dfrac{S_1^2}{S_2^2}}{\dfrac{\sigma_1^2}{\sigma_2^2}} < F_{\frac{\alpha}{2}}(n_1 - 1, n_2 - 1)\right) = 1 - \alpha, \tag{6.4.16}$$

$$P\left(\frac{S_1^2}{S_2^2}\frac{1}{F_{\frac{\alpha}{2}}(n_1 - 1, n_2 - 1)} < \frac{\sigma_1^2}{\sigma_2^2} < \frac{S_1^2}{S_2^2}\frac{1}{F_{1-\frac{\alpha}{2}}(n_1 - 1, n_2 - 1)}\right) = 1 - \alpha, \tag{6.4.17}$$

于是, 方差比 $\dfrac{\sigma_1^2}{\sigma_2^2}$ 的一个置信水平为 $1 - \alpha$ 的置信区间为

$$\left(\frac{S_1^2}{S_2^2}\frac{1}{F_{\frac{\alpha}{2}}(n_1 - 1, n_2 - 1)}, \frac{S_1^2}{S_2^2}\frac{1}{F_{1-\frac{\alpha}{2}}(n_1 - 1, n_2 - 1)}\right). \tag{6.4.18}$$

例 6.18 在例 6.17 中求方差比 $\dfrac{\sigma_1^2}{\sigma_2^2}$ 的一个置信水平为 95% 的置信区间.

解 因为 $\alpha = 0.05$, $n_1 = 10, n_2 = 8$, $s_1 = 52$, $s_2 = 64$, 查表得

$$F_{0.025}(9, 7) = 4.20, \quad F_{0.975}(9, 7) = \frac{1}{F_{0.025}(7, 9)} = \frac{1}{4.82} \approx 0.207,$$

代入式 (6.4.18), 得置信区间为

$$(0.157, 3.182)$$

表 6.4.1 正态总体均值、方差的置信区间与单侧置信限（置信水平为 $1-\alpha$）

待估参数	其他参数	枢轴量 W 的分布	置信区间	单侧置信限
一个正态总体 μ	σ^2 已知	$Z = \dfrac{\overline{X} - \mu}{\sigma/\sqrt{n}} \sim N(0,1)$	$\left(\overline{X} \pm \dfrac{\sigma}{\sqrt{n}} z_{\alpha/2}\right)$	$\bar{\mu} = \overline{X} + \dfrac{\sigma}{\sqrt{n}} z_\alpha$ $\underline{\mu} = \overline{X} - \dfrac{\sigma}{\sqrt{n}} z_\alpha$
μ	σ^2 未知	$t = \dfrac{\overline{X} - \mu}{S/\sqrt{n}} \sim t(n-1)$	$\left(\overline{X} \pm \dfrac{S}{\sqrt{n}} t_{\alpha/2}(n-1)\right)$	$\bar{\mu} = \overline{X} + \dfrac{S}{\sqrt{n}} t_\alpha(n-1)$ $\underline{\mu} = \overline{X} - \dfrac{S}{\sqrt{n}} t_\alpha(n-1)$
σ^2	μ 未知	$\chi^2 = \dfrac{(n-1)S^2}{\sigma^2} \sim \chi^2(n-1)$	$\left(\dfrac{(n-1)S^2}{\chi^2_{\alpha/2}(n-1)}, \dfrac{(n-1)S^2}{\chi^2_{1-\alpha/2}(n-1)}\right)$	$\overline{\sigma^2} = \dfrac{(n-1)S^2}{\chi^2_{1-\alpha}(n-1)}$ $\underline{\sigma^2} = \dfrac{(n-1)S^2}{\chi^2_\alpha(n-1)}$
两个正态总体 $\mu_1 - \mu_2$	σ_1^2, σ_2^2 已知	$Z = \dfrac{\overline{X} - \overline{Y} - (\mu_1 - \mu_2)}{\sqrt{\dfrac{\sigma_1^2}{n_1} + \dfrac{\sigma_2^2}{n_2}}} \sim N(0,1)$	$\left(\overline{X} - \overline{Y} \pm z_{\alpha/2}\sqrt{\dfrac{\sigma_1^2}{n_1} + \dfrac{\sigma_2^2}{n_2}}\right)$	$\overline{\mu_1 - \mu_2} = \overline{X} - \overline{Y} + z_\alpha\sqrt{\dfrac{\sigma_1^2}{n_1} + \dfrac{\sigma_2^2}{n_2}}$ $\underline{\mu_1 - \mu_2} = \overline{X} - \overline{Y} - z_\alpha\sqrt{\dfrac{\sigma_1^2}{n_1} + \dfrac{\sigma_2^2}{n_2}}$
$\mu_1 - \mu_2$	$\sigma_1^2 = \sigma_2^2 = \sigma^2$ 未知	$t = \dfrac{(\overline{X} - \overline{Y}) - (\mu_1 - \mu_2)}{S_w\sqrt{\dfrac{1}{n_1} + \dfrac{1}{n_2}}} \sim t(n_1 + n_2 - 2)$ $\left(S_w^2 = \dfrac{(n_1-1)S_1^2 + (n_2-1)S_2^2}{n_1 + n_2 - 2}\right)$	$\left(\overline{X} - \overline{Y} \pm t_{\alpha/2}(n_1 + n_2 - 2)S_w \times \sqrt{\dfrac{1}{n_1} + \dfrac{1}{n_2}}\right)$	$\overline{\mu_1 - \mu_2} = \overline{X} - \overline{Y} + t_\alpha(n_1 + n_2 - 2)S_w\sqrt{\dfrac{1}{n_1} + \dfrac{1}{n_2}}$ $\underline{\mu_1 - \mu_2} = \overline{X} - \overline{Y} - t_\alpha(n_1 + n_2 - 2)S_w\sqrt{\dfrac{1}{n_1} + \dfrac{1}{n_2}}$
$\dfrac{\sigma_1^2}{\sigma_2^2}$	μ_1, μ_2 未知	$F = \dfrac{S_1^2/S_2^2}{\sigma_1^2/\sigma_2^2} \sim F(n_1-1, n_2-1)$	$\left(\dfrac{S_1^2/S_2^2}{F_{\alpha/2}(n_1 - 1, n_2 - 1)}, \dfrac{S_1^2/S_2^2}{F_{1-\alpha/2}(n_1 - 1, n_2 - 1)}\right)$	$\overline{\left(\dfrac{\sigma_1^2}{\sigma_2^2}\right)} = \dfrac{S_1^2}{S_2^2} F_{1-\alpha}(n_1 - 1, n_2 - 1)$ $\underline{\left(\dfrac{\sigma_1^2}{\sigma_2^2}\right)} = \dfrac{S_1^2}{S_2^2} F_\alpha(n_1 - 1, n_2 - 1)$

习 题 6

1. 设样本 $(x_1, x_2, \cdots, x_n)$ 来自二项总体 $B(n, p)$, n 已知, p 未知, 求 p 的矩估计和最大似然估计.

2. 设样本 $(x_1, x_2, \cdots, x_n)$ 来自泊松分布 $P(\lambda)$, λ 未知, 求 λ 的矩估计和最大似然估计.

3. 灯泡厂从某天生产的灯泡中抽取 10 只进行寿命试验, 得到灯泡寿命数据如下: (单位: h)

$$1050, 1100, 1080, 1120, 1200, 1250, 1040, 1130, 1300, 1200;$$

求该日生产的整批灯泡的平均寿命及寿命方差的无偏估计值.

4. 设总体 $X \sim f(x; \theta) = \begin{cases} \theta(1-x)^{\theta-1}, & 0 \leqslant x \leqslant 1, \\ 0, & \text{其他}, \end{cases}$ θ 未知, $(x_1, x_2, \cdots, x_n)$ 是样本, 求 θ 的矩估计和最大似然估计.

5. 设总体的分布函数为: $X \sim F(x; \beta) = \begin{cases} 1 - \dfrac{1}{x^\beta}, & x > 1, \\ 0, & x \leqslant 1, \end{cases}$ $\beta > 1$ 未知, $(x_1, x_2, \cdots, x_n)$ 是样本, 求 β 的矩估计和最大似然估计.

6. 设总体 $X \sim f(x; \lambda) = \begin{cases} \lambda \alpha x^{\alpha-1} \mathrm{e}^{-\lambda x^\alpha}, & x > 0, \\ 0, & x \leqslant 0, \end{cases}$ $\lambda > 0$ 未知, $\alpha > 0$ 已知, $(x_1, x_2, \cdots, x_n)$ 是样本, 求 λ 的矩估计和最大似然估计.

7. 设总体 $X \sim f(x; \theta) = \begin{cases} \dfrac{6x(\theta-x)}{\theta^3}, & 0 \leqslant x \leqslant \theta, \\ 0, & \text{其他}, \end{cases}$ θ 未知, $(x_1, x_2, \cdots, x_n)$ 是样本, 求 θ 的矩估计量 $\hat{\theta}$ 及方差 $D(\hat{\theta})$.

8. 设某种元件寿命 $X \sim f(x; \theta) = \begin{cases} 2\mathrm{e}^{-2(x-\theta)}, & x > \theta, \\ 0, & x \leqslant \theta, \end{cases}$ $\theta > 0$ 未知, $(x_1, x_2, \cdots, x_n)$ 是样本, 求 θ 的最大似然估计值.

9. 设 X_1, X_2, X_3, X_4 是来自均值为 θ 的指数分布总体的样本, 其中 θ 未知, 设有估计量

$$T_1 = \frac{1}{6}(X_1 + X_2) + \frac{1}{3}(X_3 + X_4), \quad T_2 = \frac{1}{5}(X_1 + 2X_2 + 3X_3 + 4X_4),$$

$$T_3 = \frac{1}{4}(X_1 + X_2 + X_3 + X_4)$$

(1) 指出哪个是 θ 的无偏估计;

(2) 在上述的无偏估计中哪一个更有效?

10. 一个电子线路上电压表的读数 X 服从 $[\theta, \theta+1]$ 上的均匀分布, θ 是该线路上电压的真实值, 但未知, $(x_1, x_2, \cdots, x_n)$ 是此电压表上读数的一个样本.

(1) 证明样本均值 $\overline{X}$ 不是 θ 的无偏估计;

(2) 求 θ 的矩估计量, 证明它是 θ 的无偏估计.

11. 设总体 $X \sim f(x; \sigma) = \dfrac{1}{2\sigma} \mathrm{e}^{-\frac{|x|}{\sigma}}$, $-\infty < x < \infty$, $\sigma > 0$ 未知, $(x_1, x_2, \cdots, x_n)$ 是样本.

(1) 求 σ 的最大似然估计;

(2) 判断该最大似然估计是否为 σ 的无偏估计.

12. 设 $\hat{\theta}_1, \hat{\theta}_2$ 都是 θ 的无偏估计, 且 $D(\hat{\theta}_1) = \sigma_1^2$, $D(\hat{\theta}_2) = \sigma_2^2$, 取 $\hat{\theta} = c\hat{\theta}_1 + (1-c)\hat{\theta}_2$.

(1) 证明 $\hat{\theta}$ 是 θ 的无偏估计;

(2) 若 $\hat{\theta}_1, \hat{\theta}_2$ 相互独立, 确定 c, 使 $D(\hat{\theta})$ 达到最小.

13. 已知某种油漆的 9 个样本, 其干燥时间 (单位: h) 分别是: 6.0, 5.7, 5.8, 6.5, 7.0, 6.3, 5.6, 6.1, 5.0; 设干燥时间 $X \sim N(\mu, \sigma^2)$, 求 μ 的置信水平为 0.95 的置信区间.

14. 某车间生产的螺钉, 其直径 $X \sim N(\mu, \sigma^2)$, 由过去的经验知道 $\sigma^2 = 0.06$, 今随机抽取 6 个, 测得直径长度 (单位: mm) 如下: 14.7, 15.0, 14.8, 14.9, 15.1, 15.2; 求 μ 的置信水平为 0.95 的置信区间.

15. 设某种砖头的抗压强度 $X \sim N(\mu, \sigma^2)$, 随机抽取 20 块砖头, 测得数据 (单位: kg/cm^2) 如下: 64, 69, 49, 92, 55, 97, 41, 84, 88, 99, 84, 66, 100, 98, 72, 74, 87, 84, 48, 81. 求 μ 的置信水平为 0.95 的置信区间及 σ^2 的置信水平为 0.95 的置信区间.

16. 总体 $N(\mu, 1)$, 为得到 μ 的置信水平为 0.95 的置信区间长度不超过 1.2, 样本容量应取多大?

17. 为研究某种汽车轮胎的磨损特性, 随机选择 16 只轮胎, 每只轮胎行驶到磨坏为止, 记录所行驶路程 (单位: km) 如下:

41250, 40187, 43175, 41010, 39265, 41872, 42654, 41287,

38970, 40200, 42550, 41095, 40680, 43500, 39775, 40400.

假设这些数据来自正态总体 $N(\mu, \sigma^2)$, μ, σ^2 未知, 试求 μ 的置信水平为 0.95 的单侧置信下限.

18. 随机地从 A 批导线中抽取 4 根, 又从 B 批导线中抽取 5 根, 测得电阻 (单位: 欧姆) 为

A 批导线: 0.143, 0.142, 0.143, 0.137;

B 批导线: 0.140, 0.142, 0.136, 0.138, 0.140.

设测定数据分别来自正态分布 $N(\mu_1, \sigma^2)$, $N(\mu_2, \sigma^2)$, 其中 μ_1, μ_2, σ^2 均未知, 且两样本独立. 试求 $\mu_1 - \mu_2$ 的置信水平为 0.95 置信区间.

19. 从甲乙两厂生产的同型号电子元件中各取 15 件、17 件. 经测试甲厂产品的平均无故障时间为 1600h, 标准差 55h, 乙厂产品的平均无故障时间为 1500h, 标准差 55h. 已知总体服从正态分布且方差相等. 试估计甲乙两厂产品的平均无故障时间之差的置信水平为 0.95 的置信区间.

20. 设两位化验员 A, B 独立地对某种聚合物含氯量用相同的方法各作 10 次测定, 其测定值的样本方差依次为: $s_A^2 = 0.541$, $s_B^2 = 0.606$. 设 σ_A^2, σ_B^2 分别为 A, B 所测定的测定值总体的方差, 设总体均为正态分布, 且两样本独立. 求方差比 σ_A^2/σ_B^2 的置信水平为 0.95 的置信区间.

第7章 假设检验

7.1 假设检验的基本概念

统计推断的另一类重要问题是假设检验. 在实际问题中, 总体的分布函数未知或者只知道其形式而不知道它所含参数的情况. 这时, 首先根据实际问题的需要, 对总体分布或其未知参数提出各种假设; 其次, 根据样本信息按照一定的方法 (规则) 对提出的假设作出判断, 是接受还是拒绝假设. 这就是假设检验问题. 对总体分布的假设检验称为**非参假设检验**; 对总体中未知参数进行的假设检验称为**参数假设检验**, 本书只讨论参数的假设检验.

7.1.1 统计假设

对总体 X 的分布的各种论断统称为**统计假设**. 通常把要检验的那个假设称为**原假设** (或零假设), 记作 H_0, 它的对立面称为**备择假设**, 记作 H_1.

我们先来看两个例子.

例 7.1 已知在正常生产情况下, 某种汽车零件质量 $X \sim N(54, 0.75^2)$, 在某日生产的零件中随机抽取 10 件, 测得质量如下: 54.0, 55.1, 53.8, 54.2, 52.1, 54.2, 55.0, 55.8, 55.1, 55.3. 如果标准差不变, 能否认为该日生产的零件的平均质量为 54?

由题意, 问题就是要判断 $\mu = 54$ 是否成立. 为此, 提出假设

$$H_0: \mu = 54, \quad H_1: \mu \neq 54 \tag{7.1.1}$$

其中备择假设 $H_1: \mu \neq 54$, 关于 μ 是双侧的, 称此类检验为双侧 (双边) 检验.

例 7.2 某降价盒装饼干, 包装上的广告称每盒重 269g, 但有顾客投诉, 说该饼干质量不足 269g. 为此, 质量检测部门从准备出厂的一批盒装饼干中抽取 30 盒, 测得 30 个质量数据的平均值 $\bar{x} = 268$. 假设盒装饼干质量服从正态分布 $N(\mu, 4)$, 问广告是否真实?

由题意, 可以提出假设

$$H_0: \mu = 269, \quad H_1: \mu < 269. \tag{7.1.2}$$

其中备择假设 $H_1: \mu < 269$, 关于 μ 是单侧的, 称此类检验为**单侧 (单边) 检验**.

提出原假设与备择假设应视具体而定. 一般来讲, 通常把希望得到的陈述视为备择假设, 而把它的对立面或否定陈述作为原假设.

提出统计假设后, 我们关心的是它的真伪. 也即如何利用样本提供的信息来检验 H_0 是否成立, 其关键在于合理地构造拒绝域. 下面以例 7.1 关于 μ 的双侧检验为例来简要论述检验的基本思想和步骤.

7.1.2 检验的基本思想

例 7.1 提出的假设为: $H_0: \mu = \mu_0 = 54$, $H_1: \mu \neq \mu_0$. 由于是对总体均值 μ 进行检验, 样本均值 $\overline{X}$ 是 μ 的无偏估计, 所以首先想到是否可以利用样本均值 $\overline{X}$ 来进行判断. $\overline{X}$ 的观测值的大小在一定程度上反映了 μ 的大小. 因此如果 H_0 成立, 即 $\mu = \mu_0 = 54$, 则偏差 $|\bar{x} - \mu_0|$ 应该比较小; 若偏差 $|\bar{x} - \mu_0|$ 过分大, 就怀疑 H_0 的正确性而拒绝 H_0. 当 H_0 为真时 $\dfrac{\overline{X} - \mu_0}{\sigma/\sqrt{n}} \sim N(0,1)$, 因此衡量 $|\bar{x} - 54|$ 的大小可以归结为衡量 $\dfrac{|\bar{x} - \mu_0|}{\sigma/\sqrt{n}}$ 的大小. 直观上合理的检验应该是存在一个临界值 k, 使得观测值 $\bar{x}$ 满足 $\dfrac{|\bar{x} - \mu_0|}{\sigma/\sqrt{n}} \geqslant k$ 时, 就拒绝假设 H_0; 当 $\dfrac{|\bar{x} - \mu_0|}{\sigma/\sqrt{n}} < k$ 时, 就接受 H_0. 那么如何确定临界值 k 呢?

我们知道, $Z = \dfrac{\overline{X} - \mu}{\sigma/\sqrt{n}} \sim N(0,1)$ 称为 Z **检验量**. 由上述分析, 当 H_0 为真时, $|Z| = \left| \dfrac{\overline{X} - \mu_0}{\sigma/\sqrt{n}} \right|$ 应该在 0 附近摆动, 其观测值较大是不应该经常出现的, 在一次抽样中发生的可能性应该很小, 从而事件 $A = \left(|Z| = \left| \dfrac{\overline{X} - \mu_0}{\sigma/\sqrt{n}} \right| \geqslant k \right)$ 在 H_0 为真时应该是一个小概率事件, 在一次抽样中认为不应该发生. 如果事件 A 发生了, 则有理由怀疑 H_0 为真的真实性, 于是就应该拒绝 H_0, 接受 H_1. 如果事件 A 没有发生, 则没有理由怀疑 H_0 的正确性, 于是就应该接受 H_0, 拒绝 H_1.

对于给定的 $\alpha(0 < \alpha < 1)$, α 一般很小, 取 0.1, 0.01, 0.05 等. 当 H_0 为真时, 由 $P(A) = P\left(|Z| = \left| \dfrac{\overline{X} - \mu_0}{\sigma/\sqrt{n}} \right| \geqslant k \right) = \alpha$, 得到临界值 $k = z_{\frac{\alpha}{2}}$. 于是小概率事件为 $A = \left(|Z| = \left| \dfrac{\overline{X} - \mu_0}{\sigma/\sqrt{n}} \right| \geqslant z_{\frac{\alpha}{2}} \right)$, 如果 $|Z|$ 的观测值 $|z|$ 落在区间 $|Z| \geqslant z_{\frac{\alpha}{2}}$, 则小概率事件 $A = \left(|Z| = \left| \dfrac{\overline{X} - \mu_0}{\sigma/\sqrt{n}} \right| \geqslant z_{\frac{\alpha}{2}} \right)$ 发生了, 就违背了实际推断原理. 就应该拒绝 H_0. 因此把区间 $|Z| \geqslant z_{\frac{\alpha}{2}}$ 称为检验的**拒绝域**. 如图 7.1.1 所示.

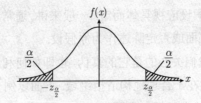

图 7.1.1　双侧 Z 检验拒绝域

本例中如果取 $\alpha = 0.05$, 则查表得 $k = z_{\frac{\alpha}{2}} = z_{0.025} = 1.96$, 由题可得观测值 $|z| = \left| \dfrac{54.46 - 54}{0.75/\sqrt{10}} \right| = 1.94 < 1.96$, 所以在一次抽样中小概率事件 A 未发生, 故接受 H_0, 即认为该日生产的零件平均重量为 54.

本例的完整检验过程如下:

(1) 提出假设 $H_0 : \mu = \mu_0 = 54$, $H_1 : \mu \neq \mu_0$;

(2) 在 H_0 为真时, 选取检验统计量 $Z = \dfrac{\overline{X} - \mu_0}{\sigma/\sqrt{n}} \sim N(0,1)$;

(3) 在 H_0 为真时, 拒绝 H_0 的形式为 $\left| \dfrac{\overline{X} - \mu_0}{\sigma/\sqrt{n}} \right| \geqslant k$;

(4) 给定 α (较小), 称为检验显著性水平. 由小概率 $P\left(|Z| = \left| \dfrac{\overline{X} - \mu_0}{\sigma/\sqrt{n}} \right| \geqslant k \right) = \alpha$ 确定出临界值 $k = z_{\frac{\alpha}{2}}$;

(5) 由于 $A = \left(|Z| = \left| \dfrac{\overline{X} - \mu_0}{\sigma/\sqrt{n}} \right| \geqslant z_{\frac{\alpha}{2}} \right)$ 是小概率事件, 由实际推断原理来判断作出拒绝或接受 H_0. 此时 $|z| = \left| \dfrac{54.46 - 54}{0.75/\sqrt{10}} \right| = 1.94 < 1.96$, 小概率事件没有发生, 从而接受 H_0.

通过上述分析, 我们知道参数假设检验的基本思想是小概率事件原理, 检验的基本步骤是:

(1) 根据实际问题要求, 提出原假设 H_0 和备择假设 H_1;

(2) 确定检验统计量以及所服从的分布和拒绝域的形式;

(3) 在给定显著性水平 α 下, 按 $P\{$拒绝 $H_0 | H_0$ 为真$\} = \alpha$ 求出拒绝域;

(4) 由抽样结果确定接受 H_0 还是拒绝 H_0.

7.1.3　两类错误

在假设检验中, 我们依据小概率事件在一次试验中几乎不发生这一原理是进行决策的, 但几乎不发生不表示一定不发生, 所以决策可能会犯错误. 一类错误是, 当

H_0 为真时, 由样本的观测值得到的检验统计量的值落在了拒绝域中, 按给定的规则此时我们拒绝 H_0, 这种错误称为第一类错误或弃真错误, 其发生的概率通常记作 α, 即 P (拒绝 $H_0|H_0$ 为真) $= \alpha$. 另一类错误是, 当 H_0 不真时, 而由样本观测值得到的检验统计量的值落在接受域中, 按给定规则此时接受 H_0, 这种错误称为第二类错误或取伪错误, 其发生的概率记作 β, 即 P (接受 $H_0|H_0$ 不真) $= \beta$.

在确定检验规则时, 我们希望尽可能降低犯两类错误的概率. 但是, 在样本容量固定时, 可以证明, 降低其中一类错误的概率则另一类错误的概率往往增大. 通常的做法是控制犯第一类错误的概率不超过某个事先指定的显著性水平 α, 而使犯第二类错误的概率也尽可能小, 具体实行这个原则会有许多困难, 因此把这个原则简化成只要求犯第一类错误的概率等于 α, 称这类假设检验问题为显著性检验问题, 相应的检验为显著性检验 (表 7.1.1).

表 7.1.1 假设检验的两类错误

H_0	判断结论		犯错误概率
真	接受	正确	0
	拒绝	犯第一类错误	α
假	接受	犯第二类错误	β
	拒绝	正确	0

7.2 单正态总体的假设检验

7.2.1 单正态总体期望 μ 的假设检验

设 $X_1, X_2, \cdots, X_n$ 是来自正态总体的 $N(\mu, \sigma^2)$ 的样本, 对于 μ 常见的有如下三种检验问题:

$$H_0 : \mu \leqslant \mu_0, \quad H_1 : \mu > \mu_0; \tag{7.2.1}$$

$$H_0 : \mu \geqslant \mu_0, \quad H_1 : \mu < \mu_0; \tag{7.2.2}$$

$$H_0 : \mu = \mu_0, \quad H_1 : \mu \neq \mu_0. \tag{7.2.3}$$

由于正态总体含有两个参数, 总体方差 σ^2 已知与否对检验有影响. 下面我们分 σ 已知、未知两种情况叙述.

1. σ 已知的 Z 检验

对单侧检验 (7.2.1), 选取检验统计量

$$Z = \frac{\overline{X} - \mu_0}{\sigma/\sqrt{n}}, \tag{7.2.4}$$

$Z \sim N(0,1)$, 当样本均值 $\bar{x}$ 不超过 μ_0 时, 应接受 H_0, 当样本均值 $\bar{x}$ 超过 μ_0 时, 应拒绝 H_0, 则拒绝域的形式为 $W = \left(Z = \frac{\overline{X} - \mu_0}{\sigma/\sqrt{n}} \geqslant k \right)$. 给出显著性水平 α, 则 k 值应满足

$$P\left(Z = \frac{\overline{X} - \mu_0}{\sigma/\sqrt{n}} \geqslant k \right) = \alpha,$$

从而 $k = z_\alpha$, 拒绝域为

$$W = \{z \geqslant z_\alpha\}. \tag{7.2.5}$$

对单侧检验 (7.2.2), 类似分析可得, 检验统计量仍为 $Z = \frac{\overline{X} - \mu_0}{\sigma/\sqrt{n}}$, 其拒绝域为

$$W = \{z \leqslant -z_\alpha\}, \tag{7.2.6}$$

对双侧检验 (7.2.3), 选取检验统计量 $Z = \frac{\overline{X} - \mu_0}{\sigma/\sqrt{n}}$, 其拒绝域为

$$W = \left\{ |z| \geqslant z_{\frac{\alpha}{2}} \right\}. \tag{7.2.7}$$

例 7.3 从甲地发送一个信号到乙地, 设乙地接收到的信号值是一个服从正态分布 $N(\mu, 0.04)$ 的随机变量, 其中 μ 为甲地发送的真实信号值. 现在甲地重复发送同一信号 5 次, 乙地接收到的信号值为 $8.05, 8.15, 8.2, 8.1, 8.25$, 则接受方有理由猜测甲地发送的信号值为 8, 问能否接受这一猜测 $(\alpha = 0.05)$?

解 这是一个假设检验问题, 总体 $X \sim N(\mu, 0.04)$, 根据题意可提出假设

$$H_0: \mu = \mu_0 = 8, \quad H_1: \mu \neq 8.$$

这是 σ 已知的双侧检验问题, 选取检验统计量 $Z = \frac{\overline{X} - \mu_0}{\sigma/\sqrt{n}}$, 拒绝域 $W = \{|Z| \geqslant z_{\frac{\alpha}{2}}\}$, $\alpha = 0.05$, $z_{0.025} = 1.96$, 则 $W = \{|z| \geqslant 1.96\}$. 由题可得 $n = 5, \bar{x} = 8.15$, 从而

$$|z| = \left| \frac{\overline{X} - \mu}{\sigma/\sqrt{n}} \right| = \left| \frac{8.15 - 8}{0.2/\sqrt{5}} \right| \approx 1.68 < 1.96,$$

未落入拒绝域中, 因此应该接受 H_0, 认为猜测成立.

2. σ 未知的 t 检验

对于单侧检验问题 (7.2.1), σ 未知, 以样本标准差 s 代替总体标准差 σ, 得到 t 检验统计量

$$t = \frac{\overline{X} - \mu_0}{s/\sqrt{n}} \sim t(n-1), \tag{7.2.8}$$

从而检验问题 (7.2.1) 的显著性水平为 α 的拒绝域满足

$$P\left(t = \frac{\overline{X} - \mu_0}{s/\sqrt{n}} \geqslant k\right) = \alpha,$$

从而 $k = t_\alpha(n-1)$, 拒绝域为

$$W = \{t \geqslant t_\alpha(n-1)\}, \tag{7.2.9}$$

类似分析可得检验问题 (7.2.2) 的显著性水平为 α 的拒绝域为

$$W = \{t \leqslant -t_\alpha(n-1)\}, \tag{7.2.10}$$

检验问题 (7.2.3) 的显著性水平为 α 的拒绝域为

$$W = \left\{|t| \geqslant t_{\frac{\alpha}{2}}(n-1)\right\}. \tag{7.2.11}$$

例 7.4 某种电子元件的寿命 X (单位: h) 服从正态分布, μ, σ 均未知, 观测 16 只元件的寿命如下: 159, 280, 101, 212, 214, 399, 179, 264, 222, 362, 168, 250, 149, 260, 485, 170, 问是否有理由认为元件的平均寿命大于 225h ($\alpha = 0.05$)?

解 建立假设为

$$H_0: \mu \leqslant \mu_0 = 225, \quad H_1: \mu > 225.$$

取 t 检验统计量, $t = \dfrac{\overline{X} - \mu_0}{s/\sqrt{n}} \sim t(n-1)$, 拒绝域为 $t \geqslant t_{0.05}(15) = 1.7531$. 由题意, 可得 $n = 16$, $\bar{x} = 241.5$ $s = 98.7256$, $t = \dfrac{241.5 - 225}{98.7256/4} = 0.6685 < 1.7531$, 没有落在拒绝域中, 从而应该接受 H_0. 即认为元件的平均寿命不大于 225.

7.2.2 单正态总体方差的 χ^2 检验

设 $X_1, X_2, \cdots, X_n$ 是来自正态总体 $N(\mu, \sigma^2)$ 的样本, 关于 σ^2 常见的有如下三种检验问题:

$$H_0: \sigma^2 \leqslant \sigma_0^2, \quad H_1: \sigma^2 > \sigma_0^2. \tag{7.2.12}$$

$$H_0: \sigma^2 \geqslant \sigma_0^2, \quad H_1: \sigma^2 < \sigma_0^2. \tag{7.2.13}$$

$$H_0: \sigma^2 = \sigma_0^2, \quad H_1: \sigma^2 \neq \sigma_0^2. \tag{7.2.14}$$

通常假定 μ 未知, 三种检验问题采用的检验统计量相同, 都取

$$\chi^2 = \frac{(n-1)S^2}{\sigma_0^2}.$$

当 $\sigma^2 = \sigma_0^2$ 时, $\chi^2 \sim \chi^2(n-1)$. 于是, 给定检验显著性水平 α, 三个检验问题的拒绝域分别是:

$$W = \left\{ \chi^2 \geqslant \chi_\alpha^2(n-1) \right\}, \tag{7.2.15}$$

$$W = \left\{ \chi^2 \leqslant \chi_\alpha^2(n-1) \right\}, \tag{7.2.16}$$

$$W = \left\{ \chi^2 \leqslant \chi_{1-\frac{\alpha}{2}}^2(n-1) \right\} \quad 或 \quad \left\{ \chi^2 \geqslant \chi_{\frac{\alpha}{2}}^2(n-1) \right\}. \tag{7.2.17}$$

例 7.5　某类钢板每块的质量 $X \sim N(\mu, \sigma^2)$, 其中一项质量指标是钢板质量的方差不得超过 $0.016\mathrm{kg}^2$. 现在从某天生产的钢板中随机抽取 25 块, 得其质量样本方差 $s^2 = 0.025\mathrm{kg}^2$, 问该天生产的钢板质量的方差是否满足要求 $(\alpha = 0.05)$?

解　这是方差的单侧检验问题, 依题意建立假设如下:

$$H_0 : \sigma^2 \leqslant \sigma_0^2 = 0.016, \quad H_1 : \sigma^2 > 0.016,$$

此处 $n = 15$, $\alpha = 0.05$, $\chi_{0.05}^2(24) = 36.415$, 拒绝域为 $W = \left\{ \chi^2 \geqslant 36.415 \right\}$. 由样本得, $\chi^2 = \dfrac{(n-1)S^2}{\sigma_0^2} = \dfrac{24 \times 0.025}{0.016} = 37.5 > 36.415$, 落在了拒绝域内. 因此拒绝 H_0, 可以认为该天生产的钢板质量不符合要求.

对于一个正态总体期望 μ 及方差 σ^2 的假设检验问题可以汇总成表 7.2.1.

表 7.2.1　一个正态总体均值 μ 及方差 σ^2 的假设检验

检验法	条件	原假设 H_0	备择假设 H_1	检验统计量	拒绝域
Z 检验	σ 已知	$\mu \leqslant \mu_0$ $\mu \geqslant \mu_0$ $\mu = \mu_0$	$\mu > \mu_0$ $\mu < \mu_0$ $\mu \neq \mu_0$	$Z = \dfrac{\overline{X} - \mu}{\sigma/\sqrt{n}}$	$Z \geqslant z_\alpha$ $Z \leqslant -z_\alpha$ $|Z| \geqslant z_{\frac{\alpha}{2}}$
t 检验	σ 未知	$\mu \leqslant \mu_0$ $\mu \geqslant \mu_0$ $\mu = \mu_0$	$\mu > \mu_0$ $\mu < \mu_0$ $\mu \neq \mu_0$	$t = \dfrac{\overline{X} - \mu_0}{s/\sqrt{n}}$	$t \geqslant t_\alpha(n-1)$ $t \leqslant -t_\alpha(n-1)$ $|t| \geqslant t_{\frac{\alpha}{2}}(n-1)$
χ^2 检验	设 μ 未知	$\sigma^2 \leqslant \sigma_0^2$ $\sigma^2 \geqslant \sigma_0^2$ $\sigma^2 = \sigma_0^2$	$\sigma^2 > \sigma_0^2$ $\sigma^2 < \sigma_0^2$ $\sigma^2 \neq \sigma_0^2$	$\chi^2 = \dfrac{(n-1)S^2}{\sigma_0^2}$	$\chi^2 \geqslant \chi_\alpha^2(n-1)$ $\chi^2 \leqslant \chi_{1-\alpha}^2(n-1)$ $\chi^2 \leqslant \chi_{1-\frac{\alpha}{2}}^2(n-1)$ 或 $\chi^2 \geqslant \chi_{\frac{\alpha}{2}}^2(n-1)$

7.3　两个正态总体的假设检验

7.3.1　两个正态总体均值差的检验

设 $X_1, X_2, \cdots, X_{n_1}$ 是来自正态总体 $N(\mu_1, \sigma_1^2)$ 的样本, $Y_1, Y_2, \cdots, Y_{n_2}$ 是来自

正态总体 $N(\mu_2, \sigma_2^2)$ 的样本, 且两样本相互独立. 考察如下三种假设检验问题.

$$H_0 : \mu_1 - \mu_2 \leqslant 0, \quad H_1 : \mu_1 - \mu_2 > 0, \tag{7.3.1}$$

$$H_0 : \mu_1 - \mu_2 \geqslant 0, \quad H_1 : \mu_1 - \mu_2 < 0, \tag{7.3.2}$$

$$H_0 : \mu_1 - \mu_2 = 0, \quad H_1 : \mu_1 - \mu_2 \neq 0, \tag{7.3.3}$$

区分两个总体方差 σ_1^2, σ_2^2 已知、未知两种情况进行叙述.

1. σ_1, σ_2 已知时的两样本 Z 检验

此时, $\mu_1 - \mu_2$ 的无偏点估计 $\overline{X} - \overline{Y}$ 的分布完全已知

$$\overline{X} - \overline{Y} \sim N\left(\mu_1 - \mu_2, \frac{\sigma_1^2}{n_1} + \frac{\sigma_2^2}{n_2}\right).$$

由此, 当 $\mu_1 = \mu_2$ 时, 可采用 Z 检验统计量

$$Z = \frac{\overline{X} - \overline{Y}}{\sqrt{\dfrac{\sigma_1^2}{n_1} + \dfrac{\sigma_2^2}{n_2}}} \sim N(0, 1), \tag{7.3.4}$$

检验的拒绝域形式取决于备择假设的具体内容. 对于检验问题 (7.3.1), 其显著性水平为 α 的拒绝域为

$$W = \{z \geqslant z_\alpha\}, \tag{7.3.5}$$

检验问题 (7.3.2), 其显著性水平为 α 的拒绝域为

$$W = \{z \leqslant -z_\alpha\}, \tag{7.3.6}$$

检验问题 (7.3.3), 其显著性水平为 α 的拒绝域为

$$W = \{|z| \geqslant z_{\frac{\alpha}{2}}\}. \tag{7.3.7}$$

2. $\sigma_1 = \sigma_2 = \sigma$ 但未知的两样本 t 检验

在 $\sigma_1 = \sigma_2 = \sigma$ 但未知时, $\overline{X} - \overline{Y} \sim N\left(\mu_1 - \mu_2, \left(\dfrac{1}{n_1} + \dfrac{1}{n_2}\right)\sigma^2\right)$. 当 $\mu_1 = \mu_2$ 时, 取检验统计量

$$t = \frac{(\overline{X} - \overline{Y}) - (\mu_1 - \mu_2)}{S_w \sqrt{\dfrac{1}{n_1} + \dfrac{1}{n_2}}} \sim t(n_1 + n_2 - 1),$$

其中 $S_w = \dfrac{(n_1 - 1)S_1^2 + (n_2 - 1)S_2^2}{n_1 + n_2 - 2}$. 取 t 检验统计量

$$t = \frac{(\overline{X} - \overline{Y})}{S_w \sqrt{\dfrac{1}{n_1} + \dfrac{1}{n_2}}}. \tag{7.3.8}$$

从而对于检验问题 (7.3.1), 其显著性水平为 α 的拒绝域为

$$W = \{t \geqslant t_\alpha(n_1 + n_2 - 2)\}, \tag{7.3.9}$$

检验问题 (7.3.2), 其显著性水平为 α 的拒绝域为

$$W = \{t \leqslant -t_\alpha(n_1 + n_2 - 2)\}, \tag{7.3.10}$$

检验问题 (7.3.3), 其显著性水平为 α 的拒绝域为

$$W = \left\{|t| \geqslant t_{\frac{\alpha}{2}}(n_1 + n_2 - 2)\right\}. \tag{7.3.11}$$

例 7.6　在一台自动车床上加工直径为 2.050mm 的轴, 现在每隔两小时, 各取容量为 10 的样本, 所得数据 (单位: mm) 为

第一个样本: 2.066, 2.063, 2.068, 2.060, 2.067, 2.063, 2.059, 2.062, 2.062, 2.060;

第二个样本: 2.063, 2.060, 2.057, 2.056, 2.059, 2.058, 2.062, 2.059, 2.057, 2.059.

假设直径的分布是正态的, 由于样本是取自同一台车床, 可以认为 $\sigma_1 = \sigma_2 = \sigma$ 但未知; 问这台车床工作是否稳定 ($\alpha = 0.01$)?

解　首先, 提出假设 $H_0 : \mu_1 = \mu_2, H_1 : \mu_1 \neq \mu_2$. 选取 t 检验统计量 $t = \dfrac{(\overline{X} - \overline{Y})}{S_w \sqrt{\dfrac{1}{n_1} + \dfrac{1}{n_2}}}$, 由题意, $n_1 = n_2 = 10, \bar{x} = 2.063, \bar{y} = 2.059, s_1^2 = 0.00000956, s_2^2 = 0.00000489$, 查表得临界值 $t_{0.005}(18) = 2.878$, 从而 $s_w^2 = 0.0000072$, 观测值 $|t| = 3.3 > 2.878$, 落在了拒绝域中. 因此, 拒绝 H_0, 认为随时间变化 $\mu_1 \neq \mu_2$, 车床是不稳定的.

7.3.2 两个正态总体方差比的 F 检验

设 $X_1, X_2, \cdots, X_{n_1}$ 是来自正态总体 $N(\mu_1, \sigma_1^2)$ 的样本, $Y_1, Y_2, \cdots, Y_{n_2}$ 是来自正态总体 $N(\mu_2, \sigma_2^2)$ 的样本, 且两样本相互独立. 考察如下三种假设检验问题.

$$H_0 : \sigma_1^2 \leqslant \sigma_2^2, \quad H_1 : \sigma_1^2 > \sigma_2^2. \tag{7.3.12}$$

$$H_0 : \sigma_1^2 \geqslant \sigma_2^2, \quad H_1 : \sigma_1^2 < \sigma_2^2. \tag{7.3.13}$$

$$H_0 : \sigma_1^2 = \sigma_2^2, \quad H_1 : \sigma_1^2 \neq \sigma_2^2. \tag{7.3.14}$$

这里总是视 μ_1, μ_2 为未知, 由定理 5.4 知, $\dfrac{S_1^2/S_2^2}{\sigma_1^2/\sigma_2^2} \sim F(n_1 - 1, n_2 - 1)$, 当 $\sigma_1^2 = \sigma_2^2$ 时,

$$F = \frac{S_1^2}{S_2^2} \sim F(n_1 - 1, n_2 - 1) \tag{7.3.15}$$

因此, 可得出上述检验问题的显著性水平为 α 的拒绝域依次为:

检验问题 (7.3.12) 的拒绝域为

$$W = \{F \geqslant F_\alpha(n_1 - 1, n_2 - 1)\}. \tag{7.3.16}$$

检验问题 (7.3.13) 的拒绝域为

$$W = \{F \leqslant F_{1-\alpha}(n_1 - 1, n_2 - 1)\}. \tag{7.3.17}$$

检验问题 (7.3.14) 的拒绝域为

$$W = \{F \geqslant F_{\alpha/2}(n_1 - 1, n_2 - 1)\} \ \text{或} \ \{F \leqslant F_{1-\alpha/2}(n_1 - 1, n_2 - 1)\}. \tag{7.3.18}$$

例 7.7 甲乙两台车床生产某种零件, 零件的直径服从正态分布, 总体方差反映了加工精度. 为比较两台车床的加工精度有无差别, 现从各自加工的零件中分别抽取 7 件和 8 件, 测得其直径为

X (甲机床): 16.2, 16.4, 15.8, 15.5, 16.7, 15.6, 15.8;

Y (乙机床): 15.9, 16.0, 16.4, 16.1, 16.5, 15.8, 15.7, 15.0 ($\alpha = 0.05$).

解 即要检验假设 $H_0 : \sigma_1^2 = \sigma_2^2$, $H_1 : \sigma_1^2 \neq \sigma_2^2$, 依题意, $n_1 = 7, n_2 = 8$, 计算得 $s_1^2 = 0.2729, s_2^2 = 0.2164$, 查表得拒绝域临界值 $F_{0.025}(6, 7) = 5.12$, $F_{0.975}(6, 7) = \dfrac{1}{F_{0.025}(7, 6)} = 0.175$, 由样本得观测值 $F = \dfrac{s_1^2}{s_2^2} = 1.261$, 未落入拒绝域中. 因此, 接受 H_0, 也即认为两台车床加工精度一致.

关于两个正态总体期望及方差的假设检验可以汇总成表 7.3.1.

表 7.3.1   两个正态总体期望及方差的假设检验

检验方法	条件	原假设 H_0 备择假设 H_1	检验统计量	拒绝域
Z 检验	σ_1, σ_2 已知	$\mu_1 \leqslant \mu_2 \quad \mu_1 > \mu_2$ $\mu_1 \geqslant \mu_2 \quad \mu_1 < \mu_2$ $\mu_1 = \mu_2 \quad \mu_1 \neq \mu_2$	$Z = \dfrac{\overline{X} - \overline{Y}}{\sqrt{\dfrac{\sigma_1^2}{n_1} + \dfrac{\sigma_2^2}{n_2}}}$	$z \geqslant z_\alpha$ $z \leqslant -z_\alpha$ $\|z\| \geqslant z_{\frac{\alpha}{2}}$
t 检验	$\sigma_1 = \sigma_2 = \sigma$ 未知	$\mu_1 \leqslant \mu_2 \quad \mu_1 > \mu_2$ $\mu_1 \geqslant \mu_2 \quad \mu_1 < \mu_2$ $\mu_1 = \mu_2 \quad \mu_1 \neq \mu_2$	$t = \dfrac{(\overline{X} - \overline{Y})}{S_w\sqrt{\dfrac{1}{n_1} + \dfrac{1}{n_2}}}$	$t \geqslant t_\alpha(n_1 + n_2 - 2)$ $t \leqslant -t_\alpha(n_1 + n_2 - 2)$ $\|t\| \geqslant t_{\frac{\alpha}{2}}(n_1 + n_2 - 2)$
F 检验	视 μ_1, μ_2 为未知	$\sigma_1^2 \leqslant \sigma_2^2 \quad \sigma_1^2 > \sigma_2^2$ $\sigma_1^2 \geqslant \sigma_2^2 \quad \sigma_1^2 < \sigma_2^2$ $\sigma_1^2 = \sigma_2^2 \quad \sigma_1^2 \neq \sigma_2^2$	$F = \dfrac{S_1^2}{S_2^2}$	$F \geqslant F_\alpha(n_1 - 1, n_2 - 1)$ $F \leqslant F_{1-\alpha}(n_1 - 1, n_2 - 1)$ $F \leqslant F_{1-\frac{\alpha}{2}}(n_1-1, n_2-1)$ 或 $F \geqslant F_{\frac{\alpha}{2}}(n_1 - 1, n_2 - 1)$

7.4   假设检验与置信区间的关系

通过前述的假设检验的分析, 大家会发现, 检验统计量与第 6 章寻找置信区间所采用的枢轴量是一致的. 其实这不是偶然的, 两者之间有非常密切的关系.

设 $X_1, X_2, \cdots, X_n$ 是来自正态总体 $N(\mu, \sigma^2)$ 的样本, 现在讨论在 σ 未知场合下关于均值 μ 的检验问题.

对于双侧检验问题 $H_0 : \mu = \mu_0, H_1 : \mu \neq \mu_0$, 则其显著性水平为 α 的拒绝域为 $W = \{|t| \geqslant t_{\frac{\alpha}{2}}(n-1)\}$, 即接受域为 $\overline{W} = \{|t| < t_{\frac{\alpha}{2}}(n-1)\}$, 亦即

$$\overline{W} = \left\{\bar{x} - \frac{s}{\sqrt{n}}t_{\frac{\alpha}{2}}(n-1) < \mu_0 < \bar{x} + \frac{s}{\sqrt{n}}t_{\frac{\alpha}{2}}(n-1)\right\},$$

且 $P_{\mu_0}(\overline{W}) = 1 - \alpha$, 则可得 μ 的置信水平为 $1 - \alpha$ 的置信区间

$$\left(\bar{x} - \frac{s}{\sqrt{n}}t_{\frac{\alpha}{2}}(n-1), \bar{x} + \frac{s}{\sqrt{n}}t_{\frac{\alpha}{2}}(n-1)\right).$$

反之, 若有一个如上的 $1 - \alpha$ 置信区间, 也可获得关于 $H_0 : \mu = \mu_0, H_1 : \mu \neq \mu_0$ 的水平为 α 的显著性检验, 所以 "正态总体均值 μ 的 $1 - \alpha$ 置信区间" 与 "关于 $H_0 : \mu = \mu_0, H_1 : \mu \neq \mu_0$ 的双侧检验问题的水平为 α 的检验" 是一一对应的.

对于单侧检验问题: $H_0 : \mu \leqslant \mu_0, H_1 : \mu > \mu_0$, 其水平为 α 的检验接受域为

$$\overline{W} = \left\{\frac{\bar{x} - \mu_0}{s/\sqrt{n}} < t_\alpha(n-1)\right\},$$

即

$$\overline{W} = \left\{ \mu_0 < \bar{x} + \frac{s}{\sqrt{n}} t_\alpha(n-1) \right\}.$$

这就给出了参数 μ 的 $1-\alpha$ 的置信上限. 反之, 对上述给定的 μ 的 $1-\alpha$ 的置信上限, 我们也可以得到关于 $H_0 : \mu \leqslant \mu_0$, $H_1 : \mu > \mu_0$ 的单侧检验问题的水平为 α 的检验, 它们之间也是一一对应的. 类似地, 对于另外的单侧检验问题 $H_0 : \mu \geqslant \mu_0$, $H_1 : \mu < \mu_0$, 其水平为 α 的检验与参数 μ 的 $1-\alpha$ 的置信下限也是一一对应的.

习 题 7

1. 由经验知某零件质量 $X \sim N(15, 0.05^2)$(单位: g), 技术革新后, 抽出 6 个零件, 测得质量为 14.7, 14.8, 15.0, 15.2, 14.6, 15.1. 已知方差不变, 问平均质量是否仍为 15g ($\alpha = 0.05$)?

2. 化肥厂用自动包装机包装化肥, 每包的质量服从正态分布, 其平均质量为 100kg, 标准差为 1.2kg. 某日开工后, 为了确定包装机工作是否正常, 随机抽取 9 袋, 得质量如下:

$$99.3, \quad 98.7, \quad 100.5, \quad 101.2, \quad 98.3, \quad 99.7, \quad 99.5, \quad 102.1, \quad 100.5.$$

设方差稳定不变, 问这天包装机工作是否正常 ($\alpha = 0.05$)?

3. 从一批钢管中抽取 10 根, 得内径 (单位: mm) 为

$$100.36, \quad 100.31, \quad 99.99, \quad 100.11, \quad 100.64, \quad 100.85, \quad 99.42, \quad 99.91, \quad 99.35, \quad 100.10.$$

设内径服从正态分布 $N(\mu, \sigma^2)$, 试分别在下列条件下检验假设 $H_0 : \mu = 100$, $H_1 : \mu > 100$,

(1) 已知 $\sigma = 0.5$;

(2) σ 未知 ($\alpha = 0.05$).

4. 有一批枪弹, 出厂时其初速度 $v \sim N(950, 100)$(单位: m/s). 经过较长时间储存, 取 9 发进行测试, 得初速样本值如下:

$$914, \quad 920, \quad 910, \quad 934, \quad 953, \quad 945, \quad 912, \quad 924, \quad 940.$$

据经验, 枪弹经储存后其初速度仍服从正态分布, 且标准差不变, 问是否可以认为这批枪弹的初速度有显著降低 ($\alpha = 0.05$)?

5. 设在木料中抽取 100 根, 测其小头直径, 得到 $\bar{x} = 11.2$cm, $s = 2.6$cm, 设直径服从正态分布, 问该批木料小头的平均直径能否认为不低于 12cm ($\alpha = 0.05$)?

6. 某种金属丝, 根据长期生产的累积资料知道其折断力服从正态分布, 方差为 64kg^2. 最近从一批产品中抽取 10 根做折断力试验, 得到数据如下 (单位: kg):

$$578, \quad 572, \quad 570, \quad 508, \quad 572, \quad 570, \quad 572, \quad 596, \quad 584, \quad 570.$$

问在 $\alpha = 0.05$ 下, 这批金属丝的折断力的方差变化了吗?

7. 在正常情况下, 维尼纶纤度服从正态分布, 标准差不大于 0.048. 某日取 5 根纤维测得其纤度为 1.32, 1.55, 1.36, 1.40, 1.44. 问该日的维尼纶纤度的标准差是否正常 ($\alpha = 0.05$)?

8. 测定某种溶液中的水分, 它的 10 个测定值的标准差为 $s = 0.037\%$. 设测定值服从正态分布 $N(\mu, \sigma^2)$, 试在 $\alpha = 0.05$ 下检验 $H_0 : \sigma^2 = 0.04\%, H_1 : \sigma^2 < 0.04\%$.

9. 假设有 A, B 两种药, 试验者欲比较它们服用 2h 后血液中药的含量是否一样. 对药品 A, 随机抽取 8 人, 他们服用 2h 后血液中药的浓度 (mg/ml) 为

$$1.23, \quad 1.42, \quad 1.41, \quad 1.62, \quad 1.55, \quad 1.51, \quad 1.60, \quad 1.76.$$

对药品 B 随机抽取 6 人, 他们服用 2h 后血液中药的浓度 (mg/ml) 为

$$1.76, \quad 1.41, \quad 1.87, \quad 1.47, \quad 1.67, \quad 1.81.$$

假定两组观测值服从具有相同方差的正态分布, 试在 $\alpha = 0.10$ 下, 检验病人血液中这两种药的浓度是否有显著不同?

10. 从某锌矿的东西两支脉中各抽取容量为 9 和 8 的样本进行测试. 得到样本含锌矿的平均数及样本方差如下:

东支: $\bar{x} = 0.230, \ s_1^2 = 0.1337;$ 　　西支: $\bar{y} = 0.269, \ s_2^2 = 0.1736.$

假设东西两支矿脉的含锌量都服从正态分布且方差相等. 问东西两支矿脉含锌量的平均值是否可以看作一样 ($\alpha = 0.05$)?

11. 有两台机器生产金属部件, 分别在两台机器生产的部件中抽取 $n_1 = 14, n_2 = 12$ 的样本, 测得部件质量的样本方差 $s_1^2 = 15.46, s_2^2 = 9.66$. 设两样本相互独立, 试在 $\alpha = 0.05$ 下检验假设 $H_0 : \sigma_1^2 = \sigma_2^2, H_1 : \sigma_1^2 > \sigma_2^2$.

12. 测得两批电子元件的样品的电阻 (单位: Ω) 为

A 批 (X): 0.140, 0.138, 0.143, 0.142, 0.144, 0.137;

B 批 (Y): 0.135, 0.140, 0.142, 0.136, 0.138, 0.140.

设这两批元件的电阻值分别服从正态分布 $N(\mu_1, \sigma_1^2), N(\mu_2, \sigma_2^3)$ 且两样本相互独立.

(1) 试检验两个总体的方差是否相等 ($\alpha = 0.05$)?

(2) 试检验两个总体的期望是否相等 ($\alpha = 0.05$)?

第 8 章　一元线性回归分析简介

8.1　一元线性回归模型的概念

8.1.1　变量间的两类关系

在客观世界中普遍存在着变量之间的关系. 变量之间的关系一般来说可分为确定性关系与非确定性关系两种. 确定性关系是指变量之间的关系可以用函数 $y = f(x)$ 来表述. x(可以是向量) 给定后, y 的值就唯一确定了. 比如正方形的面积 S 与边长 a 之间有关系 $S = a^2$; 电学中的欧姆定律 $U = IR$ 等. 非确定性的关系即相关关系, 这种关系无法用一个精确的数学式表达. 例如, 人的身高 x 与体重 y 之间存在着关系. 一般地, 身高较高的人体重也较重, 但是相同身高的人体重是可以不相同的. 气象学上温度与湿度之间的关系、学习成绩与学习时间之间的关系、收入与智商之间的关系等也都是相关关系.

变量间的相关关系不能用精确数学式表述, 但在平均意义下有一定的定量关系表达式, 寻找这种变量关系表达式就是**回归分析**的主要任务.

回归分析是研究变量间相关关系的一种数学工具, 它通过对客观事物中变量的大量观察或试验获得的数据, 去寻找隐藏在数据背后的相关关系, 给出它们的表达形式 —— **回归函数**的估计.

"回归"一词是由英国生物学家兼统计学家高尔顿 (Galton) 于 1885 年提出的. 他在研究父与子身高的遗传问题时, 观察了 1078 对父与子, 用 x 表述父亲身高, y 表示成年儿子的身高. 他发现在直角坐标系中画出点 (x, y), 这 1078 个点基本在一条直线附近, 并求出了该直线方程 (单位: in)[①]

$$\hat{y} = 33.73 + 0.516x$$

这表明:

(1) 父亲的身高每增加一个单位, 儿子的身高平均增加 0.516 个单位;

(2) 高个父辈有生高个儿子的趋势, 但是一群高个父辈的儿子们的平均身高要低于父辈的平均身高, 比如 $x = 80$, 那么 $\hat{y} = 75.01$, 低于父辈的平均身高;

---

① 1in = 2.54cm

(3) 矮个父辈的儿子们虽然为矮个, 但其平均身高要比父辈高一些. 比如 $x = 60$, 那么 $\hat{y} = 64.69$, 高于父辈的平均身高.

这便是子代的平均身高有向中心回归的意思, 使得一段时间内人的身高相对稳定.

8.1.2　一元线性回归模型

设 y 与 x 有相关关系, 称 x 为**自变量(预报变量)**, y 为**因变量(响应变量)**. 在已知 x 的取值后, y 的取值并不是确定的, 它是一个随机变量, 因此有一个分布. 用 $F(Y|x)$ 表示当 x 取确定的 x 值时, 所对应的 Y 的分布函数. 如果我们掌握了 $F(Y|x)$ 随着 x 的取值而变化的规律, 那么就能完全掌握了 y 与 x 的关系了. 然而, 这样做往往是比较复杂的, 作为一种近似, 我们转而去考察 Y 的数学期望 $E(Y)$. 若 $E(Y)$ 存在, 则其随 x 的取值而定, 是 x 的函数, 记为 $\mu(x)$, 称为 Y 关于 x 的**回归函数**. 这样就将讨论 Y 与 x 的相关关系的问题转化为讨论 $E(Y) = \mu(x)$ 与 x 的函数关系了.

我们知道, 若 η 是一个随机变量, 则 $E[(\eta - c)^2]$ 作为 c 的函数, 在 $c = E(\eta)$ 时达到最小. 这表明在一切 x 的函数中以回归函数 $\mu(x)$ 作为 Y 的近似, 其均方误差 $E[Y - \mu(x)]^2$ 最小. 因此, 作为一种近似, 为了研究 Y 与 x 的关系转而研究 $\mu(x)$ 与 x 的关系是合适的.

在实际问题中, 回归函数 $\mu(x)$ 一般未知, 回归分析的任务在于根据实验数据去估计回归函数, 讨论有关的点估计、区间估计、假设检验, 对 Y 作出预测等.

对于 x 取定的一组不完全相同的值 $x_1, x_2, \cdots, x_n$, 设 $Y_1, Y_2, \cdots, Y_n$ 分别是对应的 Y 的独立观察结果, 称

$$(x_1, Y_1), \quad (x_2, Y_2), \quad \cdots, \quad (x_n, Y_n)$$

是一个样本, 对应的样本值记作

$$(x_1, y_1), \quad (x_2, y_2), \quad \cdots, \quad (x_n, y_n)$$

首先要解决的问题是如何利用样本来估计 Y 关于 x 的回归函数 $\mu(x)$. 为此需要推测 $\mu(x)$ 的形式, 通常可利用画散点图的方法进行. 散点图可以粗略地看出 $\mu(x)$ 的形式. 先看一个例子.

例 8.1　由专业知识知道, 合金的强度 $Y(10^7\text{Pa})$ 与合金中碳的含量 $x(\%)$ 有关. 我们收集到以下 12 对数据 (表 8.1.1), 把每对数据看作直角坐标系的一个点,

在图上画出点, 称为**散点图** (图 8.1.1).

表 **8.1.1** 合金强度与碳含量数据表

碳含量 $x/\%$	0.1	0.11	0.12	0.13	0.14	0.15	0.16	0.17	0.18	0.20	0.21	0.23
合金强度 $Y/10^7\mathrm{Pa}$	42	43	45	45	45	47.5	49	53	50.0	55.0	55.0	60.0

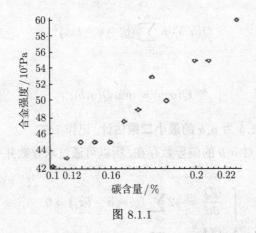

图 8.1.1

从散点图我们发现 12 个点基本位于一条直线附近, 大致看出 $\mu(x)$ 具有线性函数 $a+bx$ 的形式.

设 Y 关于 x 的回归函数为 $\mu(x)$. 我们把利用样本来估计 $\mu(x)$ 的问题称为求 Y 关于 x 的回归问题. 特别地, 若 $\mu(x)$ 是线性函数 $\mu(x) = a + bx$, 此时估计 $\mu(x)$ 的问题称为求一元线性回归问题. 我们只讨论一元线性回归问题.

我们假设对于 x(在某个区间内) 的每个值都有

$$Y \sim N(a+bx, \sigma^2),$$

其中 a, b 及 σ^2 都是不依赖于 x 的取值的未知参数. 记 $\varepsilon = Y - (a+bx)$, 相当于假设

$$Y = a + bx + \varepsilon, \quad \varepsilon \sim N(0, \sigma^2), \tag{8.1.1}$$

称式 (8.1.1) 为**一元线性回归模型**, 其中 b 称为回归系数. 式 (8.1.1) 表明因变量 Y 由两部分组成, 一部分是 x 的线性函数 $a+bx$, 另一部分 $\varepsilon \sim N(0, \sigma^2)$ 是随机误差, 是人们不可控制的.

8.1.3 回归系数的最小二乘估计

一般采用最小二乘法来估计模型 (8.1.1) 的未知参数 a, b. 取 x 的 n 个不完

全相同的值 $x_1, x_2, \cdots, x_n$ 独立试验, 得到样本 $(x_1, Y_1), (x_2, Y_2), \cdots, (x_n, Y_n)$. 由式 (8.1.1) 得到

$$Y_i = a + bx_i + \varepsilon_i, \quad \varepsilon_i \sim N(0, \sigma^2), \tag{8.1.2}$$

其中各 ε_i 相互独立,

令

$$Q(a, b) = \sum_{i=1}^{n} (y_i - a - bx_i)^2, . \tag{8.1.3}$$

估计 $\hat{a}, \hat{b}$ 应该满足

$$Q(\hat{a}, \hat{b}) = \min_{a, b} Q(a, b),$$

称这样得到的估计 $\hat{a}, \hat{b}$ 为 a, b 的**最小二乘估计**, 记作 LSE.

由于 $Q \geqslant 0$, 且对 a, b 的偏导数存在, 所以可通过求导数并令其等于 0 得到最小二乘估计.

$$\begin{cases} \dfrac{\partial Q}{\partial a} = -2 \sum_{i=1}^{n} (y_i - a - bx_i) = 0, \\ \dfrac{\partial Q}{\partial b} = -2 \sum_{i=1}^{n} (y_i - a - bx_i) x_i = 0. \end{cases} \tag{8.1.4}$$

这组方程称为**正规方程组**, 经过整理, 可得

$$\begin{cases} na + \left(\displaystyle\sum_{i=1}^{n} x_i \right) b = \displaystyle\sum_{i=1}^{n} y_i, \\ \left(\displaystyle\sum_{i=1}^{n} x_i \right) a + \left(\displaystyle\sum_{i=1}^{n} x_i^2 \right) b = \displaystyle\sum_{i=1}^{n} x_i y_i. \end{cases}$$

解得估计

$$\begin{cases} \hat{b} = \dfrac{n \displaystyle\sum_{i=1}^{n} x_i y_i - \left(\displaystyle\sum_{i=1}^{n} x_i \right) \left(\displaystyle\sum_{i=1}^{n} y_i \right)}{n \displaystyle\sum_{i=1}^{n} x_i^2 - \left(\displaystyle\sum_{i=1}^{n} x_i \right)^2} = \dfrac{\displaystyle\sum_{i=1}^{n} (x_i - \bar{x})(y_i - \bar{y})}{\displaystyle\sum_{i=1}^{n} (x_i - \bar{x})^2}, \\ \hat{a} = \dfrac{1}{n} \displaystyle\sum_{i=1}^{n} y_i - \dfrac{\hat{b}}{n} \displaystyle\sum_{i=1}^{n} x_i = \bar{y} - \hat{b}\bar{x}. \end{cases} \tag{8.1.5}$$

其中 $\bar{x} = \dfrac{1}{n} \displaystyle\sum_{i=1}^{n} x_i$, $\bar{y} = \dfrac{1}{n} \displaystyle\sum_{i=1}^{n} y_i$.

得到 a, b 的估计 $\hat{a}, \hat{b}$ 后, 对于给定的 x, 我们就取 $\hat{a} + \hat{b}x$ 作为回归函数 $\mu(x) = a + bx$ 的估计, 即 $\hat{\mu}(x) = \hat{a} + \hat{b}x$, 称为 Y 关于 x 的经验回归函数. 记 $\hat{a} + \hat{b}x = \hat{y}$, 方程

$$\hat{y} = \hat{a} + \hat{b}x, \tag{8.1.6}$$

称为 Y 关于 x 的**经验回归方程**, 简称**回归方程**, 其图形称为**回归直线**.

将式 (8.1.5) 中的 $\hat{a}$ 代入式 (8.1.6), 回归方程改写为

$$\hat{y} = \bar{y} + \hat{b}(x - \bar{x}), \tag{8.1.7}$$

表明回归直线通过散点图的几何中心 $(\bar{x}, \bar{y})$.

为了今后应用方便, 可以引入下面的记号:

$$S_{xx} = \sum_{i=1}^{n}(x_i - \bar{x})^2 = \sum_{i=1}^{n}x_i^2 - \frac{1}{n}\left(\sum_{i=1}^{n}x_i\right)^2 = \sum_{i=1}^{n}x_i^2 - n\bar{x}^2,$$

$$S_{yy} = \sum_{i=1}^{n}(y_i - \bar{y})^2 = \sum_{i=1}^{n}y_i^2 - \frac{1}{n}\left(\sum_{i=1}^{n}y_i\right)^2 = \sum_{i=1}^{n}y_i^2 - n\bar{y}^2,$$

$$S_{xy} = \sum_{i=1}^{n}(x_i - \bar{x})(y_i - \bar{y}) = \sum_{i=1}^{n}x_iy_i - \frac{1}{n}\left(\sum_{i=1}^{n}x_i\right)\left(\sum_{i=1}^{n}y_i\right) = \sum_{i=1}^{n}x_iy_i - n\bar{x}\,\bar{y},$$

这样 a, b 的估计可写成

$$\begin{cases} \hat{b} = \dfrac{S_{xy}}{S_{xx}}, \\ \hat{a} = \bar{y} - \hat{b}\bar{x}. \end{cases} \tag{8.1.8}$$

例 8.2 (续例 8.1) 设在例 8.1 中的随机变量 Y 符合式 (8.1.1) 的条件, 求 Y 关于 x 的回归方程.

解 需要计算的数值列表 8.1.2.

表 8.1.2 合金强度回归方程计算数值表

$\sum x_i = 1.90$	$n = 12$	$\sum y_i = 590.5$
$\bar{x} = 0.1583$		$\bar{y} = 49.2083$
$\sum x_i^2 = 0.3194$	$\sum x_iy_i = 95.9250$	$\sum y_i^2 = 29392.75$
$n\bar{x}^2 = 0.3008$	$n\bar{x}\bar{y} = 93.4958$	$n\bar{y}^2 = 29057.52$
$S_{xx} = 0.0186$	$S_{xy} = 2.4292$	$S_{yy} = 335.23$
$\hat{b} = \dfrac{S_{xy}}{S_{xx}} = 130.60$		
$\hat{a} = \bar{y} - \hat{b}\bar{x} = 28.53$		

因此, 得回归方程为

$$\hat{y} = 28.53 + 130.60x.$$

8.1.4　σ^2 的点估计

对每一个 x_i, 由回归方程 $\hat{y} = \hat{a} + \hat{b}x$ 得 $\hat{y}_i = \hat{a} + \hat{b}x_i$, 称 $y_i - \hat{y}_i$ 为 x_i 处的**残差**, 并称

$$Q_e = \sum_{i=1}^{n} (y_i - \hat{y}_i)^2 = \sum_{i=1}^{n} (y_i - \hat{a} - \hat{b}x_i)^2 \tag{8.1.9}$$

为**残差平方和**. 经化简有 $Q_e = S_{yy} - \hat{b}S_{xy}$. 可以证明

$$\frac{Q_e}{\sigma^2} \sim \chi^2(n-2), \tag{8.1.10}$$

于是 $E\left(\dfrac{Q_e}{\sigma^2}\right) = n - 2$, 也即 $E\left(\dfrac{Q_e}{n-2}\right) = \sigma^2$. 这样得到 σ^2 的无偏估计

$$\hat{\sigma}^2 = \frac{Q_e}{n-2} = \frac{1}{n-2}(S_{yy} - \hat{b}S_{xy}). \tag{8.1.11}$$

例 8.3 (续例 8.2)　求例 8.2 中 σ^2 的无偏估计.

解　由表 8.1.2 得 $S_{yy} = 335.23$, $S_{xy} = 2.4292$. 又已知 $\hat{b} = \dfrac{S_{xy}}{S_{xx}} = 130.60$, 从而

$$\hat{\sigma}^2 = \frac{Q_e}{n-2} = \frac{1}{n-2}(S_{yy} - \hat{b}S_{xy}) = \frac{1}{10}(335.23 - 130.60 \times 2.4292) = 1.80.$$

8.2　线性回归模型的检验、估计与预测

8.2.1　线性假设的显著性检验

在以上讨论中, 我们假定 Y 关于 x 的回归 $\mu(x)$ 具有形式 $a + bx$. 在处理实际问题时, $\mu(x)$ 是否为 x 的线性函数, 首先要根据有关专业知识和实践来判断; 其次就要根据实际观察得到的数据运用假设检验的方法来判断. 这就是说求得的线性方程是否有实用价值, 一般来说, 需要经过假设检验才能确定. 若线性假设 (8.1.1) 符合实际, 则 b 不应为零. 因为若 $b = 0$, 则 $E(Y) = \mu(x)$ 就不依赖于 x 了. 因此我们需要检验假设:

$$H_0: b = 0, \quad H_1: b \neq 0, \tag{8.2.1}$$

可以证明有

$$\hat{b} \sim N\left(b, \frac{\sigma^2}{S_{xx}}\right), \tag{8.2.2}$$

将 $\hat{b}$ 标准化得

$$\frac{\hat{b} - b}{\sqrt{\sigma^2/S_{xx}}} \sim N(0, 1), \tag{8.2.3}$$

且 $\hat{b}$ 与 Q_e 相互独立. 由式 (8.1.10) $\dfrac{Q_e}{\sigma^2} \sim \chi^2(n-2)$ 及式 (8.1.11)

$$\hat{\sigma}^2 = \frac{Q_e}{n-2} = \frac{1}{n-2}(S_{yy} - \hat{b}S_{xy}),$$

得

$$\frac{(n-2)\hat{\sigma}^2}{\sigma^2} = \frac{Q_e}{\sigma^2} \sim \chi^2(n-2), \tag{8.2.4}$$

故由 t 分布定义有

$$\frac{\dfrac{\hat{b} - b}{\sqrt{\sigma^2/S_{xx}}}}{\sqrt{\dfrac{(n-2)\hat{\sigma}^2}{\sigma^2}\Big/(n-2)}} \sim t(n-2),$$

也即

$$\frac{\hat{b} - b}{\hat{\sigma}}\sqrt{S_{xx}} \sim t(n-2). \tag{8.2.5}$$

当 H_0 为真时 $b = 0$, 此时

$$t = \frac{\hat{b}}{\hat{\sigma}}\sqrt{S_{xx}} \sim t(n-2), \tag{8.2.6}$$

且 $E(\hat{b}) = b = 0$, 即得 H_0 的拒绝域为

$$|t| = \frac{\big|\hat{b}\big|}{\hat{\sigma}}\sqrt{S_{xx}} \geqslant t_{\alpha/2}(n-2). \tag{8.2.7}$$

此处, 为显著性水平.

当假设 $H_0: b = 0$ 被拒绝时, 认为回归效果是显著的. 反之, 就认为回归效果不显著. 回归效果不显著的原因可能有以下几种:

(1) 影响 Y 取值的, 除了 x 及随机误差外还有其他不可忽略的因素;

(2) $E(Y)$ 与 x 的关系不是线性的, 而存在着其他的关系;

(3) Y 与 x 不存在关系.

因此需要进一步分析原因, 分别处理.

例 8.4 检验例 8.2 中的回归效果是否显著, 取 $\alpha = 0.05$.

解 此时拒绝域临界点 $t_{0.025}(10) = 2.23$, $\hat{b} = 130.60$, $\hat{\sigma} = \sqrt{1.80}$, $\sqrt{S_{xx}} = \sqrt{0.0186}$, 从而 $|t| = \dfrac{130.60 \times \sqrt{0.0186}}{\sqrt{1.80}} = 13.28 > 2.23$. 拒绝 $H_0: b = 0$, 认为回归效果是显著的.

8.2.2 系数 b 的置信区间

当回归效果显著时, 我们常需要对系数 b 作区间估计. 事实上, 可由式 (8.2.5) 得到 b 的置信水平为 $1 - \alpha$ 的置信区间为

$$\left(\hat{b} - t_{\alpha/2}(n-2) \times \frac{\hat{\sigma}}{\sqrt{S_{xx}}}, \hat{b} + t_{\alpha/2}(n-2) \times \frac{\hat{\sigma}}{\sqrt{S_{xx}}} \right). \tag{8.2.8}$$

例如, 在例 8.1 中, b 的置信水平为 0.95 的置信区间为

$$\left(130.60 - 2.23 \times \sqrt{\frac{1.80}{0.0186}}, \ 130.60 + 2.23 \times \sqrt{\frac{1.80}{0.0186}} \right) = (101.1679, 160.0321).$$

8.2.3 回归函数函数值的点估计和置信区间

设 x_0 是自变量 x 的某一指定值. 由式 (8.1.6) 可以用经验回归函数 $\hat{y} = \hat{a} + \hat{b}x$ 在 x_0 的函数值作为 $\mu(x_0) = a + bx_0$ 的点估计, 即

$$\hat{y}_0 = \hat{\mu}(x_0) = \hat{a} + \hat{b}x_0. \tag{8.2.9}$$

考虑相应的估计量

$$\hat{Y}_0 = \hat{a} + \hat{b}x_0, \tag{8.2.10}$$

$E(\hat{Y}_0) = a + bx_0$, 因此这一估计量是无偏的. 下面来求 $\mu(x_0) = a + bx_0$ 的置信区间. 可以证明有 $\dfrac{Y_0 - (a + bx_0)}{\sigma \sqrt{\dfrac{1}{n} + \dfrac{(x_0 - \bar{x})^2}{S_{xx}}}} \sim N(0,1)$, 又由式 (8.2.4) $\dfrac{(n-2)\hat{\sigma}^2}{\sigma^2} = \dfrac{Q_{\mathrm{e}}}{\sigma^2} \sim$ $\chi^2(n-2)$, 且 Q_{e}, Y_0 相互独立. 于是

$$\frac{\dfrac{Y_0 - (a + bx_0)}{\sigma \sqrt{\dfrac{1}{n} + \dfrac{(x_0 - \bar{x})^2}{S_{xx}}}}}{\sqrt{\dfrac{(n-2)\hat{\sigma}^2}{\sigma^2} \Big/ (n-2)}} \sim t(n-2),$$

即

$$\frac{Y_0 - (a + bx_0)}{\hat{\sigma} \sqrt{\dfrac{1}{n} + \dfrac{(x_0 - \bar{x})^2}{S_{xx}}}} \sim t(n-2),$$

于是得到 $\mu(x_0) = a + bx_0$ 置信水平为 $1 - \alpha$ 的置信区间为

$$\left(\hat{Y} - t_{\alpha/2}(n-2)\hat{\sigma} \sqrt{\frac{1}{n} + \frac{(x_0 - \bar{x})^2}{S_{xx}}}, \ \hat{Y} + t_{\alpha/2}(n-2)\hat{\sigma} \sqrt{\frac{1}{n} + \frac{(x_0 - \bar{x})^2}{S_{xx}}} \right). \tag{8.2.11}$$

或

$$\left(\hat{a}+\hat{b}x_0 - t_{\alpha/2}(n-2)\hat{\sigma}\sqrt{\frac{1}{n}+\frac{(x_0-\bar{x})^2}{S_{xx}}}, \hat{a}+\hat{b}x_0 + t_{\alpha/2}(n-2)\hat{\sigma}\sqrt{\frac{1}{n}+\frac{(x_0-\bar{x})^2}{S_{xx}}}\right).$$

$$(8.2.11')$$

这一置信区间的长度是 x_0 的函数, 它随 $|x_0-\bar{x}|$ 的增加而增加, 当 $x_0=\bar{x}$ 时为最短.

8.2.4 Y 的观察值的点预测与预测区间

当回归效果显著时, 可以利用经验回归函数对因变量 Y 的新观察值 Y_0 进行点预测或区间预测.

若 Y_0 是在 $x=x_0$ 处对 Y 的观察结果, 由式 (8.1.1) 知它满足

$$Y_0 = a+bx_0+\varepsilon_0, \quad \varepsilon_0 \sim N(0,\sigma^2), \tag{8.2.12}$$

随机误差可正可负, 其值无法预料, 就用 x_0 处的经验回归函数值

$$\hat{Y}_0 = \hat{a}+\hat{b}x_0$$

作为 $Y_0 = a+bx_0+\varepsilon_0$ 的点预测.

下面来求 Y_0 的预测区间. 因为 Y_0 是将要进行的一次独立试验的结果, 所以它与已经结果 $Y_1, Y_2, \cdots, Y_n$ 相互独立. 由 (8.1.8) 式知 $\hat{b}$ 是 $Y_1, Y_2, \cdots, Y_n$ 的线性组合, 故 $\hat{Y}_0 = \bar{Y}+\hat{b}(x_0-\bar{x})$ 是 $Y_1, Y_2, \cdots, Y_n$ 的线性组合, 且 Y_0 与 $\hat{Y}_0$ 相互独立.

可以证明

$$\hat{Y}_0 - Y_0 \sim N\left(0, \left[1+\frac{1}{n}+\frac{(x_0-\bar{x})^2}{S_{xx}}\right]\sigma^2\right),$$

也即

$$\frac{\hat{Y}_0 - Y_0}{\sigma\sqrt{1+\dfrac{1}{n}+\dfrac{(x_0-\bar{x})^2}{S_{xx}}}} \sim N(0,1), \tag{8.2.13}$$

由前述知

$$\frac{(n-2)\hat{\sigma}^2}{\sigma^2} = \frac{Q_e}{\sigma^2} \sim \chi^2(n-2),$$

故由 t 分布定义有

$$\frac{\hat{Y}_0 - Y_0}{\sigma\sqrt{1+\dfrac{1}{n}+\dfrac{(x_0-\bar{x})^2}{S_{xx}}}} \Bigg/ \sqrt{\frac{(n-2)\hat{\sigma}^2}{\sigma^2}\Big/(n-2)} \sim t(n-2),$$

即

$$\frac{\hat{Y}_0 - Y_0}{\hat{\sigma}\sqrt{1 + \dfrac{1}{n} + \dfrac{(x_0 - \bar{x})^2}{S_{xx}}}} \sim t(n-2).$$

于是对于给定的置信水平 $1 - \alpha$ 有

$$P\left(\frac{\left|\hat{Y}_0 - Y_0\right|}{\hat{\sigma}\sqrt{1 + \dfrac{1}{n} + \dfrac{(x_0 - \bar{x})^2}{S_{xx}}}} \leqslant t_{\alpha/2}(n-2)\right) = 1 - \alpha,$$

或

$$P\left(\hat{Y}_0 - t_{\alpha/2}(n-2)\hat{\sigma}\sqrt{1 + \frac{1}{n} + \frac{(x_0 - \bar{x})^2}{S_{xx}}} < Y_0 < \hat{Y}_0\right.$$

$$\left. + t_{\alpha/2}(n-2)\hat{\sigma}\sqrt{1 + \frac{1}{n} + \frac{(x_0 - \bar{x})^2}{S_{xx}}}\right) = 1 - \alpha.$$

区间为

$$\left(\hat{Y}_0 \pm t_{\alpha/2}(n-2)\hat{\sigma}\sqrt{1 + \frac{1}{n} + \frac{(x_0 - \bar{x})^2}{S_{xx}}}\right), \tag{8.2.14}$$

或

$$\left(\hat{a} + \hat{b}x_0 \pm t_{\alpha/2}(n-2)\hat{\sigma}\sqrt{1 + \frac{1}{n} + \frac{(x_0 - \bar{x})^2}{S_{xx}}}\right), \tag{8.2.14'}$$

称为 Y_0 的置信水平为 $1 - \alpha$ 的**预测区间**. 这一预测区间的长度是 x_0 的函数, 它随 $|x_0 - \bar{x}|$ 的增加而增加, 当 $x_0 = \bar{x}$ 时为最短.

8.3　常用非线性回归模型的线性化方法

实际问题中, 因变量与自变量之间不一定呈线性关系. 在某些特殊情况下, 可以通过对因变量和自变量作适当的变换, 将非线性的关系转化为线性关系, 以便通过线性回归的方法进行处理. 下面介绍几种常见的可转化为一元线性回归的模型.

(1) $Y = \alpha \mathrm{e}^{\beta x} \cdot \varepsilon$, $\quad \ln \varepsilon \sim N(0, \sigma^2)$, 其中 α, β, σ^2 是与 x 无关的未知参数. 将 $Y = \alpha \mathrm{e}^{\beta x} \cdot \varepsilon$ 两边取对数, 得 $\tag{8.3.1}$

$$\ln Y = \ln \alpha + \beta x + \ln \varepsilon,$$

令 $\ln Y = Y'$, $\ln \alpha = a$, $\beta = b$, $\ln \varepsilon = \varepsilon'$, 式 (8.3.1) 可转化为一元线性回归模型

$$Y' = a + bx + \varepsilon', \quad \varepsilon' \sim N(0, \sigma^2). \tag{8.3.2}$$

(2) $Y = \alpha x^\beta \cdot \varepsilon$, $\ln \varepsilon \sim N(0, \sigma^2)$, 其中 α, β, σ^2 是与 x 无关的未知参数. 将 $Y = \alpha x^\beta \cdot \varepsilon$ 两边取对数, 得 $\tag{8.3.3}$

$$\ln Y = \ln \alpha + \beta \ln x + \ln \varepsilon,$$

令 $\ln Y = Y'$, $\ln \alpha = a$, $\beta = b$, $\ln x = x'$, $\ln \varepsilon = \varepsilon'$, 式 (8.3.3) 转化为一元线性回归模型

$$Y' = a + bx' + \varepsilon', \quad \varepsilon' \sim N(0, \sigma^2). \tag{8.3.4}$$

(3) $Y = \alpha + \beta h(x) + \varepsilon$, $\varepsilon \sim N(0, \sigma^2)$, 其中 α, β, σ^2 是与 x 无关的未知参数, $h(x)$ 是已知函数 x. 令 $\alpha = a$, $\beta = b$, $h(x) = x'$, 式 (8.3.5) 转化为一元线性回归模型 $\tag{8.3.5}$

$$Y = a + bx' + \varepsilon, \quad \varepsilon \sim N(0, \sigma^2). \tag{8.3.6}$$

例 8.5 表 8.3.1 是 1957 年美国旧轿车价格的调查资料, 今以 x 表示轿车的使用年数, Y 表示相应的平均价格, 求 Y 关于 x 的回归方程.

表 8.3.1

使用年数 x	1	2	3	4	5	6	7	8	9	10
平均价格 Y	2651	1943	1494	1087	765	538	484	290	226	204

解 作出散点图如图 8.3.1 所示, 看起来 Y 与 x 呈指数关系, 于是采用模型 (8.3.1)

$$Y = \alpha e^{\beta x} \cdot \varepsilon, \quad \ln \varepsilon \sim N(0, \sigma^2),$$

两边取对数后, 令 $\ln Y = Y'$, $\ln \alpha = a$, $\beta = b$, $\ln \varepsilon = \varepsilon'$, 可转化为一元线性回归模型

$$Y' = a + bx + \varepsilon', \quad \varepsilon' \sim N(0, \sigma^2).$$

数据经过变换后得到表 8.3.2.

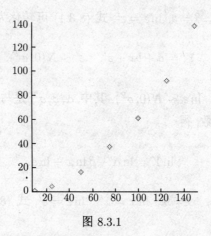

图 8.3.1

表 8.3.2

$x' = x$	1	2	3	4	5	6	7	8	9	10
$y' = \ln y$	7.8827	7.5720	7.3092	6.9912	6.6399	6.2879	6.1821	5.6699	5.4205	5.3181

经计算得

$$\hat{b} = -0.29768, \quad \hat{a} = 8.164585,$$

从而

$$\hat{y}' = 8.164585 - 0.29768x.$$

取 $\alpha = 0.05$, 可求得 $|t| = \dfrac{\hat{b}}{\hat{\sigma}}\sqrt{S_{xx}} = 32.3693 > t_{0.025}(8) = 2.31$, 即知线性回归效果显著. 代回原变量, 得到 Y 与 x 的回归方程

$$\hat{y} = \exp\{\hat{y}'\} = 3514.26\,\mathrm{e}^{-0.29768\,x}.$$

在实际问题中, 影响结果 Y 的因素往往不止一个. 此时, 自变量 (预报变量) 大于一个, 该问题属于多元回归问题. 感兴趣的读者可以参考其他相关书籍.

习　题　8

1. 某河流的径流量 y 与该地区的降雨量 x 有关, 测量数据如第 1 题表所示. 设径流量 y 是正态变量, 方差与 x 无关.

第 1 题表

x_i	110	184	145	122	165	143	78	129	62	130	168
y_i	25	81	36	33	70	54	20	44	14	41	75

求：(1) 径流量 y 关于降雨量 x 的一元线性回归方程;

(2) σ^2 的估计值;

(3) 当 $x_0 = 155$ 时, y_0 的预测值.

2. 为研究某一化学反应过程中温度 $x(°C)$ 对产品获得率 $y(\%)$ 的影响, 测得数据如第 2 题表所示.

第 2 题表

x_i	100	110	120	130	140	150	160	170	180	190
y_i	45	51	54	61	66	70	74	78	85	89

求：(1) y 关于 x 的一元线性回归方程;

(2) σ^2 的无偏估计;

(3) 检验回归效果是否显著 $(\alpha = 0.05)$.

3. 炼铝厂测得铝的硬度 x 与抗张强度 y 的数据如第 3 题表所示.

第 3 题表

x_i	68	53	70	84	60	72	51	83	70	64
y_i	288	298	349	343	290	354	283	324	340	286

求：(1) 求抗张强度 y 对硬度 x 的回归方程;

(2) 检验回归效果是否显著 $(\alpha = 0.05)$;

(3) 求 y 在 $x = 65$ 处的预测区间 (置信水平为 0.95).

4. 第 4 题表列出了 18 个 5~8 岁儿童的质量 (这是容易测得的) 和体积 (这是难以测得的).

第 4 题表

质量 x_i/(kg)	17.1	10.5	13.8	15.7	11.9	10.4	15.0	16.0	17.8
体积 y_i/(dm^3)	16.7	10.4	13.5	15.7	11.6	10.2	145	15.8	17.6
质量 x_i/(kg)	15.8	15.1	12.1	18.4	17.1	16.7	16.5	15.1	15.1
体积 y_i/(dm^3)	15.2	14.8	11.9	18.3	16.7	16.6	15.9	15.1	14.5

(1) 画出散点图;

(2) 求 y 关于 x 的线性回归方程;

(3) 求 $x = 14.0$ 时, 观察值 y 的置信水平为 0.95 的预测区间.

5. 槲寄生是一种寄生在大树上部树枝上的寄生植物. 它喜欢寄生在年轻的大树上. 如第 5 题表所示, 给出在一定条件下完成的试验中采集的数据.

(1) 作出 (x_i, y_i) 的散点图;

(2) 令 $z_i = \ln y_i$, 作出 (x_i, z_i) 的散点图;

(3) 以模型 $Y = a\,\mathrm{e}^{bx} \cdot \varepsilon$, $\quad \ln \varepsilon \sim N(0, \sigma^2)$ 拟合数据, 其中 a, b, σ^2 是与 x 无关. 求曲线回归方程 $\hat{y} = \hat{a}\exp\{\hat{b}x\}$.

第 5 题表

大树年龄 x_i	3	4	9	15	40
每株大树上寄生的株数 y_i	28	10	15	6	1
	33	36	22	14	1
	22	24	10	9	

部分习题参考答案

习 题 1

1. (1) $\Omega = \{(\text{正正}), (\text{正反}), (\text{反正}), (\text{反反})\}$; (2) $\Omega = \{0, 1, 2, \cdots\}$; (3) $\Omega = \{t \mid t \geqslant 0\}$.

2. (1) 成立; (2) 不成立; (3) 不成立; (4) 不成立; (5) 不成立.

3. (1) $A_1 A_2 A_3$; (2) $A_1 \cup A_2 \cup A_3$; (3) $\overline{A_1 A_2 A_3}$; (4) $\bar{A}_1 A_2 A_3 \cup A_1 \bar{A}_2 A_3 \cup A_1 A_2 \bar{A}_3$; (5) $A_1 A_2 \cup A_1 A_3 \cup A_2 A_3$.

5. $\dfrac{1}{4}$.

6. $\dfrac{1}{8}$.

7. (1) $\dfrac{5}{21}$; (2) $\dfrac{10}{21}$; (3) $\dfrac{11}{21}$.

8. (1) $\dfrac{2}{25}$; (2) $\dfrac{33}{100}$; (3) $\dfrac{67}{100}$.

9. 6.3×10^{-12}.

10. $\dfrac{1}{4}$.

11. $\dfrac{23}{32}$.

12. (1) $\dfrac{13}{51}$; (2) $\dfrac{13}{68}$.

13. 0.8285.

14. $\dfrac{1}{6}$.

15. 0.973.

16. $\dfrac{29}{90}$.

17. (1)0.0642; (2)0.009.

18. (1)0.94; (2)0.85.

19. 0.141.

20. A 与 B 不独立, A 与 C 相互独立.

21. 0.496.

22. $P(A) = P(B) = \dfrac{2}{3}$.

23. 11.

24. $C_n^k \left(\dfrac{M}{N} \right)^k \left(1 - \dfrac{M}{N} \right)^{n-k}$ $(k = 0, 1, 2, \cdots, n)$.

25. 0.901.

26. 五局三胜制.

习　题　2

1. $\lambda = \dfrac{1}{3}$

2. $P(X = k) = (1-p)^{k-1}p$ $(k = 1, 2, \cdots)$.

3.

X	0	1	2	3	4
P	$\dfrac{16}{81}$	$\dfrac{32}{81}$	$\dfrac{24}{81}$	$\dfrac{8}{81}$	$\dfrac{1}{81}$

4. $\dfrac{19}{27}$.

5. $P(X = k) = C_4^k \left(\dfrac{1}{3} \right)^k \left(\dfrac{2}{3} \right)^{4-k}$ $(k = 0, 1, 2, 3, 4)$, $\dfrac{1}{9}$.

6. 4, 0.4096.

7. 0.3935.

8. 22.

9. $P(X = k) = \dfrac{C_5^k C_{15}^{4-k}}{C_{20}^4}$ $(k = 0, 1, 2, 3, 4)$.

10. (1) 0.1428; (2) 4.

11. (1) $c = \dfrac{1}{6}$; (2) $F(x) = \begin{cases} 0, & x < 1, \\ \dfrac{1}{6}, & 1 \leqslant x < 2, \\ \dfrac{1}{2}, & 2 \leqslant x < 3, \\ 1, & x \geqslant 3. \end{cases}$

12. (1)

X	0	1	2	3
P	$\dfrac{1}{2}$	$\dfrac{1}{4}$	$\dfrac{1}{8}$	$\dfrac{1}{8}$

　　(2) $\dfrac{3}{7}$.

13. (1) $\dfrac{1}{\pi}$; (2) $\dfrac{1}{3}$; (3) $F(x) = \begin{cases} 0, & x < -1, \\ \dfrac{1}{2} + \dfrac{1}{\pi} \arcsin x, & -1 \leqslant x < 1, \\ 1, & x \geqslant 1. \end{cases}$

14. (1) $\dfrac{1}{2}$; (2) $\dfrac{1 - e^{-1}}{2}$; (3) $F(x) = \begin{cases} \dfrac{1}{2} e^x, & x < 0, \\ 1 - \dfrac{1}{2} e^{-x}, & x \geqslant 0. \end{cases}$

15. $F_1(x)$ 和 $F_2(x)$ 都不是, $F_3(x)$ 是.

16. (1) $A = \dfrac{1}{2}$, $B = 1$; (2) $f(x) = \begin{cases} \dfrac{1}{2}\cos x, & |x| < \dfrac{\pi}{2}, \\ 0, & \text{其他;} \end{cases}$ (3) $\sin\dfrac{1}{2}$.

17. $\dfrac{3}{5}$.

18. $1 - \mathrm{e}^{-1}$.

19. (1) $c = 3$; (2) 0.5328, 0.9996, 0.6977, 0.5.

20. (1) 0.8664; (2) 0.9976.

21. 0.3228.

22.

Y	1	3	9
P	0.2	0.4	0.4

23. $f_Y(y) = \begin{cases} \dfrac{2(y-1)}{9}, & 1 < y < 4, \\ 0, & \text{其他.} \end{cases}$

25. $f_Y(y) = \begin{cases} \dfrac{2}{\pi\sqrt{1-y^2}}, & 0 < y < 1, \\ 0, & \text{其他.} \end{cases}$

26.

Y	-1	1
P	$\dfrac{1}{6}$	$\dfrac{5}{6}$

习　题　3

1. $\dfrac{\sqrt{6} - \sqrt{2}}{4}$.

2.

X_1 \ X_2	0	1
0	0.1	0.1
1	0.8	0

X_1	0	1
P	0.2	0.8

X_2	0	1
P	0.9	0.1

0.1.

3.

X \ Y	0	1	2
0	$\dfrac{1}{4}$	$\dfrac{1}{4}$	0
1	0	$\dfrac{1}{4}$	$\dfrac{1}{4}$

X	0	1
P	$\dfrac{1}{2}$	$\dfrac{1}{2}$

Y	0	1	2
P	$\dfrac{1}{4}$	$\dfrac{1}{2}$	$\dfrac{1}{4}$

独立.

4.

X \ Y	1	2	3
0	0.1	0.2	0.1
1	0.3	0.1	0.2

X	0	1
$P(X \mid Y \neq 1)$	$\dfrac{1}{2}$	$\dfrac{1}{2}$

5.

X \ Y	0	1
-1	$\dfrac{1}{4}$	0
0	0	$\dfrac{1}{2}$
1	$\dfrac{1}{4}$	0

$\dfrac{3}{4}$.

6. (1) $A = 2$; (2) $\dfrac{1}{2}$; (3) $f_X(x) = \begin{cases} 1, & 0 \leqslant x \leqslant 1, \\ 0, & \text{其他}. \end{cases}$ $f_Y(y) = \begin{cases} 1, & 0 \leqslant y \leqslant 1, \\ 0, & \text{其他}. \end{cases}$

7. 不独立, 同分布.

8. (1) 6; (2) $f_X(x) = \begin{cases} 2\mathrm{e}^{-2x}, & x > 0, \\ 0, & \text{其他}. \end{cases}$ $f_Y(y) = \begin{cases} 3\mathrm{e}^{-3y}, & y > 0, \\ 0, & \text{其他}; \end{cases}$

(3) 独立.

9. $a = \dfrac{2}{9}, \quad b = \dfrac{1}{9}$.

10. (1) $F_X(x) = \begin{cases} 1 - \mathrm{e}^{-0.5x}, & x \geqslant 0, \\ 0, & \text{其他}, \end{cases}$ $F_Y(y) = \begin{cases} 1 - \mathrm{e}^{-0.5y}, & y \geqslant 0, \\ 0, & \text{其他}; \end{cases}$

(2) 独立; (3) $\mathrm{e}^{-0.1}$.

11. (1) $f(x,y) = \begin{cases} 1, & 0 \leqslant x \leqslant 1, \ 0 \leqslant y \leqslant 1, \\ 0, & \text{其他}; \end{cases}$ (2) $\dfrac{1}{12}$.

12. $f_{Y|X}(y|x) = \begin{cases} \mathrm{e}^{x-y}, & y > x > 0, \\ 0, & \text{其他}. \end{cases}$

13. (1)

X	1	2	3	4	5	6	7
P	0.03	0.03	0.21	0.24	0.30	0.13	0.06

(2)

M	1	2	3	4	5
P	0.06	0.07	0.33	0.26	0.28

(3)

N	0	1	2
P	0.46	0.33	0.21

14. $f_Z(z) = 0.3\phi(z-1) + 0.7\phi(z-2)$.

15. $f_Z(z) = \begin{cases} z^2, & 0 \leqslant z \leqslant 1, \\ 2z - z^2, & 1 < z \leqslant 2, \\ 0, & \text{其他}. \end{cases}$

16. $f_Z(z) = \begin{cases} \dfrac{3}{2}(1-z^2), & 0 \leqslant z < 1, \\ 0, & \text{其他}. \end{cases}$

17. $f_Z(z) = \begin{cases} 2z\mathrm{e}^{-z^2}, & z \geqslant 0, \\ 0, & \text{其他}. \end{cases}$

18. $f_Z(z) = \begin{cases} \dfrac{3}{2} - z, & 0 < z < 1, \\ 0, & \text{其他}. \end{cases}$

习 题 4

1. (1) $\dfrac{5}{12}$; (2) $\dfrac{7}{4}$; (3) $\dfrac{13}{12}$; (4) $\dfrac{52}{19}$.

2. $\dfrac{2n+1}{3}$.

3. $\dfrac{3}{5}, \dfrac{28}{75}$.

4. $0, \dfrac{1}{6}$.

5. $\dfrac{3}{4}, \dfrac{3}{80}$.

6. $50, 10$.

7. 8.784.

8. $a = \dfrac{1}{4}, b = -\dfrac{1}{4}, c = 1$.

9. $\dfrac{1}{2}$; 5.

10. $\dfrac{4}{3}, \dfrac{29}{45}$.

11. $\dfrac{1}{3}, \dfrac{8}{9}$.

13. 46.

14. (1) $-0.1, 0.3$; (2) $0.25, 0.21$; (3) $-0.05, \dfrac{-\sqrt{21}}{21}$.

15. (1) $\dfrac{5}{12}, \dfrac{5}{12}, \dfrac{1}{6}$; (2) $\dfrac{-1}{144}, \dfrac{5}{36}$; (3) $-\dfrac{1}{11}$.

18. -1.

20. $364, 24$.

21. $p \geqslant \dfrac{8}{9}$.

22. 0.4714.

习　题　5

1. (1) $(\theta+1)^n \prod\limits_{i=1}^{n}(x_i)^\theta$ $(0 \leqslant x \leqslant 1, \theta \geqslant 0)$;

(2) $\sum\limits_{i=1}^{n} X_i, \sum\limits_{i=1}^{4}(X_i-\bar{X})^4$ 是, $\sum\limits_{i=1}^{n}(X_i-\theta)$ 不是;

(3) $E(\bar{X}) = \dfrac{EX}{n} = \dfrac{\theta+1}{\theta+2}, D(\bar{X}) = \dfrac{DX}{n} = \dfrac{\theta+1}{n(\theta+3)(\theta+2)^2}$.

2. (1) $\left(\dfrac{1}{\sqrt{2\pi}\sigma}\right)^n \mathrm{e}^{-\frac{1}{2\sigma^2}\sum\limits_{i=1}^{n}(x_i-\mu)^2}$; (2) $\sqrt{\dfrac{5}{\pi}}\dfrac{1}{\sigma}\mathrm{e}^{-5\frac{(x-\mu)^2}{\sigma^2}}$.

3. 0.5328, 0.9772.

4. $\dfrac{\mathrm{e}^{-\lambda}\lambda^{\sum\limits_{i=1}^{n} x_i}}{\prod\limits_{i=1}^{n}(x_i!)}$.

5. 0.0548.

习　题　6

1. $\hat{p} = \dfrac{\bar{x}}{n}$; $\hat{p}_{\mathrm{MLE}} = \dfrac{\bar{x}}{n}$.

2. $\hat{p} = \bar{x}$; $\hat{p}_{\mathrm{MLE}} = \bar{x}$.

3. $(1147, 7578.9)$.

4. $\hat{\theta} = \dfrac{1}{\bar{x}} - 1$; $\hat{\theta}_{\mathrm{MLE}} = \dfrac{-n}{\sum\limits_{i=1}^{n}\ln(1-x_i)}$.

5. $\hat{\beta} = \dfrac{\bar{x}}{\bar{x}-1}$; $\hat{\beta}_{\mathrm{MLE}} = \dfrac{n}{\sum\limits_{i=1}^{n}\ln x_i}$.

6. $\hat{\theta}_{\mathrm{MLE}} = \dfrac{n}{\sum\limits_{i=1}^{n} X_i^\alpha}$.

7. $\hat{\theta} = 2\bar{X}$; $D(\hat{\theta}) = \dfrac{2\theta^2}{5n}$.

8. $\hat{\theta}_{\mathrm{MLE}} = \min\{x_1, x_2, \cdots, x_n\}$.

9. T_1, T_3; T_3 比 T_1 有效.

10. (1) $\hat{\theta} = \bar{X} - \dfrac{1}{2}$; (2) 证明略.

11. $\hat{\sigma}_{\text{MLE}} = \dfrac{1}{n}\sum_{i=1}^{n}|X_i|$; 是.

12. $c = \dfrac{\sigma_2^2}{\sigma_1^2 + \sigma_2^2}$.

13. (5.5584, 6.4416).

14. (14.754, 15.146).

15. (68.11, 85.089); (190.33, 702, 01).

16. $n \geqslant 11$.

17. 40526.

18. $(-0.002, 0.006)$.

19. (62.1, 137.9).

20. (0.222, 3.061).

习 题 7

1. 拒绝, 平均质量不等于 15.

2. 接受, 包装机工作正常.

3. 接受, 接受.

4. 拒绝原假设, 认为有显著降低.

5. 不能.

6. 发生变化了.

7. 不正常.

8. 拒绝 H_0.

9. 接受 H_0, 即无显著不同.

10. 可以.

11. 接受 H_0.

12. (1) 相等; (2) 相等.

习 题 8

1. (1) $\hat{y} = -39.02 + 0.63x$; (2) $\hat{\sigma}^2 = 66.81$; (3) $\hat{y}_0 = 59.16$.

2. (1) $\hat{y} = -2.735 + 0.483x$ 或 $\hat{y} = 67.3 + 0.483(x - 145)$; (2) $\hat{\sigma}^2 = 0.934$; (3) 显著.

3. (1) $\hat{y} = 193.95 + 1.80x$; (2) 显著; (3) (255.988, 366.004).

4. (3) $\hat{y} = 32.4556\,\mathrm{e}^{-0.0867318\,x}$.

参考文献

陈希孺. 2002. 概率论与数理统计. 北京：科学出版社

陈希孺, 王松桂. 1987. 近代回归分析 —— 原理方法及应用. 合肥：安徽教育出版社

贾俊平. 2004. 统计学. 2 版. 北京：清华大学出版社

茆诗松, 程依明, 濮晓龙. 2004. 概率论与数理统计教程. 北京：高等教育出版社

盛骤, 谢式千, 潘承毅. 2001. 概率论与数理统计. 3 版. 北京：高等教育出版社

王松桂. 1987. 线性模型的理论及其应用. 合肥：安徽教育出版社

赵选民, 徐伟, 师义民. 2002. 数理统计. 2 版. 北京：科学出版社

周纪芗. 1993. 回归分析. 上海：华东师范大学出版社

附录　常用统计分布表

附表 1　泊松分布概率值表 $P\{X = m\} = \dfrac{\lambda^m e^{-\lambda}}{m!}$

m \\ λ	0.1	0.2	0.3	0.4	0.5	0.6	0.7	0.8
0	0.904837	0.818731	0.740818	0.676320	0.606531	0.548812	0.496585	0.449329
1	0.090484	0.163746	0.222245	0.268128	0.303265	0.329287	0.347610	0.359463
2	0.004524	0.016375	0.033337	0.053626	0.075816	0.098786	0.121663	0.143785
3	0.000151	0.001092	0.003334	0.007150	0.012636	0.019757	0.028388	0.038343
4	0.000004	0.000055	0.000250	0.000715	0.001580	0.002964	0.004968	0.007669
5		0.000002	0.000015	0.000057	0.000158	0.000356	0.000696	0.001227
6			0.000001	0.000004	0.000013	0.000036	0.000081	0.000164
7					0.000001	0.000003	0.000008	0.000019
8							0.000001	0.000002
9								
10								
11								
12								
13								
14								
15								
16								
17								

m \\ λ	0.9	1.0	1.5	2.0	2.5	3.0	3.5	4.0
0	0.406570	0.367879	0.223130	0.135335	0.082085	0.049787	0.030197	0.018316
1	0.35913	0.367879	0.334695	0.270671	0.205212	0.149361	0.105691	0.073263
2	0.164661	0.183940	0.251021	0.270671	0.256516	0.224042	0.184959	0.146525
3	0.049398	0.061313	0.125510	0.180447	0.213763	0.224042	0.215785	0.195367
4	0.011115	0.015328	0.047067	0.090224	0.133602	0.168031	0.188812	0.195367
5	0.002001	0.003066	0.014120	0.036089	0.066801	0.100819	0.132169	0.156293
6	0.000300	0.000511	0.003530	0.012030	0.027834	0.050409	0.077098	0.104196
7	0.000039	0.000073	0.000756	0.003437	0.009941	0.021604	0.038549	0.059540
8	0.000004	0.000009	0.000142	0.000859	0.003106	0.008102	0.016865	0.029770
9		0.000001	0.000024	0.000191	0.000863	0.002701	0.006559	0.013231
10			0.00004	0.000038	0.000216	0.000810	0.002296	0.005292
11				0.000007	0.000049	0.000221	0.000730	0.001925
12				0.000001	0.000010	0.000055	0.000213	0.000642
13					0.000002	0.000013	0.000057	0.000197
14						0.000002	0.000014	0.000056
15						0.000001	0.000003	0.000015
16							0.000001	0.000004
17								0.000001

续表

m \ λ	4.5	5.0	5.5	6.0	6.5	7.0	7.5	8.0
0	0.011109	0.006738	0.004087	0.002479	0.001503	0.0000912	0.000553	0.000335
1	0.049990	0.033690	0.022477	0.014873	0.009773	0.006383	0.004148	0.002684
2	0.112479	0.084224	0.061812	0.044618	0.031760	0.022341	0.015556	0.010735
3	0.168718	0.140374	0.113323	0.089235	0.068814	0.052129	0.038888	0.028626
4	0.189808	0.175467	0.155819	0.133853	0.111822	0.091226	0.072917	0.057252
5	0.170827	0.175467	0.171001	0.160623	0.145369	0.127717	0.109374	0.091604
6	0.128120	0.146223	0.157117	0.160623	0.157483	0.149003	0.136719	0.122138
7	0.082363	0.104445	0.123449	0.137677	0.146234	0.149003	0.146484	0.139587
8	0.046329	0.065278	0.084872	0.103258	0.118815	0.130377	0.137328	0.139587
9	0.023165	0.036266	0.051866	0.068838	0.085811	0.101405	0.114441	0.124077
10	0.010424	0.018133	0.028526	0.041303	0.055777	0.070983	0.085830	0.099262
11	0.004264	0.008242	0.014263	0.022529	0.032959	0.045171	0.058521	0.072190
12	0.001599	0.003434	0.006537	0.011264	0.017853	0.026350	0.036575	0.048127
13	0.000554	0.001321	0.002766	0.005199	0.008927	0.014188	0.02101	0.029616
14	0.000178	0.000472	0.001086	0.002228	0.004144	0.007094	0.011305	0.016924
15	0.000053	0.000157	0.000399	0.000891	0.001796	0.003311	0.005652	0.009026
16	0.000015	0.000049	0.000137	0.000334	0.000730	0.001448	0.002649	0.004513
17	0.000004	0.000014	0.000044	0.000118	0.000279	0.000596	0.001169	0.002124
18	0.000001	0.000004	0.000014	0.000039	0.000100	0.000232	0.000487	0.000944
19		0.00001	0.000004	0.000012	0.000035	0.000085	0.000192	0.000397
20			0.00001	0.000004	0.000011	0.000030	0.000072	0.000159
21				0.000001	0.000004	0.000010	0.000026	0.000061
22					0.000001	0.000003	0.000009	0.000022
23						0.000001	0.000003	0.000008
24							0.000001	0.000003
25								0.000001
26								
27								
28								
29								

续表

m \ λ	8.5	9.0	9.5	10.0	m \ λ	20	m \ λ	30
0	0.000203	0.000123	0.000075	0.000045	5	0.0001	12	0.0001
1	0.001730	0.001111	0.000711	0.000454	6	0.0002	13	0.0002
2	0.007350	0.004998	0.003378	0.002270	7	0.0005	14	0.0005
3	0.020826	0.014994	0.010696	0.007567	8	0.0013	15	0.0010
4	0.44255	0.033737	0.025403	0.018917	9	0.0029	16	0.0019
5	0.075233	0.060727	0.048265	0.037833	10	0.0058	17	0.0034
6	0.106581	0.091090	0.076421	0.063055	11	0.0106	18	0.0057
7	0.129419	0.117116	0.103714	0.090079	12	0.0176	19	0.0089
8	0.137508	0.131750	0.123160	0.112599	13	0.0271	20	0.0134
9	0.129869	0.131756	0.130003	0.125110	14	0.0382	21	0.0192
10	0.110303	0.118580	0.122502	0.125110	15	0.0517	22	0.0261
11	0.085300	0.097020	0.106662	0.113736	16	0.0646	23	0.0341
12	0.060421	0.072765	0.084440	0.094780	17	0.0760	24	0.0426
13	0.039506	0.050376	0.061706	0.072908	18	0.0814	25	0.0571
14	0.023986	0.032384	0.041872	0.052077	19	0.0888	26	0.0590
15	0.013592	0.019431	0.026519	0.034718	20	0.0888	27	0.0655
16	0.007220	0.010930	0.015746	0.021699	21	0.0846	28	0.0702
17	0.003611	0.005786	0.008799	0.012764	22	0.0767	29	0.0726
18	0.001705	0.002893	0.004644	0.007091	23	0.0669	30	0.0726
19	0.000762	0.001370	0.002322	0.003732	24	0.0557	31	0.703
20	0.000324	0.000617	0.001103	0.001866	25	0.0446	32	0.0659
21	0.000132	0.000264	0.000433	0.008989	26	0.0343	33	0.0599
22	0.000050	0.000108	0.000216	0.000404	27	0.0254	34	0.0529
23	0.000019	0.000042	0.00089	0.000176	28	0.0182	35	0.0453
24	0.000007	0.000016	0.000025	0.000073	29	0.0125	36	0.0378
25	0.000002	0.000006	0.000014	0.000029	30	0.0083	37	0.0306
26	0.000001	0.000002	0.000004	0.000011	31	0.0054	38	0.0242
27		0.000001	0.000002	0.000004	32	0.0034	39	0.0186
28			0.000001	0.000001	33	0.0020	40	0.0139
29				0.000001	34	0.0012	41	0.0102
							42	0.0073
							43	0.0501
					35	0.0007	44	0.0035
					36	0.0004	45	0.0023
					37	0.0002	46	0.0015
					38	0.0001	47	0.0010
					39	0.0001	48	0.0006

附表 2 标准正态分布函数值表 $\Phi_0(x) = \dfrac{1}{\sqrt{2\pi}} \displaystyle\int_{-\infty}^{x} \mathrm{e}^{-\frac{t^2}{2}} \mathrm{d}t (x \geqslant 0)$

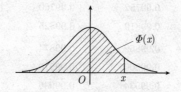

x	0.00	0.01	0.02	0.03	0.04
0.0	0.5000	0.5040	0.5080	0.5120	0.5160
0.1	0.5398	0.5438	0.5478	0.5517	0.5557
0.2	0.5793	0.5832	0.5871	0.5910	0.5948
0.3	0.6179	0.6217	0.6255	0.6293	0.6331
0.4	0.6554	0.6591	0.6628	0.6664	0.6700
0.5	0.6915	0.6950	0.6985	0.7019	0.7054
0.6	0.7257	0.7291	0.7324	0.7357	0.7389
0.7	0.7580	0.7611	0.7642	0.7673	0.7703
0.8	0.7881	0.7910	0.7939	0.7967	0.7995
0.9	0.8159	0.8186	0.8212	0.8238	0 8264
1.0	0.8413	0.8438	0.8461	0.8485	0.8508
1.1	0.8643	0.8665	0.8686	0.8708	0.8729
1.2	0.8849	0.8869	0.8888	0.8907	0.8925
1.3	0.90320	0.90490	0.90678	0.90824	0.90988
1.4	0.91924	0.92073	0.92220	0.92364	0.92507
1.5	0.93319	0.93448	0.93574	0.93699	0.93822
1.6	0.94520	0.94630	0.94738	0.94845	0.94950
1.7	0.95543	0.95637	0.95728	0.95818	0.95907
1.8	0.96407	0.96485	0.96562	0.96638	0.96712
1.9	0.97128	0.97193	0.97257	0.97320	0.97381
2.0	0.97725	0.97778	0.97831	0.97882	0.97932
2.1	0.98214	0.98257	0.98300	0.98341	0.98382
2.2	2.98610	0.98645	0.98679	0.98713	0.98745
2.3	0.98928	0.98956	0.98983	0.99010	0.99036
2.4	0.99180	0.99202	0.99224	0.99245	0.99266
2.5	0.99379	0.99396	0.99413	0.99430	0.99446
2.6	0.99534	0.99547	0.99560	0.99573	0.99586
2.7	0.99653	0.99664	0.99674	0.99683	0.99693

续表

x	0.00	0.01	0.02	0.03	0.04
2.8	0.99745	0.99752	0.99760	0.99767	0.99774
2.9	0.99813	0.99819	0.99825	0.99831	0.99836
3.0	0.99865	0.99869	0.99874	0.99878	0.99882
3.1	0.99903	0.99906	0.99910	0.99913	0.99916
3.2	0.99931	0.99934	0.99936	0.99938	0.99940
3.3	0.99952	0.99953	0.99955	0.99957	0.99958
3.4	0.99966	0.99968	0.99969	0.99970	0.99971
3.5	0.99977	0.99978	0.99978	0.99979	0.99980
3.6	0.99984	0.99985	0.99985	0.99986	0.99986
3.7	0.99989	0.99990	0.99990	0.99990	0.99991
3.8	0.99993	0.99993	0.99993	0.99994	0.99994
3.9	0.99995	0.99995	0.99996	0.99996	0.99996
4.0	0.99997	0.99997	0.99997	0.99997	0.99997
4.1	0.99998	0.99998	0.99998	0.99998	0.99998
4.2	0.99999	0.99999	0.99999	0.99999	0.99999
4.3	0.99999	0.99999	0.99999	0.99999	0.99999
4.4	0.99999	0.99999	1.00000	1.00000	1.00000

x	0.05	0.06	0.07	0.08	0.09
0.0	0.5199	0.5239	0.5279	0.5319	0.5359
0.1	0.5596	0.5636	0.5675	0.5714	0.5753
0.2	0.5987	0.6026	0.6064	0.6103	0.6141
0.3	0.6368	0.6406	0.6443	0.6480	0.6517
0.4	0.6736	0.6772	0.6808	0.6844	0.6879
0.5	0.7088	0.7123	0.7157	0.7190	0.7224
0.6	0.7422	0.7454	0.7486	0.7517	0.7549
0.7	0.7734	0.7764	0.7794	0.7823	0.7852
0.8	0.8023	0.8051	0.8078	0.8106	0.8133
0.9	0.8289	0.8315	0.8340	0.8365	0.8389
1.0	0.8531	0.8554	0.8577	0.8599	0.8621
1.1	0.8749	0.8770	0.8790	0.8810	0.8830
1.2	0.8944	0.8962	0.8980	0.8997	0.90147
1.3	0.91140	0.91309	0.91466	0.91621	0.91774
1.4	0.92647	0.92785	0.92922	0.93056	0.93189
1.5	0.93943	0.94062	0.94179	0.94295	0.94408

续表

x	0.05	0.06	0.07	0.08	0.09
1.6	0.95053	0.95154	0.95254	0.95352	0.95449
1.7	0.95994	0.96080	0.96164	0.96246	0.96327
1.8	0.96784	0.96856	0.96926	0.96995	0.97062
1.9	0.97441	0.97500	0.97558	0.97615	0.97670
2.0	0.97982	0.98030	0.98077	0.98124	0.98169
2.1	0.98422	0.98461	0.98500	0.98537	0.98574
2.2	0.98778	0.98809	0.98840	0.98870	0.98899
2.3	0.99061	0.99086	0.99111	0.99134	0.99158
2.4	0.99286	0.99305	0.99324	0.99343	0.99361
2.5	0.99461	0.99477	0.99492	0.99506	0.99520
2.6	0.99598	0.99609	0.99621	0.99632	0.99643
2.7	0.99702	0.99711	0.99720	0.99728	0.99737
2.8	0.99781	0.99788	0.99795	0.99801	0.99807
2.9	0.99841	0.99846	0.99851	0.99856	0.99861
3.0	0.99886	0.99889	0.99893	0.99897	0.99900
3.1	0.99918	0.99921	0.99924	0.99926	0.99929
3.2	0.99942	0.99944	0.99946	0.99948	0.99950
3.3	0.99960	0.99961	0.99962	0.99964	0.99965
3.4	0.99972	0.99973	0.99974	0.99975	0.99976
3.5	0.99981	0.99981	0.99982	0.99983	0.99983
3.6	0.99987	0.99987	0.99988	0.99988	0.99989
3.7	0.99991	0.99992	0.99992	0.99992	0.99992
3.8	0.99994	0.99994	0.99995	0.99995	0.99995
3.9	0.99996	0.99996	0.99996	0.99997	0.99997
4.0	0.99997	0.99998	0.99998	0.99998	0.99998
4.1	0.99998	0.99998	0.99998	0.99999	0.99999
4.2	0.99999	0.99999	0.99999	0.99999	0.99999
4.3	0.99999	0.99999	0.99999	0.99999	0.99999
4.4	1.00000	1.00000	1.00000	1.00000	1.00000

附表 3 χ^2 分布上侧分位数表 $P\{\chi^2(n) > \chi_\alpha^2(n)\} = \alpha$

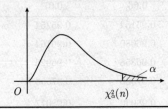

n \ α	0.995	0.99	0.975	0.95	0.90	0.75
1	—	—	0.001	0.004	0.016	0.102
2	0.010	0.020	0.051	0.103	0.211	0.575
3	0.072	0.115	0.216	0.352	0.584	1.213
4	0.207	0.297	0.484	0.711	1.064	1.923
5	0.412	0.554	0.831	1.145	1.610	2.675
6	0.676	0.872	1.237	1.635	2.204	3.455
7	0.989	1.239	1.690	2.167	2.833	4.255
8	1.344	1.646	2.180	2.733	3.490	5.071
9	1.735	2.088	2.700	3.325	4.168	5.899
10	2.156	2.558	3.247	3.940	4.865	6.737
11	2.603	3.053	3.816	4.575	5.578	7.584
12	3.074	3.571	4.404	5.226	6.304	8.438
13	3.565	4.107	5.009	5.892	7.042	9.299
14	4.075	4.660	5.629	6.571	7.790	10.165
15	4.601	5.229	6.262	7.261	8.547	11.037
16	5.142	5.812	6.908	7.962	9.312	11.912
17	5.697	6.408	7.564	8.672	10.085	12.792
18	6.265	7.015	8.231	9.390	10.865	13.675
19	6.844	7.633	8.907	10.117	11.651	14.562
20	7.434	8.260	9.591	10.851	12.443	15.452
21	8.034	8.897	10.283	11.591	13.240	16.344
22	8.643	9.542	10.982	12.338	14.042	17.240
23	9.260	10.196	11.689	13.091	14.848	18.137
24	9.886	10.856	12.401	13.848	15.659	19.037
25	10.520	11.524	13.120	14.611	16.473	19.939
26	11.160	12.198	13.844	15.379	17.292	20.843
27	11.808	12.879	14.573	16.151	18.114	21.749
28	12.461	13.565	15.308	16.928	18.938	22.657

续表

n ＼ α	0.995	0.99	0.975	0.95	0.90	0.75
29	13.121	14.257	16.047	17.708	19.768	23.567
30	13.787	14.954	16.791	18.493	20.599	24.478
31	14.458	15.655	17.539	19.281	21.434	25.390
32	15.134	16.362	18.291	20.072	22.271	26.304
33	15.815	17.074	19.047	20.867	23.110	27.219
34	16.501	17.789	19.806	21.664	23.952	28.136
35	17.192	18.509	20.569	22.465	24.797	29.054
36	17.887	19.233	21.336	23.269	25.643	29.973
37	18.586	19.960	22.106	24.075	26.492	30.893
38	19.289	20.691	22.878	24.884	27.343	31.815
39	19.996	21.426	23.654	25.695	28.196	32.737
40	20.707	22.164	24.433	26.509	29.051	33.660
41	21.421	22.906	25.215	27.326	29.907	34.585
42	22.138	23.650	25.999	28.144	30.765	35.510
43	22.859	24.398	26.785	28.965	31.625	36.436
44	23.584	25.148	27.575	29.787	32.487	37.363
45	24.311	25.901	28.366	30.612	33.350	38.291

n ＼ α	0.25	0.10	0.05	0.025	0.01	0.005
1	1.323	2.706	3.841	5.024	6.635	7.879
2	2.773	4.605	5.991	7.378	9.210	10.597
3	4.108	6.251	7.815	9.348	11.345	12.838
4	5.385	7.779	9.488	11.143	13.277	14.860
5	6.626	9.236	11.071	12.833	15.086	16.750
6	7.841	10.45	12.592	14.449	16.812	18.548
7	9.037	12.017	14.067	16.013	18.475	20.278
8	10.219	13.362	15.507	17.535	20.090	21.955
9	11.389	14.684	16.919	19.023	21.666	23.589
10	12.549	15.987	18.307	20.483	23.209	25.188
11	13.701	17.275	19.675	21.920	24.725	26.756
12	14.845	18.549	21.026	23.337	26.217	28.299
13	15.984	19.812	22.362	24.736	27.688	29.819

续表

n \ α	0.25	0.10	0.05	0.025	0.01	0.005
14	17.117	21.064	23.685	26.119	29.141	31.319
15	18.245	22.307	24.996	27.488	30.578	32.801
16	19.369	23.542	26.296	28.845	32.000	34.267
17	20.489	24.769	27.587	30.191	33.409	35.718
18	21.605	25.989	28.869	31.526	34.805	37.156
19	22.718	27.204	30.144	32.852	36.191	38.582
20	23.828	28.412	31.410	34.170	37.566	39.997
21	24.935	29.615	32.671	35.479	38.932	41.401
22	26.039	30.813	33.924	36.781	40.289	42.796
23	27.141	32.007	35.172	38.076	41.638	44.181
24	28.241	33.196	36.415	39.364	42.980	45.559
25	29.339	34.382	37.652	40.646	44.314	46.928
26	30.435	35.563	38.885	41.923	45.642	48.290
27	31.528	36.741	40.113	43.194	46.963	49.645
28	32.620	37.916	41.337	44.461	48.278	50.993
29	33.711	39.087	42.557	45.722	49.588	52.336
30	34.800	40.256	43.773	46.979	50.892	53.672
31	35.887	41.422	44.985	48.232	52.191	55.003
32	36.973	42.585	46.194	49.480	53.486	56.328
33	38.058	43.745	47.400	50.725	54.776	57.648
34	39.141	44.903	48.602	51.966	56.061	58.964
35	40.223	46.059	49.802	53.203	57.342	60.275
36	41.304	47.212	50.998	54.437	58.619	61.581
37	42.383	48.363	52.192	55.668	59.892	62.883
38	43.462	59.513	58.384	56.896	61.162	64.181
39	44.539	50.660	54.572	58.120	62.428	65.476
40	45.616	51.805	55.758	59.342	63.691	66.766
41	56.692	52.949	56.942	60.561	64.950	68.053
42	47.766	54.090	58.124	61.777	66.206	69.336
43	48.840	55.230	59.304	62.990	67.459	70.616
44	49.913	56.369	60.481	64.201	68.710	71.893
45	50.985	57.505	61.656	65.410	69.957	73.166

附表 4　F分布上侧分位数表 $P\{F(m,n) > F_\alpha(m,n)\} = \alpha$

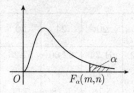

$\alpha = 0.10$

n＼m	1	2	3	4	5	6	7	8	9
1	39.86	49.50	53.59	55.83	57.24	58.20	58.91	59.44	59.86
2	8.53	9.00	9.16	9.24	9.29	9.33	9.35	9.37	9.38
3	5.54	5.46	5.39	5.34	5.31	5.28	5.27	5.25	5.24
4	4.54	4.32	4.19	4.11	4.05	4.01	3.98	3.95	3.94
5	4.06	3.78	3.62	3.52	3.45	3.40	3.37	3.34	3.32
6	3.78	3.46	3.29	3.18	3.11	3.05	3.01	2.98	2.96
7	3.59	3.26	3.07	2.96	2.88	2.83	2.78	2.75	2.72
8	3.46	3.11	2.92	2.81	2.73	2.67	2.62	2.59	2.56
9	3.36	3.01	2.81	2.69	2.61	2.55	2.51	2.47	2.44
10	3.29	2.92	2.73	2.61	2.52	2.46	2.41	2.38	2.35
11	3.23	2.86	2.66	2.54	2.45	2.39	2.34	2.30	2.27
12	3.18	2.81	2.61	2.48	2.39	2.33	2.28	2.24	2.21
13	3.14	2.76	2.56	2.43	2.35	2.28	2.23	2.20	2.16
14	3.10	2.73	2.52	2.39	2.31	2.24	2.19	2.15	2.12
15	3.07	2.70	2.49	2.36	2.27	2.21	2.16	2.12	2.09
16	3.05	2.67	2.46	2.33	2.24	2.18	2.13	2.09	2.06
17	3.03	2.64	2.44	2.31	2.22	2.15	2.10	2.06	2.03
18	3.01	2.62	2.42	2.29	2.20	2.13	2.08	2.04	2.00
19	2.99	2.61	2.40	2.27	2.18	2.11	2.06	2.02	1.98
20	2.97	2.59	2.38	2.25	2.16	2.09	2.04	2.00	1.96
21	2.96	2.57	2.36	2.23	2.14	2.08	2.02	1.98	1.95
22	2.95	2.56	2.35	2.22	2.13	2.06	2.01	1.97	1.93
23	2.94	2.55	2.34	2.21	2.11	2.05	1.99	1.95	1.92
24	2.93	2.54	2.33	2.19	2.10	2.04	1.98	1.94	1.91
25	2.92	2.53	2.32	2.18	2.09	2.02	1.97	1.93	1.89
26	2.91	2.52	2.31	2.17	2.08	2.01	1.96	1.92	1.88
27	2.92	2.51	2.30	2.17	2.07	2.00	1.95	1.91	1.87
28	2.89	2.50	2.29	2.16	2.06	2.00	1.94	1.90	1.87
29	2.89	2.50	2.28	2.15	2.06	1.99	1.93	1.89	1.86
30	2.88	2.49	2.28	2.14	2.05	1.98	1.93	1.88	1.85
40	2.84	2.44	2.23	2.09	2.00	1.93	1.87	1.83	1.79
60	2.79	2.39	2.18	2.04	1.95	1.87	1.82	1.77	1.74
120	2.75	2.35	2.13	1.99	1.90	1.82	1.77	1.72	1.68
∞	2.71	2.30	2.08	1.94	1.85	1.77	1.72	1.67	1.63

续表

$\alpha = 0.10$

n \ m	10	12	15	20	24	30	40	60	120	∞
1	60.19	60.17	61.22	61.74	62.00	62.26	62.53	62.79	63.06	63.33
2	9.39	9.41	9.42	9.44	9.45	9.46	9.47	9.47	9.48	9.49
3	5.23	5.22	5.20	5.18	5.18	5.17	5.16	5.15	5.14	5.13
4	3.92	3.90	3.87	3.84	3.83	3.82	3.80	3.70	3.78	3.76
5	3.30	3.27	3.24	3.21	3.19	3.17	3.16	3.14	3.12	3.10
6	2.94	2.90	2.87	2.84	2.82	2.80	2.78	2.76	2.74	2.72
7	2.70	2.67	2.63	2.59	2.58	2.56	2.54	2.51	2.49	2.47
8	2.54	2.50	2.46	2.42	2.40	2.38	2.36	2.34	2.32	2.29
9	2.42	2.38	2.34	2.30	2.28	2.25	2.23	2.21	2.18	2.16
10	2.32	2.28	2.24	2.20	2.18	2.16	2.13	2.11	2.08	2.06
11	2.25	2.21	2.17	2.12	2.10	2.08	2.05	2.03	2.00	1.97
12	2.19	2.15	2.10	2.06	2.04	2.01	1.99	1.96	1.93	1.90
13	2.14	2.10	2.05	2.01	1.98	1.96	1.93	1.90	1.88	1.85
14	2.10	2.05	2.01	1.96	1.94	1.91	1.89	1.86	1.83	1.80
15	2.06	2.02	1.97	1.92	1.90	1.87	1.85	1.82	1.79	1.76
16	2.03	1.99	1.94	1.89	1.87	1.84	1.81	1.78	1.75	1.72
17	2.00	1.96	1.91	1.86	1.84	1.81	1.78	1.75	1.72	1.69
18	1.98	1.93	1.89	1.84	1.81	1.78	1.75	1.72	1.69	1.66
19	1.96	1.91	1.86	1.81	1.79	1.76	1.73	1.70	1.67	1.63
20	1.94	1.89	1.84	1.79	1.77	1.74	1.71	1.68	1.64	1.61
21	1.92	1.87	1.83	1.78	1.75	1.72	1.69	1.66	1.62	1.59
22	1.90	1.86	1.81	1.76	1.73	1.70	1.67	1.64	1.60	1.57
23	1.89	1.84	1.80	1.74	1.72	1.69	1.66	1.62	1.59	1.56
24	1.88	1.83	1.78	1.73	1.70	1.67	1.64	1.61	1.57	1.53
25	1.87	1.82	1.77	1.72	1.69	1.66	1.63	1.59	1.56	1.52
26	1.86	1.81	1.76	1.71	1.68	1.65	1.61	1.58	1.54	1.50
27	1.85	1.80	1.75	1.70	1.67	1.64	1.60	1.57	1.53	1.49
28	1.84	1.79	1.74	1.69	1.66	1.63	1.59	1.56	1.52	1.48
29	1.83	1.78	1.73	1.68	1.65	1.62	1.58	1.55	1.51	1.47
30	1.82	1.77	1.72	1.67	1.64	1.61	1.57	1.54	1.50	1.46
40	1.76	1.71	1.66	1.61	1.57	1.54	1.51	1.47	1.42	1.38
60	1.71	1.66	1.60	1.54	1.51	1.48	1.44	1.40	1.35	1.29
120	1.65	1.60	1.55	1.48	1.45	1.41	1.37	1.32	1.26	1.19
∞	1.60	1.55	1.49	1.42	1.38	1.34	1.30	1.24	1.17	1.00

续表

$\alpha = 0.05$

n \ m	1	2	3	4	5	6	7	8	9
1	161.4	199.5	215.7	224.6	230.2	234.0	236.8	238.9	240.5
2	18.51	19.00	19.16	19.25	19.30	19.33	19.35	19.37	19.38
3	10.13	9.55	9.28	9.12	9.01	8.94	8.89	8.85	8.81
4	7.71	6.94	6.59	6.39	6.26	6.16	6.09	6.04	6.00
5	6.61	5.79	5.41	5.19	5.05	4.95	4.88	4.82	4.77
6	5.99	5.14	4.76	4.53	4.39	4.28	4.21	4.15	4.10
7	5.59	4.46	4.07	3.84	3.69	3.58	3.50	3.44	3.39
8	5.32	4.46	4.07	3.84	3.69	3.58	3.50	3.44	3.39
9	5.12	4.26	3.86	3.63	3.48	3.37	3.29	3.23	3.18
10	4.96	4.10	3.71	3.48	3.33	3.22	3.14	3.07	3.02
11	4.84	3.98	3.59	3.36	3.20	3.09	3.01	2.95	2.90
12	4.75	3.89	3.49	3.26	3.11	3.00	2.91	2.85	2.80
13	4.67	3.81	3.41	3.18	3.03	2.92	2.83	2.77	2.71
14	4.60	3.74	3.34	3.11	2.96	2.85	2.76	2.70	2.65
15	4.54	3.68	3.29	3.06	2.90	2.79	2.71	2.64	2.59
16	4.49	3.63	3.24	3.01	2.85	2.74	2.66	2.59	2.54
17	4.45	3.59	3.20	2.96	2.81	2.70	2.61	2.55	2.49
18	4.41	3.55	3.16	2.93	2.77	2.66	2.58	2.51	2.46
19	4.38	3.52	3.13	2.90	2.74	2.63	2.54	2.48	2.42
20	4.35	3.49	3.10	2.87	2.71	2.60	2.51	2.45	2.39
21	4.32	3.47	3.07	2.84	2.68	2.57	2.49	2.42	2.37
22	4.30	3.44	3.05	2.82	2.66	2.55	2.46	2.40	2.34
23	4.28	3.42	3.03	2.80	2.64	2.53	2.44	2.37	2.32
24	4.26	3.40	3.01	2.78	2.62	2.51	2.42	2.36	2.30
25	4.24	3.39	2.99	2.76	2.60	2.49	2.40	2.34	2.28
26	4.23	3.37	2.98	2.74	2.59	2.47	2.39	2.32	2.27
27	4.21	3.35	2.96	2.73	2.57	2.46	2.37	2.31	2.25
28	4.20	3.34	2.95	2.71	2.56	2.45	2.36	2.29	2.24
29	4.18	3.33	2.93	2.70	2.55	2.43	2.35	2.28	2.22
30	4.17	3.32	2.92	2.69	2.53	2.42	2.33	2.27	2.21
40	4.08	3.23	2.84	2.61	2.45	2.34	2.25	2.18	2.12
60	4.06	3.15	2.76	2.53	2.37	2.25	2.17	2.10	2.04
120	3.92	3.07	2.68	2.45	2.29	2.17	2.09	2.02	1.96
∞	3.84	3.00	2.60	2.37	2.21	2.10	2.01	1.94	1.88

续表

$\alpha = 0.025$

n＼m	1	2	3	4	5	6	7	8	9
1	647.8	799.5	864.2	899.6	921.8	937.1	948.2	956.7	963.3
2	38.51	39.00	39.17	39.25	39.30	39.33	39.36	39.37	39.39
3	17.44	16.04	15.44	15.10	14.88	14.73	14.62	14.54	14.47
4	12.22	10.65	8.98	9.60	9.36	9.20	9.07	8.98	8.90
5	10.01	8.43	7.76	7.39	7.15	6.98	6.85	6.76	6.68
6	8.81	7.26	6.60	6.23	5.99	5.82	5.70	5.60	5.52
7	8.07	6.54	5.89	5.52	5.52	5.12	4.99	4.90	4.82
8	7.57	6.06	5.42	5.05	4.82	4.65	4.53	4.43	4.36
9	7.21	5.71	5.03	4.72	4.48	4.32	4.20	4.10	4.03
10	6.94	5.46	4.83	4.47	4.24	4.07	3.95	3.85	3.78
11	6.72	5.26	4.63	4.28	4.04	3.88	3.76	3.66	3.59
12	6.55	5.10	4.42	4.12	3.89	3.73	3.61	3.51	3.44
13	6.41	4.97	4.35	4.00	3.77	3.60	3.48	3.39	3.31
14	6.30	4.86	4.24	3.89	3.66	3.50	3.38	3.29	3.21
15	6.20	4.77	4.15	3.80	3.58	3.41	3.29	3.20	3.12
16	6.12	4.69	4.08	3.73	3.50	3.34	3.22	3.12	3.05
17	6.01	4.62	4.01	3.66	3.44	3.28	3.16	3.06	2.98
18	5.98	4.56	3.95	3.61	3.38	3.22	3.10	3.01	2.93
19	5.92	4.51	3.90	3.56	3.33	3.17	3.05	2.96	2.88
20	5.87	4.46	3.86	3.51	3.29	3.13	3.01	2.91	2.84
21	5.83	4.42	3.82	3.48	3.25	3.09	2.97	2.87	2.80
22	5.79	4.38	3.78	3.44	3.22	3.05	2.93	2.84	2.76
23	5.76	4.35	3.75	3.41	3.18	3.02	2.90	2.81	2.73
24	5.72	4.32	3.72	3.38	3.15	2.99	2.87	2.78	2.70
25	5.69	4.29	3.69	3.35	3.13	2.97	2.85	2.75	2.68
26	5.66	4.27	3.67	3.33	3.10	2.94	2.82	2.73	2.65
27	5.63	4.24	3.65	3.31	3.08	2.92	2.80	2.71	2.63
28	5.61	4.22	3.63	3.29	3.06	2.90	2.78	2.69	2.61
29	5.59	4.20	3.61	3.27	3.04	2.88	2.76	2.67	2.59
30	5.57	4.18	3.59	3.25	3.03	2.87	2.75	2.65	2.57
40	5.42	4.05	3.46	3.13	2.90	2.74	2.62	2.53	2.45
60	5.29	3.93	3.34	3.01	2.79	2.63	2.51	2.41	2.33
120	5.15	3.80	3.23	2.89	2.67	2.52	2.39	2.30	2.22
∞	5.02	3.69	3.12	2.79	2.57	2.41	2.29	2.19	2.11

续表

$\alpha = 0.025$

n＼m	10	12	15	20	24	30	40	60	120	∞
1	968.6	976.7	984.9	993.1	997.2	1001	1006	1010	1014	1018
2	39.40	39.41	39.43	39.45	39.46	39.46	39.47	39.48	39.49	39.50
3	14.42	14.34	14.25	14.17	14.12	14.08	14.04	13.99	13.95	13.90
4	8.84	8.75	8.66	8.56	8.51	8.46	8.41	8.36	8.31	8.26
5	6.62	6.52	6.43	6.33	6.28	6.23	6.18	6.12	6.07	6.02
6	5.46	5.37	5.27	5.17	5.12	5.07	5.01	4.96	4.90	4.85
7	4.76	4.67	4.57	4.47	4.42	4.36	4.31	4.25	4.20	4.14
8	4.30	4.20	4.10	4.00	3.95	3.89	3.84	3.78	3.73	3.67
9	3.96	3.87	3.77	3.67	3.61	3.56	3.51	3.45	3.39	3.33
10	3.72	3.62	3.52	3.42	3.37	3.31	3.26	3.20	3.14	3.08
11	3.53	3.43	3.33	3.23	3.17	3.12	3.06	3.00	2.94	2.88
12	3.37	3.28	3.18	3.07	3.02	2.96	2.91	2.85	2.79	2.72
13	3.25	3.15	3.05	2.95	2.89	2.84	2.78	2.72	2.66	2.60
14	3.15	3.05	2.95	2.84	2.79	2.73	2.67	2.61	2.55	2.49
15	3.06	2.96	2.86	2.76	2.70	2.64	2.59	2.52	2.46	2.40
16	2.99	2.89	2.79	2.68	2.63	2.57	2.51	2.45	2.38	2.32
17	2.92	2.82	2.72	2.62	2.56	2.50	2.44	2.38	2.32	2.25
18	2.87	2.77	2.67	2.56	2.50	2.44	2.38	2.32	2.26	2.19
19	2.82	2.72	2.62	2.51	2.45	2.39	2.33	2.27	2.20	2.13
20	2.77	2.68	2.57	2.46	2.41	2.35	2.29	2.22	2.16	2.09
21	2.73	2.64	2.53	2.42	2.37	2.31	2.25	2.18	2.11	2.04
22	2.70	2.60	2.50	2.39	2.33	2.27	2.21	2.14	2.08	2.00
23	2.67	2.57	2.47	2.36	2.30	2.24	2.18	2.11	2.04	1.97
24	2.64	2.54	2.44	2.33	2.27	2.21	2.15	2.08	2.01	1.94
25	2.61	2.51	2.41	2.30	2.24	2.18	2.12	2.05	1.98	1.91
26	2.59	2.49	2.39	2.28	2.22	2.16	2.09	2.03	1.95	1.88
27	2.57	2.47	2.36	2.25	2.19	2.13	2.07	2.00	1.93	1.85
28	2.55	2.45	2.34	2.23	2.17	2.11	2.05	1.98	1.91	1.83
29	2.53	2.43	2.32	2.21	2.15	2.09	2.03	1.96	1.89	1.81
30	2.51	2.41	2.31	2.20	2.14	2.07	2.01	1.94	1.87	1.79
40	2.39	2.29	2.18	2.07	2.01	1.94	1.88	1.80	1.72	1.64
60	2.27	2.17	2.06	1.94	1.88	1.82	1.74	1.67	1.58	1.48
120	2.16	2.05	1.94	1.82	1.76	1.69	1.61	1.53	1.43	1.31
∞	2.05	1.94	1.83	1.71	1.64	1.57	1.48	1.39	1.27	1.00

续表

$\alpha = 0.01$

m n	1	2	3	4	5	6	7	8	9
1	4652	4999.5	5403	5625	5764	5859	5928	5982	6022
2	98.50	90.00	99.17	99.25	99.30	99.33	99.36	99.37	99.39
3	34.12	30.82	29.46	28.71	28.24	27.91	27.67	27.49	27.35
4	21.20	18.00	16.69	15.98	15.53	15.21	14.98	14.80	14.66
5	16.26	13.27	12.06	11.39	10.97	10.67	10.46	10.29	10.16
6	13.75	10.92	9.78	9.15	8.75	8.47	8.26	8.10	7.98
7	12.25	9.55	8.45	7.85	7.45	7.19	6.99	6.84	6.72
8	11.26	8.65	7.59	7.01	6.63	6.37	6.18	6.03	5.91
9	10.56	8.02	6.99	6.42	6.06	5.80	5.61	5.47	5.35
10	10.04	7.56	6.55	5.99	5.64	5.39	5.20	5.06	4.94
11	9.65	7.21	6.22	5.67	5.32	5.07	4.89	4.74	4.63
12	9.33	6.93	5.95	5.41	5.06	4.82	4.64	4.50	4.39
13	9.07	6.70	5.74	5.21	4.86	4.62	4.44	4.30	4.19
14	8.86	6.51	5.56	5.04	4.69	4.46	4.28	4.14	4.03
15	8.68	6.36	5.42	4.89	4.56	4.32	4.14	4.00	3.89
16	8.53	6.23	5.29	4.77	4.44	4.20	4.03	3.89	3.78
17	8.40	6.11	5.18	4.67	4.34	4.10	3.93	3.79	3.68
18	8.29	6.01	5.09	4.58	4.25	4.01	3.84	3.71	3.60
19	8.18	5.93	5.01	4.50	4.17	3.94	3.77	3.63	3.52
20	8.10	5.85	4.94	4.43	4.10	3.87	3.70	3.56	3.46
21	8.02	5.78	4.87	4.37	4.04	3.81	3.64	3.51	3.40
22	7.95	5.72	4.83	4.31	3.99	3.76	3.59	3.45	3.35
23	7.88	5.66	4.76	4.26	3.94	3.71	3.54	3.41	3.30
24	7.82	5.61	4.72	4.22	3.90	3.67	3.50	3.30	3.26
25	7.77	5.57	4.68	4.18	3.85	3.63	3.46	3.32	3.22
26	7.72	5.52	4.64	4.14	3.82	3.59	3.42	3.29	3.18
27	7.68	5.49	4.60	4.11	3.78	3.56	3.39	3.26	3.15
28	7.64	5.45	4.57	4.07	3.75	3.53	3.36	3.23	3.12
29	7.60	5.42	4.54	4.04	3.73	3.50	3.33	3.20	3.09
30	7.56	5.39	4.51	4.02	3.70	3.47	3.30	3.17	3.07
40	7.31	5.18	4.31	3.83	3.51	3.29	3.12	2.99	2.89
60	7.08	4.98	4.13	3.65	3.34	3.12	2.95	2.82	2.72
120	6.85	4.79	3.95	3.48	3.17	2.96	2.79	2.66	2.56
∞	6.63	4.61	3.78	3.32	3.02	2.80	2.64	2.61	2.41

续表

$\alpha = 0.01$

n \ m	10	12	15	20	24	30	40	60	120	∞
1	6056	6106	6157	6200	6235	6261	6287	6313	6339	6336
2	99.40	99.42	99.43	99.45	99.46	99.47	99.47	99.48	99.49	99.50
3	27.23	27.05	26.87	26.69	26.60	26.50	26.41	26.32	26.22	26.13
4	14.55	14.37	14.20	14.02	13.93	13.84	13.75	13.65	13.56	13.46
5	10.05	9.89	9.72	9.55	9.47	9.38	9.29	9.20	9.11	9.02
6	7.87	7.72	7.56	7.40	7.31	7.23	7.14	7.06	6.97	6.88
7	6.62	6.47	6.31	6.16	6.07	5.99	5.91	5.82	5.74	5.65
8	5.81	5.67	5.52	5.36	5.28	5.20	5.12	5.03	4.95	4.86
9	5.26	5.11	4.96	4.81	4.73	4.65	4.57	4.48	4.40	4.31
10	4.85	4.71	4.56	4.41	4.33	4.25	4.17	4.08	4.00	3.91
11	4.54	4.40	4.25	4.10	4.02	3.94	3.86	3.78	3.69	3.60
12	4.30	4.16	4.01	3.86	3.78	3.70	3.62	3.54	3.45	3.36
13	4.10	3.96	3.82	3.66	3.59	3.51	3.43	3.34	3.25	3.17
14	3.94	3.80	3.66	3.51	3.43	3.35	3.27	3.18	3.09	3.00
15	3.80	3.67	3.52	3.37	3.29	3.21	3.13	3.05	2.96	2.87
16	3.69	3.55	3.41	3.26	3.18	3.10	3.02	2.93	2.84	2.75
17	3.59	3.46	3.31	3.16	3.08	3.00	2.92	2.83	2.75	2.65
18	3.51	3.37	3.23	3.08	3.00	2.92	2.84	2.75	2.66	2.57
19	3.43	3.30	3.15	3.00	2.92	2.84	2.76	2.67	2.58	2.49
20	3.37	3.23	3.09	2.94	2.86	2.78	2.69	2.61	2.52	2.42
21	3.31	3.17	3.03	2.88	2.80	2.72	2.64	2.55	2.46	2.36
22	3.26	3.12	2.98	2.83	2.75	2.67	2.53	2.50	2.40	2.31
23	3.21	3.07	2.93	2.78	2.70	2.62	2.54	2.45	2.35	2.26
24	3.17	3.03	2.89	2.74	2.66	2.58	2.49	2.40	2.31	2.21
25	3.13	2.99	2.85	2.70	2.62	2.54	2.45	2.36	2.27	2.17
26	3.09	2.96	2.81	2.66	2.58	2.50	2.42	2.33	2.23	2.13
27	3.06	2.93	2.78	2.63	2.55	2.47	2.38	2.29	2.20	2.10
28	3.03	2.90	2.75	2.60	2.52	2.44	2.35	2.26	2.17	2.06
29	3.00	2.87	2.73	2.57	2.49	2.41	2.33	2.23	2.14	2.03
30	2.98	2.84	2.70	2.55	2.47	2.39	2.30	2.21	2.11	2.01
40	2.80	2.66	2.52	2.37	2.29	2.20	2.11	2.02	1.92	1.80
60	2.63	2.50	2.35	2.20	2.12	2.03	1.94	1.84	1.73	1.60
120	2.47	2.34	2.19	2.03	1.95	1.86	1.76	1.66	1.53	1.38
∞	2.32	2.18	2.04	1.88	1.79	1.70	1.59	1.47	1.32	1.00

续表

$\alpha = 0.005$

n \ m	1	2	3	4	5	6	7	8	9
1	16211	20000	21615	22500	23056	23437	23715	23925	24091
2	198.5	199.0	199.2	199.2	199.3	199.3	199.4	199.4	199.4
3	55.55	49.80	47.47	46.19	45.39	44.84	44.43	44.13	43.88
4	31.33	26.28	24.26	23.15	22.46	21.97	21.62	21.35	21.14
5	22.78	18.81	16.53	15.56	14.94	14.51	14.20	13.96	13.77
6	18.63	14.54	12.92	12.03	11.46	11.07	10.79	10.57	10.39
7	16.24	12.40	10.88	10.05	9.52	9.16	8.89	8.68	8.51
8	14.69	11.04	9.60	8.81	8.30	7.95	7.69	7.50	7.34
9	13.61	10.11	8.72	7.96	7.47	7.13	6.88	6.69	6.54
10	12.83	9.43	8.08	7.34	6.87	6.54	6.30	6.12	5.97
11	12.23	8.91	7.60	6.88	6.42	6.10	5.86	5.68	5.54
12	11.75	8.51	7.23	6.52	6.07	5.76	5.52	5.35	5.20
13	11.37	8.19	6.93	6.23	5.79	5.48	5.25	5.03	4.94
14	11.06	7.92	6.68	6.00	5.56	5.26	5.03	4.86	4.72
15	10.80	7.70	6.48	5.80	5.37	5.07	4.85	4.67	4.54
16	10.58	7.51	6.30	5.64	5.21	4.91	4.69	4.52	4.38
17	10.38	7.35	6.16	5.50	5.07	4.78	4.56	4.39	4.25
18	10.22	7.21	6.03	5.37	4.96	4.66	4.44	4.28	4.14
19	10.07	7.09	5.92	5.27	4.85	4.56	4.34	4.18	4.04
20	9.94	6.99	5.82	5.17	4.76	4.47	4.26	4.09	3.96
21	9.83	6.89	5.73	5.09	4.68	4.39	4.18	4.01	3.88
22	9.73	6.81	5.65	5.02	4.61	4.32	4.11	3.94	3.81
23	9.63	6.73	5.58	4.95	4.54	4.26	4.05	3.88	3.75
24	9.55	6.66	5.52	4.89	4.49	4.20	3.99	3.83	3.69
25	9.48	6.60	5.46	4.84	4.43	4.15	3.94	3.78	3.64
26	9.41	6.54	5.41	4.79	4.38	4.10	3.89	3.73	3.60
27	9.34	6.49	5.36	4.74	4.34	4.06	3.85	3.68	3.56
28	9.28	6.44	5.32	4.70	4.30	4.02	3.81	3.65	3.52
29	9.23	6.40	5.28	4.66	4.26	3.98	3.77	3.61	3.48
30	9.18	6.35	5.24	4.62	4.32	3.95	3.74	3.58	3.45
40	8.83	6.07	4.98	4.37	3.99	3.71	3.51	3.35	3.22
60	8.49	5.79	4.73	4.14	3.76	3.49	3.29	3.13	3.01
120	8.18	5.54	4.50	3.92	3.55	3.28	3.00	2.93	2.81
∞	7.88	5.30	4.28	3.72	3.35	3.09	2.90	2.74	2.62

附表 5　t 分布上侧分位数表 $P(t_n > t_\alpha(n)) = \alpha$

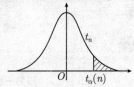

α n	0.10	0.05	0.025	0.01	0.005
1	3.078	6.314	12.706	31.821	63.657
2	1.886	2.920	4.303	6.965	9.925
3	1.638	2.353	3.182	4.541	5.841
4	1.533	2.132	2.776	3.747	4.604
5	1.476	2.015	2.571	3.365	4.032
6	1.440	1.943	2.447	3.143	3.707
7	1.415	1.895	2.365	2.998	3.499
8	1.397	1.860	2.306	2.896	3.355
9	1.383	1.833	2.262	2.821	3.250
10	1.372	1.812	2.228	2.764	3.169
11	1.363	1.796	2.201	2.718	3.106
12	1.356	1.782	2.179	2.681	3.055
13	1.350	1.771	2.160	2.650	3.012
14	1.345	1.761	2.145	2.624	2.977
15	1.341	1.753	2.131	2.602	2.947
16	1.337	1.746	2.120	2.583	2.921
17	1.333	1.740	2.110	2.567	2.898
18	1.330	1.734	2.101	2.552	2.878
19	1.328	1.729	2.093	2.539	2.861
20	1.325	1.725	2.086	2.528	2.845
21	1.323	1.721	2.080	2.518	2.831
22	1.321	1.717	2.074	2.508	2.819
23	1.319	1.714	2.069	2.500	2.807
24	1.318	1.711	2.064	2.492	2.797
25	1.316	1.708	2.060	2.485	2.787
26	1.315	1.706	2.056	2.479	2.779
27	1.314	1.703	2.052	2.473	2.771
28	1.313	1.701	2.048	2.467	2.763
29	1.311	1.699	2.045	2.462	2.756
30	1.310	1.697	2.042	2.457	2.750
40	1.303	1.684	2.021	2.423	2.704
60	1.296	1.671	2.000	2.390	2.660
120	1.289	1.658	1.980	2.358	2.617
∞	1.282	1.645	1.960	2.326	2.576